LE TRÔNE DES ÉTOILES . 2

L'édition originale de ce livre a été publiée pour la première fois en anglais aux États-Unis en 2018 sous le titre *Blood Of A Thousand Stars* par Razorbill, un département de Penguin Random House.

Loi n° 49-956 du 16 juillet 1949 sur les publications destinées à la jeunesse, modifiée par la loi n° 2011-525 du 17 mai 2011.

ISBN : 978-2-09-257407-2

Dépôt légal : février 2019

Mise en pages : Nord Compo à Villeneuve-d'Ascq

RHODA BELLEZA

LE TRÔNE DES ÉTOILES

2. REBELLES

Traduit de l'anglais (États-Unis)
par Samuel Loussouarn

Nathan

À mon père.

QUADRANT DESUCO
Nau Fruma
KALU
HOUL
Rhesto
Tinoppa
NAIDOZ
CHRAM
Navrum
Erawae
DERKATZ
PORTIIS
QUADRANT HERYL

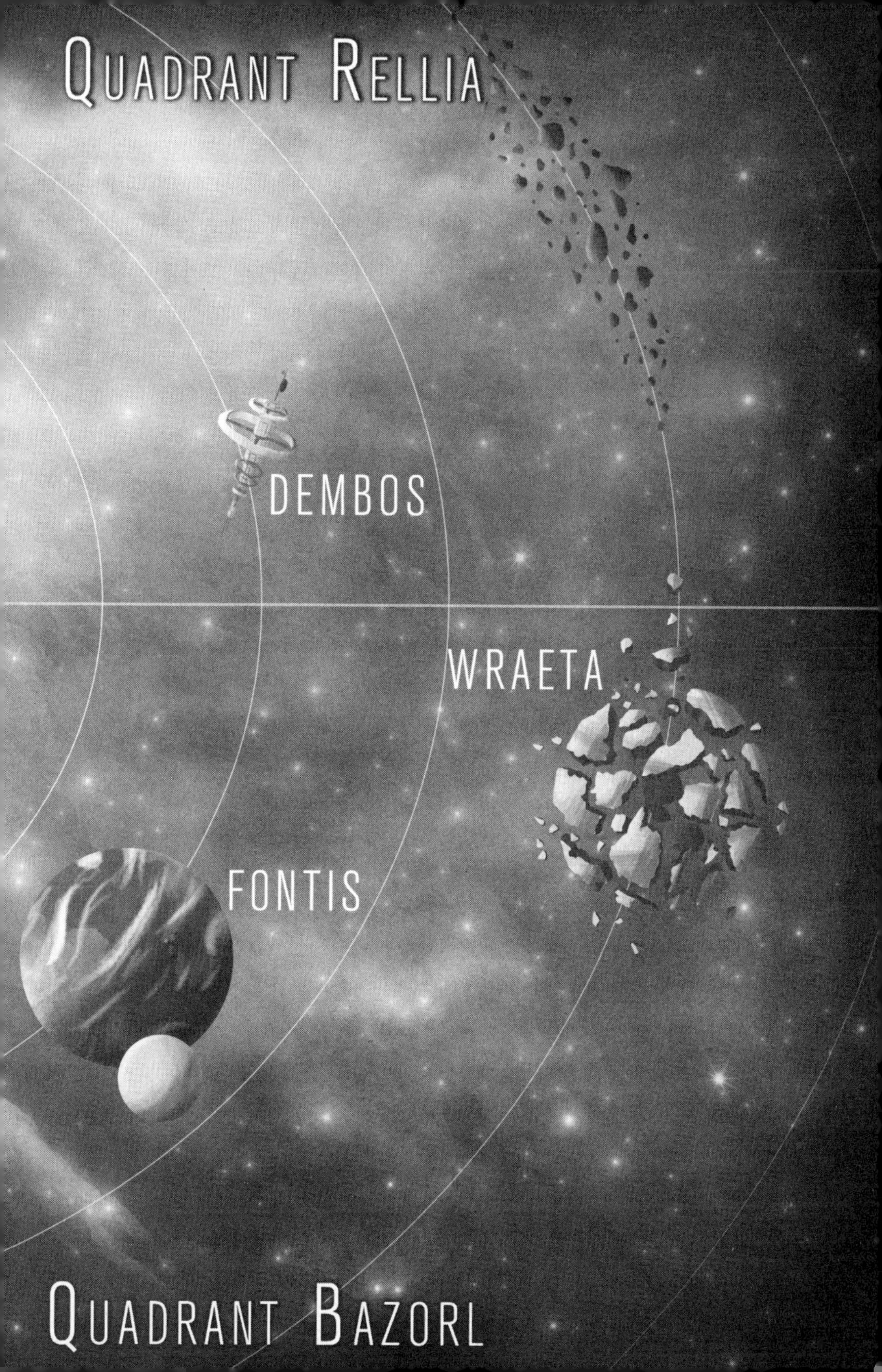
Quadrant Rellia
DEMBOS
WRAETA
FONTIS
Quadrant Bazorl

Téléchargez l'appli Nathan Live
et scannez la carte pour la découvrir en couleurs !

PREMIÈRE PARTIE

RÉSURRECTION

« Un souvenir organique est un acte de création ou, pour être plus précis, de re-création. Par définition, il s'agit d'une restitution imparfaite, parasitée par les émotions et une multitude de facteurs sensoriels. Un souvenir enregistré sur le cube préserve quant à lui une copie intacte du moment. On reproche parfois à cette forme de mémoire un côté moins viscéral, comme si quelque chose d'essentiel se perdait en chemin. Mais c'est le prix de la vérité – somme toute assez modique – pour revivre un même moment, indéfiniment, sans aucune altération. »

Appel du sommet du G-1K aux Planètes-Unies, année 858.

UN

KARA

KARA AVAIT CHAUD en haut du promontoire, mais c'était probablement l'enfer sur la place noire de monde. À Nau Fruma, c'était la grève. En contrebas, la masse compacte des manifestants formait un véritable organisme vivant, ondulant, grondant.

Kara avait les yeux qui piquaient à cause de la sueur qui coulait sur son front. Elle les essuya du revers de la main, étalant la poussière de lune qui lui recouvrait la peau. La chaleur était telle qu'au loin, tout semblait vaciller.

– Test, lança-t-elle à Pavel, le petit droïde qui se tenait à ses côtés. À six heures.

Une vague lueur blanche apparut sur la façade en brique du bâtiment situé derrière eux, et disparut aussitôt. Kara grattait la pièce rouillée qu'elle gardait toujours sur elle et qu'elle avait toujours considérée comme un porte-bonheur – jusqu'à ce que Lydia lui raconte de qui elle la tenait.

« Ça, c'est ce qui te relie… à ta famille. Cette pièce a une histoire », lui avait-elle dit avant de mourir.

Kara cligna des yeux, chassant le souvenir de son esprit.

– Nouveau test : à neuf heures.

Pavel pivota vers l'ouest, puis réfléchit encore une fois les rayons du soleil à l'aide de son petit miroir.

– Maintenant, à deux heures…

– Tranquille, tranquille, on se détend, dit Aly en arrivant par l'échelle de corde qui menait au toit. On n'est pas à l'école militaire.

Il s'accroupit à côté de Kara.

– On s'entraîne pour être prêts, c'est tout, dit-elle en rangeant la pièce dans sa poche.

L'intransigeance de Lydia refaisait surface. Lydia – que Kara avait cru être sa mère pendant des années – l'avait soumise à un entraînement extrêmement poussé : apprentissage de plusieurs langues, exercices de survie, fabrication de faux crédits, analyse des véritables pensées des gens. Kara avait toujours trouvé cela insensé et paranoïaque, jusqu'à ce qu'elle apprenne sa véritable identité. D'une certaine manière, cette préparation avait été des plus précieuses : Lydia était morte, mais Kara était capable de s'en sortir sans elle.

– Si vous continuez, on risque de se faire repérer.

– Ne t'inquiète pas, tout le monde est trop occupé par la manifestation.

Kara et Aly étaient arrivés sur Nau Fruma l'avant-veille. Le lendemain, l'impératrice Rhiannon Ta'an s'était exprimée devant toute la galaxie, révélant qu'elle était toujours en vie. Nau Fruma étant une lune de Kalu, tous les holos ne parlaient que du retour de l'impératrice sur sa planète après six années d'absence. Kara se réjouissait de la savoir en sécurité sur Kalu, mais elle n'appréciait pas l'autre sujet qui tournait en boucle aux informations : les spéculations sur l'endroit où Josselyn Ta'an, la sœur aînée de Rhiannon, se trouvait.

Car si quelqu'un dans l'immensité interstellaire connaissait tous les faits et gestes de Josselyn Ta'an, c'était bien Kara. Kara *était* Josselyn. Du moins, elle l'avait été, même si elle n'en avait aucun souvenir.

Après avoir annoncé à toute la galaxie qu'elles étaient vivantes toutes les deux, Rhi avait promis une récompense à quiconque lui ramènerait Kara saine et sauve. Ou plutôt à quiconque lui ramènerait Josselyn, sa sœur disparue, l'héritière légitime du trône que tout le monde croyait morte, comme le reste de la famille Ta'an, dans l'explosion d'un vaisseau spatial.

Kara aurait dû être touchée par ce que faisait Rhi, mais il n'en était rien. Elle n'avait pas de souvenir antérieur à ses douze ans. Lydia lui avait raconté que c'était à cause d'un dysfonctionnement de son cube, et elle y avait cru. Adolescente, elle avait appris à combler les trous de sa mémoire avec des souvenirs créés de toutes pièces, au point de devenir une experte en la matière. Elle savait broder des histoires entières, s'inventer des vies alternatives que ses camarades écoutaient en hochant la tête et en ouvrant de grands yeux stupéfaits.

Derrière tous ses mensonges, et ceux de Lydia, il y avait sa véritable identité et sa vraie famille. Mais les liens du sang avaient-ils encore un sens ? Pour Kara, Rhiannon était une parfaite inconnue. Chaque fois qu'elle la voyait sur les holos, elle repensait à tous ceux qui étaient morts : Lydia, mais aussi ses *vrais* parents, l'empereur et l'impératrice de Kalu, dont elle ne savait presque rien. Rhiannon, quant à elle, était revenue d'entre les morts et était sur le point d'être couronnée… pendant que Kara, elle, risquait sa vie tapie sur ce toit.

Aly ouvrit sa gourde et prit une grande gorgée d'eau, tête en arrière. Kara détourna le regard. Il s'agissait de rester concentrée. Yeux plissés, elle scruta la porte du bâtiment opposé. Ses cheveux lui tombèrent sur les yeux. Elle les repoussa d'un geste exaspéré.

– Ça devrait t'aider, dit Aly en lui tendant un objet noir en métal qui ressemblait à deux gobelets collés ensemble. On appelle ça des jumelles. C'est du matériel militaire vintage. Regarde là-dedans, ça permet de voir de plus près.

– C'est bon, je connais.

Kara pensa qu'on trouvait de tout au marché noir. Elle attrapa les jumelles et les ajusta devant ses yeux. L'objet était plus lourd qu'il n'en avait l'air. À l'intérieur, tout était flou et rétréci.

– Ça ne fonctionne pas.

– Tu les tiens à l'envers, ajouta-t-il en secouant la tête, avec son grand sourire qui faisait tout oublier à Kara, même sa vie chaotique.

– Je plaisantais, mentit-elle.

Elle les tourna et le regretta aussitôt. Regarder dans les jumelles était déstabilisant, étouffant, oppressant, et elle ne pouvait observer qu'une petite partie de la foule à la fois. Elle les baissa si brusquement qu'elle faillit les faire tomber.

– Tout va bien ? demanda Aly en les reprenant.

Elle fit « non » de la tête.

– Je ne me sens pas très bien.

Elle s'aperçut qu'elle avait un début de migraine – de légères pulsations derrière l'œil droit – à cause de son stock de médicaments qui s'amenuisait dangereusement. Kara prenait des pilules depuis des années pour endiguer les maux de tête et les cauchemars dus au prétendu dysfonctionnement de son cube – elle savait désormais que c'était faux.

Kara avait découvert que ses médicaments étaient en réalité des neutralisateurs d'ADN qui servaient à effacer les traits physiques de Josselyn. Depuis deux semaines, elle se sevrait en diminuant les doses – une demi-pilule, puis un quart de pilule, jusqu'à ne plus prendre qu'une fraction de pilule tous les deux jours. Ce matin-là, en la coupant, elle l'avait réduite en poussière et s'était presque mise à pleurer sans vraiment savoir pourquoi. Dire adieu à cette vieille routine revenait pour elle à enterrer une partie de son passé. Et même si ce passé n'était qu'un gigantesque mensonge, ça ne l'empêchait pas d'être envahie par la tristesse.

– Décris-moi plutôt ce que tu vois, demanda-t-elle à Aly en désignant les jumelles.

Il les porta à ses yeux.

– Tu ne loupes pas grand-chose. Juste une foule de Nau Frumans en colère.

Il se frotta la nuque, comme il le faisait toujours lorsqu'il réfléchissait. Kara remarqua qu'il tirait sur sa chemise, révélant son bas-ventre – un ruban de peau sombre, un nombril légèrement proéminent, le creux de ses hanches.

– Est-ce que tu te sens bien, Kara ? Je détecte une légère coloration sur ta peau, intervint Pavel avec deux lumières rouges à la place des yeux. Le manuel médical indique qu'il s'agit d'une réaction physiologique courante en cas de stress émotionnel : vaisseaux sanguins qui se dilatent, afflux de sang, rougeurs au niveau des joues.

– Ça s'appelle « rougir », Pav, dit Aly.

Il avait baissé les jumelles. Un léger sourire relevait le coin de ses lèvres.

– Saleté de droïde ! grogna Kara.

Elle donna un petit coup de pied à Pavel, le faisant rouler en arrière, et rougit de plus belle.

– La prochaine fois, je t'ouvre la tête et je te bricole la cervelle, le menaça-t-elle.

– Tu devrais faire attention à tes circuits imprimés, Pavel ! plaisanta Aly.

– Je crois percevoir de l'humour, je me trompe ? demanda Pavel. Parce que, en théorie, me bricoler le cerveau n'est plus de l'ordre de l'impossible. Les dernières recherches font état d'avancées dans le transfert de cube à cube. Les neurones pourraient envoyer et recevoir des informations sans recours à un protocole, sans même…

– On a compris, Pav, le coupa Aly sur un ton qui avait perdu sa légèreté. Tranquille. C'était juste pour rigoler.

– Cela dit, évite de trop me tenter, insista Kara.

Elle s'efforçait de plaisanter, mais le cœur n'y était pas. Elle se crispait à la moindre allusion aux cubes, se rappelant qu'ils avaient éteint les leurs pour le cas où Nero essaierait de les localiser.

Elle ne bougea pas lorsque Aly se rapprocha d'elle pour glisser sa main dans la sienne. Sa peau fut comme électrisée au contact de la paume du Wraetan, mais elle s'efforça de faire comme si de rien n'était.

– Ça va mieux ? demanda-t-il.

– Très bien, dit-elle en retirant vivement sa main.

Aly entreprit de lire en elle avec son air inquisiteur habituel. Il fit une petite moue et ouvrit grand ses yeux marron, déployant ses deux rangées de cils. Il avait une coupure en travers du sourcil gauche, à l'endroit même où il s'était fait une cicatrice, petit. Mais cette nouvelle entaille, c'était le garçon, Julian, qui en était responsable.

Le moins qu'on puisse dire, c'était que Julian ne s'était pas montré particulièrement accueillant lorsqu'ils avaient débarqué sur sa planète à la recherche du Lancier, son propre père. Furieux, il les avait traités de voleurs, et Aly avait reçu un coup de coude en voulant le maîtriser. Des passants étaient intervenus, et Julian avait eu droit à des réprimandes, Kara et Aly à des excuses. Ils se seraient bien passés de cette scène, alors qu'ils faisaient tout pour éviter de se faire remarquer. Apparemment, Julian avait mal tourné depuis la mort de son père, et sa réputation d'« adolescent difficile » avait joué en leur faveur.

Depuis cette rencontre musclée, les deux fugitifs et leur droïde surveillaient Julian en gardant leurs distances. Kara n'avait pas d'autre piste menant au secret du Lancier – une information capitale qu'il aurait pu lui révéler s'il avait été encore en vie. Elle était persuadée qu'il s'agissait du mystérieux endroit où était caché le réécriveur, l'outil technologique surpuissant que Lydia avait utilisé pour pirater son cube et effacer tout souvenir de sa vie passée. Tout souvenir de Josselyn.

Kara s'était mis en tête de mettre la main dessus. Pour le détruire.

Malheureusement, le réécriveur était un secret bien gardé. Avec Aly et Pavel, elle avait épluché toutes les informations disponibles sur les sommets du G-1K, qui réunissaient les meilleurs scientifiques de la galaxie et dont le but était le développement de la technologie du cube. Malgré un foisonnement de documents, ils n'avaient rien trouvé d'intéressant. Kara était allée jusqu'à se plonger dans les théories complotistes entourant le réécriveur. Certaines avançaient que quelque part dans la Ceinture extérieure existait un prototype capable d'effacer les souvenirs enregistrés sur les cubes par l'intermédiaire d'un réseau informatique aussi démesuré que celui de l'UniForce. Mais il lui fallait du concret, et sa seule piste concrète, c'était Julian.

Ce jour-là, elle avait décidé d'attendre qu'il quitte le temple, comme il le faisait tous les après-midis, et de s'y introduire. Yeux plissés, elle scruta de nouveau la foule.

– Si je pouvais choisir un superpouvoir, ce serait la faculté de lire dans tes pensées, déclara Aly.

– Je ne te conseillerais pas de regarder ce qu'il y a dans ma tête. C'est une sacrée pagaille, là-dedans.

– Je suis sûr que tout me plairait, même la pagaille… Surtout la pagaille.

Il s'approcha encore d'elle, collant son épaule contre la sienne. Elle s'interdit de le regarder, mais finalement céda.

– Tes yeux… commença-t-il d'une voix douce, lui caressant le visage de son souffle.

Elle contempla sa bouche.

–… ils ont encore changé de couleur, poursuivit-il.

Kara réalisa qu'elle avait basculé dans un autre monde, comme envoûtée. Elle cligna plusieurs fois des yeux pour revenir à elle.

– Pavel, miroir ! lança-t-elle.

Le droïde s'approcha, et elle attrapa le miroir pour se regarder.

– Ce n'est pas grave… dit Aly.

Elle l'interrompit en secouant la tête. Dans le reflet, elle s'aperçut que l'iris de son œil gauche avait pris une teinte dorée constellée de vert.

– Ils n'ont pas changé tant que ça, minimisa Aly.

Kara n'était pas dupe. Ses yeux avaient changé. Elle avait changé. Sa légère migraine s'intensifia subitement. Elle fouilla ses poches à la recherche des gouttes de neutralisateur d'ADN qui lui permettaient de conserver la couleur de ses yeux. Chaque goutte lui brûlait la cornée, mais elle préférait encore ça.

– Je t'assure, renchérit Aly en lui reprenant la main, on voit à peine la différence.

Elle ne retira pas sa main, cette fois, et observa leurs doigts entrelacés. Ceux d'Aly étaient rouges et horriblement abîmés. Depuis leur rencontre sur ce zeppelin il y avait une éternité, la galaxie était en train de basculer dans la guerre. Plus rien n'était comme avant.

– Tu mens très mal, dit-elle.

– À quatre heures ! annonça Pavel.

Elle sentit Aly lui serrer la main.

– On avait dit qu'on arrêtait les tests, Pav, protesta Aly.

– Ce n'est pas un test. Cible localisée.

Kara arracha les jumelles des mains d'Aly et repéra Julian, qui sortait du temple, à sa démarche particulière. Elle fixa son regard sur celui d'Aly pendant un court instant, puis ils rassemblèrent leurs affaires et enfilèrent leurs *duhatj*.

– Tu sais ce qu'il te reste à faire, Pavel, lança Aly tandis qu'il suivait Kara vers l'échelle de corde.

Terriblement nerveuse, elle se laissa presque tomber sur la terrasse inférieure. Ils dévalèrent l'escalier qui menait au rez-de-chaussée, puis elle se rua vers la porte et déboula dans la rue, en plein cœur de la foule.

– Doucement, dit Aly en tirant sur son vêtement pour l'obliger à ralentir.

Pour elle, c'était plus facile à dire qu'à faire. Elle avait la plus grande peine à se maîtriser. Elle s'apprêtait à pénétrer par effraction dans un temple fréquenté par Julian, qui était leur seul lien avec le Lancier, mais aussi avec Rhiannon. Julian avait été ami avec elle, à en juger par sa réaction en voyant la pièce porte-bonheur de Kara – elle en avait déduit que sa sœur en possédait une, identique à la sienne. Ils étaient proches du but, mais ils ne devaient surtout pas se faire remarquer.

Une nouvelle tache de lumière apparut. Pavel leur indiquait la position de Julian. Apparemment, il rentrait chez lui.

Kara se faufila dans le cortège sans se préoccuper d'Aly, au milieu des chants et des slogans. Les manifestants réclamaient des salaires plus justes et une baisse des taxes sur les biens importés sur Nau Fruma. Finalement, elle atteignit le seuil du temple, dont l'entrée était surmontée d'un dôme. Kara leva les yeux une dernière fois pour vérifier la position de Julian. Puis elle tendit le bras derrière elle pour attraper la main d'Aly… mais il n'était plus là.

Elle se mit sur la pointe des pieds, mais ne parvint pas à le retrouver dans la foule. Il avait disparu. Elle hésita. Si elle attendait trop, elle risquait de laisser passer sa chance. Au fil des planques, elle s'était aperçue que le temple n'était inoccupé que durant quinze minutes après le départ de Julian, et elle était persuadée que ce que le Lancier avait donné à son fils y était caché.

Elle leva la tête vers la tour où se trouvait toujours Pavel. D'un signe de la main, elle lui indiqua qu'elle entrait dans le temple. Seule.

Une fois à l'intérieur, elle traversa un couloir, puis une deuxième entrée, avant d'arriver dans un dojo haut de plafond. Une rangée de piliers en bois coupait la pièce en deux, et des tapis en bambou étaient alignés sur le sol – ils venaient probablement de Kalu, car Nau Fruma était trop aride pour la culture du bambou. La lumière du jour entrait par des fenêtres en bois qui perçaient les murs est et ouest. L'endroit était désert, mais habité par l'intensité et la violence que Kara associait aux arts martiaux.

Il y avait un autel au centre de la pièce. Un seul hologramme y était projeté, un seul ancêtre y était honoré : Veyron, le Lancier. Kara connaissait son visage. Ces deux derniers jours, au cours de ses recherches, elle était tombée sur de nombreuses images de lui. Il arborait toujours un air sévère : bouche formant une ligne droite et stricte – presque une grimace –, front volontaire et teint sombre – hérités de ses origines wraetanes –, regard intimidant lancé par des yeux bleus de glace.

Cependant, dans ce holo, il esquissait un infime sourire, et son teint, sous la lumière chaude du soleil, paressait bronzé, lumineux.

Sur l'autel, d'humbles offrandes étaient éparpillées : des morceaux de fruits, un bol contenant des grains de céréales, et un vieux bâton d'encens consumé jusqu'à la tige. Un objet en particulier attira le regard de Kara : un cylindre composé de pièces de bois de tailles et de longueurs différentes, assemblées comme un puzzle. L'objet était suffisamment petit pour tenir dans sa paume.

Au moment où elle s'en saisit, elle fut éblouie par un faisceau lumineux bleu, et le cylindre projeta un holo représentant la galaxie. L'image apparut dans toute la largeur de la salle, si disproportionnée que Kara en eut le tournis.

Soudain, elle entendit une porte claquer. Elle sursauta, laissant échapper le cylindre de ses mains. Le holo disparut en un éclair.

Quand elle se retourna, elle découvrit que Julian se tenait devant la porte, poings serrés, pieds ancrés dans le sol. Il semblait plus grand que lors de leur première rencontre deux jours plus tôt.

– Qu'est-ce que tu fais là ? lança-t-il en la regardant de ses yeux bleus.

– Je te cherchais, dit Kara le plus naturellement possible.

Elle eut l'impression de mentir parfaitement, malgré sa migraine douloureuse et son cœur qui battait à tout rompre. Il avait fallu que Julian choisisse ce jour-là pour changer ses habitudes… Maintenant, il bloquait l'accès par lequel elle était entrée, et par lequel elle prévoyait de sortir.

Il baissa les yeux vers l'objet qu'elle avait laissé tomber par terre.

– Comment as-tu fait pour le débloquer ?

– Je n'ai rien fait du tout, répondit-elle.

Julian s'approcha. Comment lui échapper ? Elle aperçut une deuxième porte à l'autre bout de la salle.

– Je l'ai pris, et il s'est allumé, ajouta-t-elle.

– Tu mens, mais peu importe. Dis-moi ce qu'il y a dans ce message !

Ce que Lydia lui avait dit de trouver était donc un message, un message qui lui était destiné, à elle seule. Ni Julian ni personne d'autre ne pouvaient y accéder.

À l'extérieur, quelque chose vint heurter la fenêtre. Kara eut juste le temps de voir une silhouette disparaître. Julian tourna la tête en direction du bruit, et Kara profita de ce moment d'inattention pour ramasser l'objet en bois et se précipiter vers la porte.

– Non ! cria Julian en bondissant vers elle.

Il lui attrapa le pied pour la faire tomber. Elle relâcha l'objet, qui alla rouler un peu plus loin. Julian se rua immédiatement vers celui-ci, mais Kara s'était déjà relevée. Elle attrapa le cylindre et se précipita une nouvelle fois vers la porte.

Avec soulagement, elle se retrouva dans un escalier qui semblait mener vers les cris et les chants de la foule, c'est-à-dire dans la bonne direction.

– Quel est le message ? lança Julian.

Seul l'écho de sa voix atteignit Kara tandis qu'elle dévalait les marches. Elle se cognait à chaque tournant, se faisant des bleus qu'elle ne découvrirait que plus tard.

Arrivée en bas de l'escalier, elle ouvrit une porte qui donnait sur une rue baignée de soleil, et elle plongea dans la foule sans se retourner.

DEUX

RHIANNON

RHI N'AVAIT PLUS LE VISAGE ROUGI d'une Marquée. Les traces laissées par les ventouses de l'octoerces avaient disparu, et sa peau avait retrouvé sa couleur de sable brun. Deux jours plus tôt, elle avait piraté un holo pour y annoncer son grand retour. Le Pêcheur, qui les avait arrachés, elle et Dahlen, aux griffes de Nero, avait ensuite fait appel à un réseau d'anarchistes indifférents à la conquête du trône, mais pas aux primes qu'ils obtiendraient en échange de leurs services. Grâce à eux, Rhi avait traversé la galaxie sur des vaisseaux banalisés, échappant par prudence aux radars de l'armée à la tête de laquelle elle aurait dû être. Finalement, elle avait atterri sur Kalu sans encombre.

Assise à l'arrière d'un pod terrestre, elle regardait les rues de Sibu défiler derrière les vitres teintées. Une foule de Kalusians était venue en masse pour l'accueillir. Des lanternes de papier coloraient les balcons et les portes de la capitale.

« Tout ça, c'est pour nous », lui avait dit Josselyn un jour qu'elles revenaient d'un long voyage en famille.

« Pour moi aussi ? » avait demandé Rhi.

« *Nous*, tu sais ce que ça veut dire ? » avait répondu Joss.

Joss avait le chic pour faire en sorte que Rhi se sente toujours terriblement idiote, ou terriblement naïve, ou les deux. Juste avant que sa petite sœur ne se laisse envahir par la tristesse, elle lui avait donné un petit coup d'épaule en souriant. C'était à ce moment-là qu'elle avait compris qu'elles formaient une équipe, toutes les deux. Rhi était le bras droit de sa sœur, et elle la suivrait jusqu'au bout de la galaxie.

Elle tripota machinalement sa pièce. Avant que la monnaie physique disparaisse, ces petits disques de métal avaient de la valeur. Son père la lui avait rapportée d'un voyage diplomatique dans le quadrant Bazorl. Il en avait aussi donné une à Joss.

Rhi venait d'apprendre que Josselyn avait survécu à l'accident tragique dans lequel leurs parents avaient péri. Elle était donc encore en vie, quelque part dans la galaxie. Rhi ne savait pas où la chercher et, de toute manière, elle ne pouvait pas s'en charger. Nero l'avait poussée à revenir sur Kalu au plus vite pour monter sur le trône, car lui aussi savait que Josselyn était vivante. Rhi ne pouvait rien faire pour sa sœur, à part offrir une récompense à quiconque la rapatrierait saine et sauve. Ses priorités étaient de mettre un terme à la guerre et de briser l'ascension de Nero avant qu'il n'acquière les pleins pouvoirs.

Rhi aurait aimé le tuer, mais elle avait déjà fait couler trop de sang. Veyron, son instructeur, était mort, tout comme Andrés Seotra, l'ancien régent. Rhi ne laissait que mort et destruction dans son sillage, et elle savait qu'elle ne devait plus assouvir sa soif de vengeance ; il n'en ressortait jamais rien de bon. Elle devait se montrer plus intelligente, plus stratégique. La violence appelait la violence, et l'assassinat de Nero ne rétablirait pas la paix entre Kalu et Fontis.

Un brusque changement de vitesse secoua le pod, sortant Rhi de ses pensées.

– Ne t'inquiète pas, dit Dahlen, qui était au volant.

Dans le rétroviseur, les yeux du Fontisian étaient gris – ils changeaient de teinte selon la luminosité.

– J'ai étudié le trajet, poursuivit-il. Le centre-ville est l'endroit où on est le plus exposés. J'y ai posté des archers supplémentaires.

Rhi attarda son regard sur les tatouages anguleux qui recouvraient le cou de Dahlen. Elle s'imagina la douleur irradiante qu'on pouvait ressentir quand on se faisait tatouer cette partie du corps. Le Fontisian dut prendre son regard distant pour de l'inquiétude, car il n'avait jamais semblé aussi proche de lui demander comment elle allait.

– Merci pour ces préparatifs méticuleux, lança-t-elle distraitement, incapable d'exprimer l'émotion qui la tenaillait au moment où elle retrouvait sa planète.

Dahlen s'était chargé du dispositif de sécurité, mais sans comprendre la véritable menace. Nero ne ferait jamais assassiner une Ta'an en public. Ce que Rhi redoutait le plus chez lui, c'était son talent pour monter les gens les uns contre les autres.

Elle réalisa qu'elle serrait de toutes ses forces un pan de la robe de cérémonie en soie rouge brodée de fils d'or. Elle portait la même le jour où elle avait poignardé Veyron, avant d'envoyer son cadavre dans l'espace, le jour où Nero l'avait forcée à tuer l'homme qu'elle aimait comme un père.

Se remémorer Veyron fit aussitôt revenir le souvenir de Julian, qui avait été son meilleur ami quand son monde s'était écroulé, quand elle s'était retrouvée orpheline et qu'elle avait été envoyée loin de chez elle, sur Nau Fruma. Julian qui, s'il apprenait qu'elle avait tué son père, ne le lui pardonnerait jamais. Elle avait pourtant pris son courage à deux mains. Son cube étant éteint, elle avait tenté de le contacter avec un radiotélescope – un instrument technologique d'un autre temps qui transmettait des messages vocaux – dans un refuge où elle avait fait étape. Si tout s'était bien passé, son message avait dû atteindre l'observatoire qui hébergeait l'unique radiotélescope de Nau Fruma.

Il était bref : « J'ai tant de choses à te dire. »

Honneur. Courage. Loyauté. C'était son mantra, son *ma'tan sarili*, sa « grandeur intérieure ». Rhi ferma les yeux et se concentra pour faire le vide dans sa tête.

Quand elle les rouvrit, Dahlen grimaçait en regardant à travers le pare-brise du pod. Elle ne l'avait jamais vu sourire, et elle se demanda si cela arriverait un jour. Ce n'était pas pour demain, après ce qui s'était passé avec Nero lorsque celui-ci l'avait forcé à rallumer son cube, l'obligeant à briser un vœu que son ordre considérait comme sacré. Depuis, il se montrait encore plus mutique, chose que Rhi aurait crue impossible.

– Ça va ? demanda-t-elle.

Elle regretta soudain de ne pas s'être assise à l'avant à côté de lui. S'il avait entendu sa question, il ne le montra pas. Cependant, Rhi remarqua que les extrémités de ses oreilles pointues avaient viré au rouge.

– Le Pêcheur a lui-même choisi les archers, dit-il. Tu ne peux pas les manquer si tu regardes attentivement.

Rhi décida de ne pas insister. Ils auraient bien le temps de parler plus tard. Scrutant à travers la vitre, elle vit effectivement des soldats placés à des endroits stratégiques entre les tours jumelles de l'Infini Présent, le siège de DroneVision construit pendant son absence. Leurs façades arrondies étaient blanches, ponctuées de terrasses vertes et luxuriantes qui montaient en spirale jusqu'au sommet. C'était là que vivait Nero, et il avait dû y poster ses propres snipers.

Rhi se sentait rassurée sous la protection de Dahlen et des archers. En cette période de transition, elle ne pouvait plus faire confiance aux Tasinns, la garde royale qui avait pourtant protégé la famille Ta'an durant des siècles. Il ne lui avait pas échappé que c'était un Tasinn qui, quelques semaines auparavant, l'avait traînée jusqu'à l'amphithéâtre où Nero, penché sur le corps inerte de Dahlen, avait essayé d'extraire son cube et de Ravager ses souvenirs.

Les Tasinns croyaient sans doute au joli conte de fées que Nero aimait ressasser sur les holos : il allait renforcer la position de Kalu dans la galaxie, relancer l'agriculture, raviver une industrie disparue depuis longtemps, et Kalu retrouverait sa richesse d'antan. C'était aussi ce que semblaient croire les Kalusians de la deuxième vague d'immigration, qui avaient bâti leur fortune sur l'agro-industrie, épuisant toutes les ressources de Kalu, surproduisant, vendant aux plus offrants, quitte à exporter vers des planètes toujours plus lointaines, et qui la voyaient désormais diminuer. Ce dont, à leurs yeux, quasiment tout le monde était responsable. Tout le monde sauf eux et leurs choix désastreux. C'était pourquoi ils réclamaient l'expulsion des immigrants et des réfugiés wraetans.

Derrière les confettis, les roses et l'espoir qui avaient envahi les rues, on sentait une tension sous-jacente. Kalu était en guerre contre Fontis, même si on ne le voyait pas ici. Rhi et Dahlen avaient néanmoins croisé des gens qui brandissaient le drapeau kalusian à l'envers. Ils avaient aussi remarqué des signes de pauvreté au pied des bâtiments flambant neufs. La société était clairement divisée.

En annonçant son retour dans la capitale, Rhi s'attendait à de l'hostilité de la part des sympathisants de Nero. Après tout, reprendre les rênes de Kalu revenait à le supplanter. Mais Nero s'était montré sous son meilleur jour lorsqu'il avait réagi à la nouvelle.

« Les ancêtres sont avec nous », avait-il commenté.

Nero ne priait pas pour les ancêtres, il n'était pas du tout pratiquant et ne pensait pas un mot de ce qu'il avait dit, mais le public avait tout avalé. Comme toujours, il s'en tirait admirablement bien, lui qui avait annoncé vouloir venger la mort de Rhi en déclenchant une guerre. Lui qui avait orchestré son assassinat manqué…

Les opposants à son retour constituaient finalement une minorité – une minorité qui, cependant, savait se faire entendre – et ne lui reprochaient rien de vraiment nouveau : ils la trouvaient trop jeune, trop encombrée par l'héritage de sa dynastie, trop attachée à la monarchie qui avait engagé la planète sur une mauvaise pente.

En revanche, leurs rangs avaient gonflé. À moins que les partisans de la guerre contre Fontis n'aient toujours été aussi nombreux. Elle se sentit profondément humiliée lorsque le pod passa à proximité d'une grande poupée au teint marron, avec une robe rouge et de la laine noire en guise de chevelure. C'était une poupée à son effigie, et elle était en flammes. Sous les hourras, une femme la décrocha, puis la jeta à terre pour la piétiner, visiblement dans le but de montrer à tous ce qu'elle pensait de la future impératrice.

Rhi détourna les yeux. Était-elle vraiment ainsi ? Était-elle aussi jeune et naïve qu'on le disait ? Les Kalusians de la Deuxième Vague s'étaient imposés comme classe dirigeante. À Sibu, ils menaient une bataille anti-immigrés, anti-réfugiés et, désormais, anti-Kalusians de souche. S'ils étaient contre ces derniers, ils étaient donc contre les Ta'an.

Contre Rhi. Sans même lui avoir donné le temps ou de réussir, ou d'échouer.

Mais ils préféraient s'en remettre à Nero – un homme corrompu, un assassin. Depuis plus de dix ans, les gens se rassemblaient en masse devant son émission, tous les soirs sur DroneVision. Ils l'adulaient. Grâce à son rôle d'ambassadeur du régent, il avait gagné leur confiance. Ce jour-là, plus tôt dans la matinée, il avait annoncé à la galaxie une mise à jour des cubes à grande échelle – la première depuis des années – que les volontaires pouvaient déjà recevoir. Les mises à jour du système d'exploitation étaient rares, et Rhi avait un mauvais pressentiment : elle savait mieux que personne que tout ce qui venait de Nero était toxique.

En tout cas, s'il s'était érigé en héros du système solaire, Rhi en serait la sauveuse. Son père lui disait toujours qu'occuper le trône était une tâche difficile, parfois ingrate. Autrefois, cette remarque la rendait perplexe, car partout où il allait on le couvrait de louanges et de cadeaux, on tendait les bras vers lui pour le toucher, on espérait être gratifié d'une bénédiction.

Désormais, elle comprenait cette difficulté.

Il s'agissait de mettre fin à une guerre. À deux guerres, même : le conflit armé où des soldats étaient utilisés comme chair à canon, et la campagne invisible et pernicieuse menée par Nero contre les cœurs et les esprits de son peuple, là, dans la ville où elle avait vu le jour. Il avait été à un cheveu de s'autoproclamer régent. Elle allait temporairement s'emparer du trône, mais il ne renoncerait jamais au pouvoir.

Elle accomplirait la même chose que son père avant elle : l'unification par la paix. Et ce, même si la situation était aussi épineuse que les cactus arborescents du désert de Nau Fruma. Rhi était une Ta'an. Elle y parviendrait. Il le fallait.

En arrivant dans les rues bondées de l'hypercentre, Dahlen dut ralentir. Le véhicule roulait au pas, au milieu de citoyens kalusians venus en masse que les soldats de l'UniForce contenaient avec peine. Rhi espérait que l'UniForce lui serait loyale. Si l'armée passait sous l'emprise de Nero, elle serait en très mauvaise posture. Elle pouvait se passer des Tasinns, mais pas de l'immense armée qu'était l'UniForce.

Un essaim d'œillets entourait le pod et son escorte, tentant d'obtenir des images de l'impératrice pour les diffuser en direct sur DroneVision. Derrière le guidon de leurs madùcyclettes, ses gardes fontisians chassaient les petites caméras en les balayant comme des mouches.

– Rhiannon ! cria quelqu'un dans le tumulte de la foule.

L'homme qui venait de crier son nom avait escaladé une barrière pour lui adresser un geste obscène. Immédiatement, un Fontisian sauta de sa madù pour le plaquer au sol. Rhi se retourna pour voir le sort qui lui était réservé.

– Divins ancêtres ! s'emporta-t-elle. Est-ce que tes gardes sont obligés de se comporter comme des brutes ?

Il ne lui paraissait pas très judicieux d'attiser la colère d'opposants déjà très virulents.

– N'oublie pas que ce ne sont pas *mes* gardes, mais les tiens, répondit Dahlen.

Les Kalusians n'appréciaient vraisemblablement pas que les gardes soient des Fontisians, d'autant moins que, comme Dahlen, ils appartenaient tous à l'ordre de la Lumière, un groupuscule religieux fondamentaliste. La première préoccupation de cet ordre était pourtant le maintien de la paix, quitte à s'allier à Kalu et à appuyer les Ta'an au pouvoir. Ils avaient d'ailleurs soutenu son père, l'empereur qui avait rétabli la paix entre les deux planètes et mis fin à la Grande Guerre.

Cependant, il ne fallait pas s'attendre à ce que le Kalusian moyen se montre accueillant. Pour lui, un Fontisian était avant tout un *étranger*. Et voilà que leur impératrice revenait d'entre les morts, accompagnée de gardes qui, avec leurs chevelures blondes et leurs traits acérés, ressemblaient en tous points à leurs ennemis jurés. En voyant le mépris et la peur qui s'affichaient sur les visages des Kalusians, elle se demanda si elle avait bien fait de donner à l'ordre un rôle si prééminent dans sa protection.

Mais personne d'autre ne s'était proposé…

– Je ne veux pas commencer mon règne sur une mauvaise note. L'Ordre a la réputation d'être…

Elle chercha le mot qui convenait.

– Fanatique ? Violent ? Belliqueux ? compléta Dahlen en changeant de vitesse brusquement.

Le véhicule était équipé d'un pilote automatique mais, comme à son habitude, Dahlen ne voulait prendre aucun risque. Le système aurait pu être facilement piraté par les agents de Nero, et ce n'était pas le moment d'avoir un accident de la route.

– J'essaie d'attirer la sympathie de mes opposants, dit Rhi, sur la défensive.

– L'Ordre ne s'excusera pas de sa présence ici, lâcha-t-il en scrutant la foule.

Les Fontisians parlaient bien souvent à la forme négative, ce qui les faisait paraître brusques, presque butés – mais peut-être l'étaient-ils.

– Ta stratégie n'est pas adéquate face à tes détracteurs, reprit-il.

– Pardon, j'avais oublié ta grande expérience en matière de gouvernance.

Ils se regardèrent dans le rétroviseur intérieur. Dahlen leva un sourcil.

– Parce que c'est ton cas, impératrice ?

Elle ne répondit pas, se contentant de souffler lentement. Elle travaillait à se montrer plus calme, à cacher ses émotions. Ce titre, *impératrice,* lui semblait toujours aussi étranger. Elle se souvint de la dernière fois qu'elle avait vu Julian, au marché de Nau Fruma, quand la pluie de météorites était passée dans le ciel. Il l'avait appelée ainsi en plaisantant, et elle avait senti à quel point ce futur titre l'étouffait.

À l'époque, elle avait un but précis dans la vie. Un but violent, mais qui avait le mérite d'être clair : venger la mort de sa famille en tuant Seotra. Sa vie contre la leur. Seotra s'avérant innocent, elle avait exercé sa vengeance contre la mauvaise personne, perdant dans le même temps l'un de ses alliés les plus puissants.

Son nouvel objectif était tout aussi limpide que le précédent : rétablir la paix.

Ils atteignirent le sommet de la colline et, pour la première fois depuis six ans, Rhi aperçut le palais. Elle en eut le souffle coupé. C'était la seule chose de son enfance qui se révélait à la hauteur de son souvenir – son souvenir organique. La mémoire organique offrait une expérience différente de celle de la mémoire artificielle, et Rhi aimait cette sensation. Les souvenirs de son cube avaient une perfection cristalline qui rendait le palais plus petit, plus étrange aussi. En réalité, il était majestueux. Elle contempla ses couleurs rouge et or, son escalier de mille marches menant à l'entrée principale. D'où elle se trouvait, le soleil couchant paraissait transpercé par la flèche d'une tour, et elle eut l'impression que son feu se répandait dans le ciel orangé.

Toutefois, ce qui frappait Rhi plus que tout, ce n'était pas l'architecture grandiose du palais, mais la présence de ses parents qui émanait de partout. Elle revit son père arpentant les couloirs pavés de marbre, quelques heures avant qu'ils ne quittent Kalu pour la dernière fois. Puis sa mère qui sanglotait, la même nuit, entre deux colonnes de la salle de la Fontaine. Une heure plus tard, le vaisseau qui devait les mener en lieu sûr avait explosé. Ils avaient péri tous les deux, sans jamais atteindre Nau Fruma. Lorsqu'elle se remémorait un souvenir organique, comme à cet instant, elle le revivait avec tous ses sens, dans tout son corps, elle se sentait transportée dans le temps.

Avec les cubes, les souvenirs étaient créés par une mémoire de haute précision qui explorait les archives de votre vie avec une efficacité froide et désincarnée. On se contentait de lancer la lecture d'un souvenir qui, une fois terminé, était sèchement arraché. Rhi se félicita d'avoir éteint son cube pour éviter d'être repérée lors de son voyage jusqu'à Kalu. Depuis, elle ne l'avait pas rallumé, car elle craignait quelque chose de pire. Un danger colossal, un secret si terrifiant qu'elle était incapable d'en parler : le réécriveur. Elle avait du mal à croire qu'une telle invention puisse exister en dehors des théories complotistes entourant les sommets du G-1K. Mais Nero y croyait, lui. Il était prêt à poursuivre toute chimère lui promettant un règne sans partage.

« Imaginez une technologie permettant de parler dans les cubes de tout le monde, à travers toute la galaxie, avait-il dit. Imaginez qu'on puisse leur murmurer, non pas à l'oreille, mais directement dans la tête… »

En y repensant, Rhi fut envahie d'un sentiment mêlé de peur et de dégoût. Elle ne se sentait pas d'en parler à Dahlen. Pas encore. Il était trop hanté par ce qui s'était passé lorsqu'il était entre les mains de Nero.

Après la mort présumée de Rhi, Nero avait officieusement élu domicile au palais, mais le retour de l'impératrice l'obligeait à quitter sa nouvelle résidence pour les tours de l'Infini Présent. Rhi avait pu compter sur Taï Reyanna, et aussi sur le Pêcheur, pour mettre les derniers Tasinns dehors, les remplaçant par des Fontisians et des gardes privés – tous dignes de confiance. Après avoir vérifié les antécédents des loyalistes volontaires, il avait fallu les conduire au palais en secret. La semaine avait été chargée.

Le pod passa enfin le grand portail de fer. Au volant, Dahlen adressa un signe de tête aux deux Fontisians qui montaient la garde. Le portail se referma derrière le convoi en repoussant un mouvement de foule. Des gens pleuraient, tendant la main à travers les grilles, d'autres scandaient des slogans avec virulence, crachant vers le véhicule. Rhi crut discerner « Dehors les requins ! ». L'insulte, destinée aux Fontisians, la fit grincer des dents. Son peuple lui faisait honte.

Un instant, elle vit deux hommes qui se battaient. L'un jeta l'autre à terre, puis ils disparurent comme avalés par la foule. Elle se redressa pour tenter de mieux voir. Dahlen coupa le moteur, et Rhi entendit soudain les battements, ou plutôt le bouillonnement de son cœur.

– Il y a une bagarre, dit-elle à Dahlen.

– Il y a des bagarres partout. Nous ne devons pas sortir du véhicule tant que les gardes ne se sont pas déployés sur l'escalier pour assurer…

Sans lui laisser le temps de finir sa phrase, Rhi ouvrit la portière d'un coup d'épaule, sortit et s'avança vers la foule pour voir si la bagarre dégénérait. Des gardes dévalèrent l'escalier pour la rejoindre, mais elle leva les deux mains, leur ordonnant de rester où ils étaient. Pendant ce temps, Dahlen était descendu du pod et l'avait contourné calmement, comme un prédateur guettant sa proie. Il s'arrêta à quelques mètres de Rhi et fit signe à ses gardes d'obtempérer.

Elle était maintenant juste devant le portail, si proche que l'ourlet de sa robe rouge, pris dans le souffle du vent, se plaquait contre la grille. Elle posa la main sur un barreau, et la foule devint muette. C'était le moment de leur parler, de les rassurer. Elle était de retour. Pour mettre fin à la guerre et rétablir la paix. Elle sentit à quel point elle incarnait l'espoir de tout un peuple. Elle se sentit, pour la première fois, capable d'inverser le cours des choses.

Un mouvement la fit se retourner instinctivement. Derrière elle, une jeune fille blonde venait d'apparaître, armée d'un arc et de flèches. C'était une garde fontisiane coiffée d'une tresse épaisse qui lui drapait l'épaule comme un long serpent blanc qu'elle aurait charmé. Rhi remarqua tout de suite ses yeux noisette aux éclats jaunes et orange, de la couleur d'un coucher de soleil nau fruman.

La jeune fille ouvrit la bouche, comme pour lui adresser des mots d'encouragement.

Au même moment, de l'autre côté du portail, un œuf s'éleva dans les airs dans un silence total et s'écrasa à quelques pas de Rhi. Fascinée, elle regarda le jaune se répandre tristement sur le sol.

C'est à ce moment-là que tout s'emballa. Par endroits, des gens s'écroulèrent au sol, faisant tanguer la marée humaine. Ailleurs, des opposants mitraillèrent Rhi d'une pluie d'ordures et de fruits pourris. Ses sympathisants se retournèrent contre les émeutiers. Des cris s'élevèrent.

Un homme agrippa Rhi par le bras à travers les grilles et la plaqua contre les barreaux tandis que des voix tonnantes montaient de la foule.

« On veut pas de toi, ici ! »

« Voleuse de trône ! »

– La petite fille à son papa devrait faire attention à elle ! lui lança l'homme qui l'avait attrapée.

En se dégageant, Rhi aperçut quelque chose qui fonçait droit sur elle en tournoyant et l'évita de justesse en perdant l'équilibre. Puis elle entendit un bruit de verre brisé. Une bouteille venait de se fracasser à ses pieds.

Dahlen la prit aussitôt par la main.

– Lâche-moi !

Elle retrouva son équilibre tant bien que mal, piétinant sa robe, déchirant l'ourlet au passage. Dans la panique, elle pensa aux œillets qui enregistraient chaque seconde de ce fiasco. Tous, à travers la galaxie, voyaient qu'elle avait peur, qu'elle ne savait pas ce qu'elle faisait. Au lieu de cultiver un lien étroit avec le peuple, comme les empereurs avant elle, elle avait passé six années à préparer l'assassinat de Seotra, aveuglée par son désir de vengeance. C'était une erreur monumentale. Elle se sentit tellement idiote. Naïve, comme on le lui disait souvent.

– Lâche-moi ! répéta-t-elle en se dégageant finalement de Dahlen.

Il cria quelque chose d'inaudible dans le vacarme de la foule. Puis elle entendit un sifflement, comme un feu d'artifice.

Pourtant, ce n'était pas un feu d'artifice qui montait vers le ciel.

Le projectile atteignit le sommet de la tour la plus proche et provoqua une explosion gigantesque. Dans un grondement monstre, des morceaux de marbre aussi gros que des pods furent projetés dans tous les sens.

La foule se dispersa en poussant des cris d'effroi. Puis les premières pierres s'abattirent sur le sol. L'onde de choc secoua Rhi des pieds à la tête. Cette fois, Dahlen ne lui prit pas la main mais la jeta par-dessus son épaule pour remonter l'escalier en courant.

Ils déboulèrent ainsi dans le palais, passant la grande porte sous une pluie de marbre. Les gardes fontisians se précipitèrent à leur suite, puis refermèrent les deux battants de la porte dans un écho assourdissant. De l'intérieur, on entendait les craquements du marbre qui éclatait en mille morceaux, les cris des émeutiers qui tentaient de pénétrer dans le palais, ceux des gardes qui les repoussaient. Les soldats de l'UniForce avaient mystérieusement disparu, laissant le chaos s'installer.

L'impératrice Rhiannon était de retour chez elle.

TROIS

KARA

KARA GRAVIT L'ESCALIER en montant les marches deux par deux. Elle était en mouvement depuis qu'elle s'était enfuie du dojo, et elle n'allait pas s'arrêter maintenant. Pour apaiser la douleur logée derrière son œil, elle pressait sa main contre son orbite. Tout n'était qu'une question de concentration. Visualiser les vaisseaux sanguins, les imaginer se relâcher. Il fallait pousser son corps au-delà de la souffrance. Se battre. « Ne rien lâcher », comme Aly aimait à le dire.

Aly, qu'elle avait perdu dans la foule. Il était juste derrière elle et, la seconde d'après, il avait disparu. Elle aurait dû partir tout de suite à sa recherche. Mais si elle l'avait fait, le cylindre contenant le message holographique ne serait pas dans sa poche. Tout était si tranché et définitif depuis que la guerre avait éclaté.

Faites qu'il soit là-bas, se répétait-elle en se précipitant vers le toit.

Craignant que Julian l'ait prise en filature, elle avait décidé de faire un détour pour rejoindre Pavel, mais cela n'avait pas été une mince affaire. Des émeutes avaient éclaté, et elle avait vu des soldats capturer des Wraetans et des Fontisians – en toute illégalité, car Nau Fruma était un territoire neutre. On lisait de la peur ou de la rage sur les visages. Certains prisonniers étaient sous le choc.

Mais aucune trace d'Aly.

En arrivant au dernier étage du bâtiment, Kara aperçut l'échelle de corde qui menait au toit. Quelqu'un l'avait remise en place. Son cœur fit un bond. Aly était là ! Elle grimpa à l'échelle et vit que Pavel l'attendait. Seul.

– Où est-il ? demanda-t-elle en se hissant sur le toit.

– J'ai perdu le visuel. Je pensais qu'il était avec toi, répondit le droïde.

Ses deux lumières bleues virèrent au rouge.

– Il semblerait que non… ajouta-t-il d'une voix éteinte.

Il se compacta au maximum pour prendre sa forme de dôme. Comme s'il était effondré de tristesse.

Kara était à genoux, éblouie par le soleil couchant. Tremblante de peur et de frustration, elle sentait la douleur derrière son œil se propager dans son crâne. Soudain, un sentiment irrépressible de colère s'empara d'elle, la consumant de l'intérieur, comme le jour où elle était rentrée chez elle pour découvrir que sa maison avait été saccagée et Lydia enlevée. Ce jour-là, ça ne s'était pas bien terminé.

– Ils ont arrêté Aly, dit-elle. Ça ne peut être que ça.

Pavel roula vers elle pour lui donner un petit coup avec son dôme – comme un petit coup de coude réconfortant –, et elle se sentit un peu moins seule. Sur la coque du droïde, elle aperçut son reflet. Ses yeux étaient verts.

« Ils ont encore changé de couleur », lui avait dit Aly.

Elle n'avait plus qu'à faire avec… Ses gouttes auraient pu leur redonner leur ancienne couleur, mais elles déclenchaient une douleur cinglante qui, en plus de sa migraine, aurait été insoutenable.

Elle observa son visage de profil. Changeait-il lui aussi ? Combien de temps lui restait-il avant qu'on la reconnaisse ? Qu'on voie en elle la princesse disparue, Josselyn Ta'an ?

Cet avenir était plausible, mais tellement irréel. S'y projeter, c'était risquer de basculer dans la folie. Comment pouvait-elle réconcilier ses deux identités ? D'un côté, la fuyarde qui vivait sous un faux nom ; de l'autre, la princesse ressuscitée. N'était-ce pas ce dont toutes les filles rêvaient ? Appartenir à la famille royale, se parer de la robe en soie rouge, être au centre de l'attention lors d'une parade réunissant des millions de visiospectateurs ? À cette idée, Kara fut parcourue d'un frisson.

– Tu as trouvé un message protégé par une clé ADN, déclara Pavel.

– C'est comme ça qu'il fonctionne ? demanda-t-elle en sortant le cylindre en bois de sa poche.

Aly aurait été fasciné par cet objet. Il l'aurait démonté, puis remonté. Il se serait posé des questions sur son origine, sur la personne qui avait enregistré le message. Il l'aurait manipulé avec des gestes précis en se mordillant la lèvre inférieure. Et Kara aurait observé tout cela.

– Il s'active au contact de tes doigts. Dans la fibre végétale, je détecte un échantillon de cellules qui correspondent à ton ADN.

– C'est un peu… bizarre. Mais c'est cool.

C'était le genre de technologie que Lydia aurait adoré, elle aussi. Le message venait-il d'elle ou du Lancier ? Kara était en ébullition à l'idée que ce message lui soit destiné, à elle et à elle seule.

Elle posa le cylindre par terre, devant elle. Le faisceau lumineux bleu réapparut, projetant un holo de la galaxie. La Ceinture extérieure s'excentra de l'image jusqu'à disparaître. Captivée par ce qu'elle voyait, Kara avait presque l'impression de voler à travers l'espace en direction du quadrant Desuco, dépassant Tinoppa et Naidoz, atteignant finalement Ralire, une planète naine. Le holo zooma sur cette dernière, toujours plus près, pénétrant l'atmosphère, faisant apparaître la topographie aérienne jusqu'à représenter une ville vue du ciel. Là, des mots s'inscrivirent en travers de l'image :

« Le passé n'est plus, mais l'avenir se trouve là-bas : 678.900.05. »

– Ces coordonnées correspondent bien à Ralire, annonça Pavel. Mais je ne vois pas en quoi cet endroit est une promesse d'avenir.

– Il ne faut pas prendre ça au pied de la lettre.

Si le message lui était destiné, alors il faisait référence

à son passé – son passé en tant que Josselyn Ta'an, celui que Lydia avait effacé. Ce qui signifiait que…

– Le réécriveur est sur Ralire, reprit-elle.

– Alyosha et toi aviez l'air persuadés qu'il se trouvait sur Wraeta.

– C'est ce que Lydia nous avait dit, expliqua Kara en observant les coordonnées qui brillaient en suspension dans l'air. Mais peut-être que, depuis, il a été transporté sur Ralire.

Ou peut-être que Lydia a menti…

– Tu veux qu'on aille là-bas ? demanda Pavel. Il y a des prairies et des vallées dans la région la plus au sud, mais les deux tiers de la planète sont recouverts par de la glace. J'ajoute que le taux de criminalité est le plus haut de toute la galaxie. Bref, c'est dangereux.

Mais Kara se demanda à quand remontait la dernière fois où elle s'était sentie hors de danger.

À la plage.

Le souvenir lui revint doucement, tranquillement, comme d'habitude. Lydia et elle avaient beaucoup voyagé. Pendant un temps, elles avaient vécu à Luris, une ville du nord de Kalu, un endroit gris et froid, avec une mer sombre qui battait une côte rocailleuse où Kara regardait les crabes se balader sur les rochers. Avec un océan agité face à elle et une forêt derrière, Kara était heureuse. C'était son endroit préféré dans l'Univers.

« Il faut que tu fasses attention à toi », lui avait dit Lydia.

C'était un jour de grand vent. Ses cheveux lui fouettaient le visage, mais elle aimait la morsure de l'air. Elle avait même refusé de mettre un blouson. Ce jour-là, elle sortait d'une migraine sévère, avec l'impression de se réveiller d'un profond sommeil.

Désormais, elle réalisait qu'il s'agissait vraiment d'un réveil. C'était là, sur cette plage, qu'elle avait vécu ses premières heures en tant que Kara.

Ce souvenir n'était donc pas n'importe lequel : c'était son premier souvenir, alors qu'elle avait déjà douze ans.

« Je ne serai pas toujours là pour veiller sur toi », avait tenté de lui expliquer Lydia.

Sur le moment, Kara l'avait écoutée sans trop comprendre. À présent, tout cela lui apparaissait sous un jour bien différent. Sous une montagne de mensonges. Lydia avait « veillé sur elle » en utilisant le réécriveur, effaçant le souvenir de celle qu'elle avait été.

Ensuite, elle l'avait prise par les bras d'une poigne ferme, lui faisant lâcher les galets qu'elle avait ramassés.

« S'il m'arrive quelque chose, lui avait-elle dit, tu devras tout faire pour rester hors de danger… »

Mais aujourd'hui, jouer la prudence ne résoudrait rien. Une arme très dangereuse était dans la nature, une arme qui permettait de voler les souvenirs, de les extraire. Qui pouvait effacer le passé pour le réécrire. Réinventer le monde, pour le pire.

– Le danger est partout, dit Kara à Pavel.

– Est-ce que ça veut dire qu'on met le cap sur Ralire ?

Kara hocha la tête.

– Dès qu'on aura retrouvé Aly, ajouta-t-elle.

Il n'y avait qu'un seul camp de détention sur Nau Fruma. Il avait été installé à la va-vite, à quelques centaines de mètres seulement du vieux marché. Kara comprit vite qu'Aly était forcément là-bas, avec tous les Wraetans et Fontisians arrêtés par l'UniForce.

Pendant vingt-quatre heures, Kara et Pavel surveillèrent le camp, observant le roulement des équipes. Ils repérèrent un court laps de temps pendant lequel Kara pourrait se faufiler à l'intérieur.

Le couronnement de Rhiannon tomberait à pic pour détourner l'attention des gardes.

Afin de s'équiper pour la mission sauvetage, Kara dépensa tous ses crédits dans un uniforme de gardien de prison trouvé au marché noir. Elle dut dérober le reste du matériel sur les étals des marchands de la place centrale.

Quand elle revint au poste d'observation, Pavel roula droit sur elle en émettant un déchaînement de bips et de lueurs.

– Il y a du nouveau ! lança-t-il en projetant un graphique en holo.

– C'est quoi, ces courbes ? demanda Kara en plissant les yeux.

– Nos recherches sur le réécriveur n'ayant rien donné, Aly m'avait demandé d'explorer les holoforums.

– Il ne m'a pas parlé de ça.

Son rythme cardiaque s'accéléra malgré elle. Pourquoi Aly n'en avait-il pas discuté avec elle ?

– Il m'a ordonné de garder ça pour moi. Il voulait éviter de te donner de faux espoirs au cas où je ne trouverais rien.

Cependant, je suis tombé sur des informations capitales en suivant une intuition…

Kara doutait fortement que Pavel soit capable de suivre des intuitions plutôt que des algorithmes, mais elle ne releva pas.

– Et alors ?

Ses lumières bleues clignotèrent, comme s'il clignait des yeux.

– J'ai trouvé une référence à un centre d'essai sur Wraeta, et j'ai croisé l'information avec les dates des sommets du G-1K précédant la mort de Diac Zofim.

C'était le scientifique qui avait inventé le réécriveur et qui, de manière suspecte, était mort juste après.

– Et j'y ai ajouté la fréquence avec laquelle l'empereur Ta'an mentionnait les technologies de pointe dans ses discours, poursuivit le droïde.

L'empereur ? *Surprenant*, pensa Kara. Elle n'aurait jamais pensé à inclure ce genre de variable dans ses calculs.

– Regarde.

Pavel fit apparaître un holo qui représentait une sorte de note officielle écrite dans une langue que Kara ne connaissait pas. Certains caractères rappelaient l'alphabet kalusian, mais ils étaient moins complexes. Quand Pavel activa le filtre de traduction, les lettres se troublèrent et se réarrangèrent en kalusian moderne.

« *Nouvelles avancées dans l'implant biotechnologique… Suppression et réécriture du cube peuvent générer une perte de mémoire… Les recherches indiquent que la suppression ciblée de la mémoire sera bientôt opérationnelle…* »

Kara lisait rapidement, sans trop savoir ce qu'elle avait sous les yeux, avec la sensation de faire une longue chute avant un choc inévitable.

«… *de plus, la suppression ciblée de la mémoire sera réalisable à grande échelle si le public équipé d'un cube reçoit une même mise à jour. Grâce à la nouvelle technologie, les mécanismes moléculaires peuvent être identifiés et éliminés…* »

Kara inspira un grand coup. Elle savait de quoi le réécriveur était capable, puisque Lydia l'avait utilisé sur elle. Cependant, cibler des pans entiers de la population en effaçant des souvenirs spécifiques semblait particulièrement difficile à mettre en œuvre – sans parler des problèmes d'éthique. Lydia était-elle au courant de tout cela ?

« *Ils feront de nous des coquilles vides.* » « *Chaque souvenir, chaque recoin de notre esprit qui fait de nous qui nous sommes nous sera arraché.* »

Était-ce ce qu'elle avait évoqué lors de leur évasion, sur Houl ? Était-ce ce que Nero avait fait subir aux scientifiques du zeppelin ? Ils étaient absents, creusés par le néant, comme cette femme qui ne dessinait que des triangles. Avaient-ils perdu la tête en servant de cobayes ?

« *Ils feront de nous des coquilles vides…* »

Une question obsédait Kara plus que les autres : que cherchait-on à effacer à grande échelle ?

Le document holographique faisait figurer de nombreuses informations. Elle sauta directement à la fin :

«… *notre histoire interplanétaire a généré des divisions politiques insurmontables. De fait, il est parfaitement justifiable… d'effacer le souvenir de la Grande Guerre de la mémoire collective, pour le bien des peuples et l'avenir de la galaxie…* »

– Kara, dit Pavel en désactivant le filtre traducteur. Est-ce que tu reconnais cette langue ?

Elle fit « non » de la tête – en réponse à la question de Pavel, mais aussi en signe d'incrédulité face à ce qu'elle venait de lire.

– Une forme d'ancien kalusian, peut-être ?

– Exact. On ne le parle plus et on ne l'enseigne plus, expliqua Pavel. C'est du kalusian royal, transmis de génération en génération et réservé aux membres haut placés du cabinet des Ta'an.

Comprenant soudain ce que cela impliquait, elle fut parcourue d'un frisson.

– Qu'est-ce que tu veux dire ?

– Que c'est l'empereur Ta'an en personne qui a écrit ce document.

– Réactive le traducteur.

Les mots se réarrangèrent en kalusian ordinaire. Kara lut ce qui était écrit tout en bas :

« *Ordre exécutif 10642.* »

En dessous, son père avait signé de son nom. Non seulement l'empereur Ta'an connaissait l'existence du réécriveur, mais il comptait l'utiliser.

QUATRE

ALYOSHA

LES GARDIENS L'APPELAIENT « le centre », et personne n'allait les reprendre. Les prisonniers n'osaient déjà pas en discuter entre eux. « Rien de bien nouveau », pensait Aly. Au cours de l'histoire, les gens avaient toujours cherché à gagner du temps – en prenant des raccourcis lexicaux, en faisant l'impasse sur des mots, en combinant deux phrases en une seule. « Bien le bonjour » s'était transformé en « Bonjour », « Ne t'inquiète pas » en « T'inquiète », et « Comment vas-tu ? » en « Ça va ? ». Sans surprise, le « camp d'internement » était devenu un simple « centre ».

Deux jours plus tôt, Aly avait été séparé de Kara durant la manifestation, et depuis, il était retenu prisonnier par l'UniForce, alors que Nau Fruma était techniquement neutre. Ces deux jours lui paraissaient déjà comme une éternité.

Il s'était débattu autant qu'il avait pu. Ces *chortois* l'avaient salement amoché. Il n'avait même pas eu le temps de crier à

Kara de continuer sans lui. Il ne savait d'ailleurs pas ce qu'elle était devenue, et ça le rendait fou.

Depuis que la galaxie avait basculé dans la guerre, les soldats se transformaient en monstres. Volontairement ou pas, Rhiannon avait fait de Josselyn une cible vivante. Il avait peur pour Kara en pensant à tous les gens qui étaient à sa recherche et ne pensaient qu'à monnayer son cadavre auprès de Nero.

Car désormais, il n'était plus à ses côtés pour la protéger.

Tout était sa faute. Il n'avait pas suivi son instinct, qui lui avait pourtant dit de prendre Kara par la main et de sauter dans le premier vaisseau pour partir loin de cette lune, vers les confins de la galaxie. Quand il était avec Kara, il n'avait plus les idées en place. Il se disait qu'avec elle sur le trône, les peuples auraient un plutôt bel avenir devant eux. Que la paix serait restaurée pour chacun.

Mais ce n'était qu'un doux rêve, un songe utopique. Il y avait cru, et maintenant il en payait le prix. Les soldats de l'UniForce arrêtaient seulement les Wraetans et les Fontisians, mais s'ils mettaient la main sur une Kalusiane au service de l'ennemi, quel sort lui réserveraient-ils ? Surtout s'ils réalisaient qu'elle était l'impératrice légitime de Kalu.

Aly s'agenouilla devant un autel de fortune rassemblant des statues de Vodhan de tailles différentes. Certaines avaient été emportées par les prisonniers au moment de leur arrestation, d'autres avaient été fabriquées ici, taillées dans du talc blanc qui s'effritait chaque jour un peu plus.

Le bâtiment n'ayant pas de plafond, la poussière s'infiltrait par le toit et se déposait partout. Les murs étaient crasseux, recouverts d'empreintes de mains. L'endroit était infesté de rats incroyablement maigres et longs – résultat de la faible gravité de Nau Fruma – et baignait dans une forte odeur corporelle – résultat de la promiscuité et du manque d'hygiène. C'était pire que les Wraexodes, ce qui en disait long.

Aly était venu moins pour prier que pour échapper à l'agitation qui régnait à l'extérieur du hangar. Il attrapa néanmoins un collier de prière emmêlé au pied d'une statue et le serra dans sa main en priant Vodhan. Dans son enfance, il avait récité cette prière des milliers de fois, la marmonnant sans y penser, passant vite sur les invocations pour que les missionnaires fontisians l'autorisent enfin à aller jouer dehors. Là encore, prier suscita de l'impatience, comme s'il avait quelque chose de mieux à faire – définir une stratégie, échafauder un plan, s'atteler au prochain objectif. Mais, profitant de ce petit moment de calme, il ferma les yeux et les mots lui revinrent. La prière émergea de l'océan obscur où son esprit était plongé.

Un vieux souvenir organique surgit sans crier gare, comme si, entraîné par le vent pendant de longues années, il avait recroisé le chemin d'Aly pour le ramener en arrière. Pour le ramener chez lui. Il se demanda s'il n'avait jamais autant senti la présence de Vodhan qu'à ce moment-là.

Le hangar s'ouvrait sur une cour clôturée surveillée par des soldats postés à intervalles réguliers. « L'unité pacificatrice » de l'UniForce avait arrêté tous les ressortissants wraetans et fontisians dans ce qui constituait un acte de loi martiale. Elle ne les avait pas séparés au sein du camp d'internement. Pourquoi s'embêter à le faire ? Wraeta et Fontis étaient techniquement du même bord – deux ennemis de Kalu et donc, selon la vision simpliste de Nau Fruma, une menace pour la neutralité de la lune.

Cette sacro-sainte neutralité entendait en réalité masquer l'allégeance de la lune à Kalu, en niant les tensions qui existaient entre Fontisians et Wraetans. Comment ne pas voir l'hostilité qu'ils entretenaient ? Fontis avait colonisé Wraeta bien avant que Kalu réduise la planète en morceaux. Les Fontisians s'en étaient emparés sans demander leur avis aux Wraetans, les dépossédant de leurs minerais rares et leur imposant leur précieux dieu Vodhan au passage. Ils les avaient aussi entraînés dans des guerres qui ne les concernaient pas. Aly savait que nombre de ses compatriotes ne le pardonneraient jamais. Certains haïssaient Fontis presque autant que Kalu.

Il fallait que les gardiens soient aveugles pour ne pas voir ces tensions. « Vodhingues », « poussiéreux » et autres insultes fusaient partout dans le camp. Les équipes de surveillance n'y prêtaient pas attention. Ça leur était bien égal que les prisonniers s'entretuent. Fontisians et Wraetans avaient tracé une ligne de démarcation au milieu de la cour – une allée aussi large qu'une rivière. On s'en méfiait comme si elle avait été infestée de serpents. Tenter de la traverser, c'était risquer la mort.

Aly avait été plutôt bien traité par les autres prisonniers. Beaucoup avaient reconnu le Wraetan de *Héros du Révolution*, l'émission de DroneVision dont il partageait la vedette avec Vinz. Tout le monde savait qu'il avait été accusé de l'assassinat de la princesse Rhiannon, puis blanchi lorsque, dans un holo, elle avait annoncé qu'elle était vivante. Ce qui faisait d'Aly un héros. Il avait droit à des accolades viriles, des checks et des tapes sur l'épaule. Il était redevenu une célébrité et il détestait ça. Parce que lui, qu'avait-il fait pour ces gens ? Strictement rien.

Pour lui, c'était retour à la case départ : sourire comme devant les caméras, faire rêver les autres, se montrer sous son meilleur jour. Le charme, c'était pourtant la spécialité de Vinz. Mais ça n'empêchait pas Aly d'être adulé, et tout ça parce qu'il avait eu la décence de ne pas assassiner la princesse. Admirer quelqu'un pour ce qu'il n'avait pas fait lui paraissait bizarre. Ce que les gens ignoraient, c'est ce qu'il avait fait : il avait provoqué la mort de Vinz en se crashant sur Naidoz, et il s'était évadé de la prison sur Houl sans libérer les autres détenus. Et bien avant ça, il s'était fait passer pour un Kalusian, reniant son histoire et son peuple pour ne plus être considéré comme un poussiéreux.

Non, il ne méritait pas sa popularité. Et il n'en voulait pas. C'était sa célébrité qui avait fait de lui le coupable idéal. On avait mis le meurtre de Rhiannon sur son dos et, désormais, il craignait qu'on l'inculpe d'un nouveau crime. Il se demandait souvent qui avait choisi de le piéger, qui avait pointé son doigt vers un Noir vu dans un holo en lâchant :

« Pourquoi pas lui ? » C'était personnel ? Ce quelqu'un avait ordonné qu'on retrouve sa trace ? Il ne pouvait s'empêcher de penser qu'à chaque instant il risquait de se faire repérer, traîner devant les caméras et accuser de nouveau. Il ne s'imaginait jamais innocenté. Pas réellement.

Aly était devenu parano et se méfiait de tout. Il regarda autour de lui. La plupart de ses codétenus étaient rivés à leurs projecteurs holo, en tout cas ceux qui avaient réussi à les cacher lors de la rafle. En général, les gardiens faisaient semblant de ne rien voir – ils étaient trop paresseux pour intervenir – et les prisonniers se planquaient pour les utiliser. Mais là ils n'essayaient même pas d'être discrets, et des dizaines de holos brillaient aux quatre coins du hangar. Aly se rappela subitement que c'était le jour où l'impératrice Rhiannon faisait son retour sur Kalu. Comment avait-il pu oublier ça ?

Son accueil se révélait catastrophique. Elle apparaissait petite mais de stature royale, avec les sourcils légèrement froncés, et portait une robe de cérémonie rouge. Mais elle était surtout… la cible de jets d'œufs.

Des émeutes éclataient à travers Sibu, la capitale. Aly ferma les yeux, accablé devant ce triste spectacle. Pendant des années, les gens n'avaient eu d'yeux que pour cette fille. Lorsqu'elle était plus jeune, on l'avait affublée d'un surnom ridicule, « la Rose de la galaxie », et on lui avait attribué un rôle de princesse orpheline prisonnière de sa tour. Et là, en l'espace de quelques secondes, tout le monde se retournait contre elle. Voilà qu'au moment où cette adolescente se transformait en femme, on faisait d'elle le bouc émissaire de tous les maux de la galaxie. Aly en eut presque le cœur brisé pour elle, même s'il ne découvrait rien de nouveau. Il savait que le public avalait toujours ce qu'on lui servait, surtout si cela venait de Nero.

Une bouteille de verre se brisa aux pieds de Rhiannon. Écornant encore plus son image, un garde fontisian l'attrapa et la jeta sur son épaule comme si elle n'était qu'une enfant. Ce qui était plus ou moins le cas. Après tout, elle n'avait que seize ans.

Et c'était la petite sœur de Kara.

Aly avait encore du mal à réaliser qu'il en pinçait pour une Ta'an. C'était elle, la véritable impératrice, même si elle détestait cette idée, à tel point qu'elle préférait qu'il continue à l'appeler Kara plutôt que par son vrai nom : Josselyn.

De son côté, il voyait bien qu'elle avait craqué pour lui. Non pas qu'ils en aient jamais discuté, trop occupés qu'ils étaient à fuir. Mais il l'avait senti dans son baiser, dans son obstination à rester avec lui envers et contre tout.

Avec le retour de Rhiannon, Aly aurait dû être libre et hors de danger. Mais à peine avait-il commencé à goûter à la liberté qu'on la lui avait de nouveau retirée. Son droïde était sans doute parti à sa recherche, mais il craignait qu'il ait été capturé et envoyé dans une casse sur une planète lointaine. La guerre faisait rage partout, même sur la lune la plus sûre et la plus pacifique de la galaxie.

Dans le camp, le retour de Rhiannon provoquait des réactions différentes. Certains regardaient leur holo en hochant la tête, comme s'ils s'étaient attendus à un tel fiasco. La plupart des Wraetans auraient pu prédire qu'elle allait recevoir un accueil de *taejis*, et Aly en faisait partie. Mais d'autres paraissaient satisfaits. Les Ta'an leur avaient techniquement sauvé les fesses en mettant un terme à la Grande Guerre, mais seulement après avoir détruit leur planète et les avoir éparpillés aux quatre coins de la galaxie dans des camps de réfugiés, les Wraexodes. Encore à ce jour, penser à la Grande Guerre ravivait chez Aly les blessures du passé. Les stigmates de cette époque étaient inscrits en lui, façonnant son présent et son avenir dans la colère. Comment se défaire d'une telle chose ?

Certains Fontisians, surtout ceux qui étaient assez âgés pour se souvenir de la guerre, observaient la scène comme si elle respectait l'ordre des choses. Comme le premier signe d'une chute annoncée. Même les Ta'an ne pourraient plus instaurer un semblant de stabilité. On se précipitait vers une guerre totale. Aly sentait que, bien assez tôt, l'odeur de la mort planerait dans toute la galaxie.

Son cube se mit tout à coup à biper, l'arrachant aux écrans holo. La peur et l'adrénaline l'envahirent. À son arrivée au camp, on l'avait forcé à le rallumer et à lancer une mise à jour. Elle en était à cinquante pour cent. Les mises à jour étaient rares et, dans son souvenir, il n'y en avait eu qu'une seule ces dernières années. Il y avait eu une grande campagne pour informer les utilisateurs des améliorations, conseillant de le faire la nuit car l'énergie drainée pouvait entraîner la somnolence. Cette fois, elle avait été lancée sans préambule. Aly n'aimait pas ça, mais il n'avait pas le choix.

Désormais, les gardiens convoquaient les détenus par une simple notification sur leur cube. Les groupes se succédaient devant la clôture pour récupérer leur ration de nourriture et d'eau et prendre une « douche » – ce qui consistait à se faire arroser au jet par un gardien à travers le grillage. Aly n'y avait pas encore eu droit et l'avait repoussée le plus longtemps possible. Il n'était pas un animal.

Il regarda autour de lui, mais personne ne bougea. Il en déduisit qu'il était le seul à avoir reçu la notification et qu'il avait toutes les chances de se faire tabasser. À moins que, pire, celui qui l'avait piégé n'ait retrouvé sa piste.

Aly resta là où il était, paralysé. Son cube bipa de nouveau. Cette fois plus fort, comme lorsqu'il recevait des appels d'urgence quand il était dans l'UniForce. Il ferma les yeux et « Vestibule 17 » s'afficha sous ses paupières en clignotant. Alignés le long de la clôture, les Vestibules étaient des box sombres et rectangulaires qui évoquaient des confessionnaux et permettaient aux gardiens de passer les prisonniers à tabac en toute discrétion. Ils étaient astucieusement entourés d'un grillage électrifié, pour leur rappeler qu'ils ne valaient pas plus que des animaux, au cas où ils l'auraient oublié.

Conscient que repousser l'inéluctable ne ferait qu'empirer les choses, Aly se dirigea immédiatement vers le Vestibule 17. Il connaissait bien le profil des surveillants – des gars qui vous traitaient comme de la *taejis* pour se sentir puissants.

Parfois, être docile n'était pas suffisant et il fallait obéir aux ordres en faisant semblant d'aimer ça. On était prêt à tout quand sa vie en dépendait.

Dans le clair de lune, le gardien se découpait en ombre chinoise, les pieds plantés dans le sol. Il était petit, mais Aly savait que ça ne changerait rien. Avec un étourdisseur, la taille n'avait aucune importance. Il suffisait d'être cruel.

Le gardien s'avança. Aly recula d'un pas.

– C'est moi, chuchota une voix féminine.

Kara.

– Comment c'est possible ?

Aly voulut s'approcher d'elle, mais elle secoua la tête. Un peu plus loin, un autre surveillant – un vrai, celui-là – s'était arrêté pour les observer. Aly affecta un air soumis alors qu'il exultait intérieurement. Le garde s'éloigna, et il réalisa soudain les risques insensés que Kara avait pris en pénétrant dans le camp.

– Tu n'aurais pas dû venir. Tu dois partir d'ici.

– Euh… C'est pas plutôt « merci d'être venue me sauver » ? répondit-elle.

Il ne voyait pas son visage à cause de la pénombre, mais tout dans sa voix indiquait qu'elle était vexée.

– J'ai pas envie de plaisanter, répliqua-t-il.

Ce n'était vraiment pas le moment de faire des manières alors que l'avenir de la galaxie était en jeu. Il jeta un coup d'œil rapide autour de lui, puis ajouta à voix basse :

– L'UniForce s'est déployée partout sur la lune. Tu dois quitter Nau Fruma. Tu es trop précieuse.

– Je suis totalement d'accord avec toi. C'est pour ça qu'on décolle ce soir. Pavel nous attend au marché.

Aly fut incroyablement soulagé d'apprendre qu'elle était avec son droïde. Kara et Pavel avaient donc veillé l'un sur l'autre pendant tout ce temps.

Kara se retira dans l'obscurité et se glissa dans une ouverture découpée dans la clôture, à l'abri du regard robotique des œillets.

Aly regarda derrière lui pour vérifier que le gardien n'était pas revenu.

À son tour, il se faufila comme un ver à travers l'ouverture, puis tous deux se mirent à courir en silence. Mais très vite, il s'arrêta net. Ils étaient suffisamment proches du camp pour être repérés depuis les miradors, mais Aly ne pouvait plus attendre et, sans un mot, il prit Kara dans ses bras. Il sentit aussitôt la chaleur de son corps, perçut la courbe de ses hanches sous le treillis qu'elle portait. Leurs bouches étaient incroyablement proches. Il ne rêvait que de ça depuis deux jours.

Le corps d'Aly prit le relais. Ses mains se posèrent sur le visage de Kara ; sa bouche trouva la sienne. Il avait les lèvres gercées, elle aussi, mais ça n'avait aucune importance.

Ils échangèrent un baiser comme ils n'en avaient jamais connu. Un baiser au goût d'urgence, de désespoir, imprégné de ce qu'ils avaient enduré depuis que leurs chemins s'étaient croisés – la guerre, la violence, l'horreur. À ce goût s'ajouta celui de l'espoir, lequel grandit jusqu'à tout éclipser. Aly l'embrassa aussi pour lui faire ressentir toute sa reconnaissance. Elle était venue pour le chercher, lui.

Kara l'attira contre elle, et il la serra en retour, faisant glisser ses mains le long de son dos. Il décolla ses lèvres de sa bouche, les posa sur ses joues, puis effleura son oreille avant de plonger dans son cou. Il la sentit tressaillir. Ses lèvres iraient partout. Il irait partout s'il le fallait, s'il pouvait revivre ça.

Était-ce de l'amour ? *Choirtoi*, bien sûr que c'était de l'amour. C'était le moment de le lui dire. Il voulut l'embrasser de nouveau, mais elle se dégagea et, en un instant, il se sentit comme aspiré dans le néant de son absence. Puis il la vit, son visage éclairé par la lueur de lune. Elle lui avait pris la main et il réalisa qu'il tenait toujours le collier de prière. Il le fit glisser de son poignet au sien.

– Aly, murmura-t-elle en inspectant son visage. Tu étais en train de prier ?

– J'ai prié pour toi.

Elle serra sa main dans la sienne.

– Ne perdons pas de temps.

Il se sentit soudain complètement désorienté. Il se retourna vers le camp qui, niché entre des dunes géantes, libérait un halo de lumière vers le ciel étoilé.

– Et les autres prisonniers ?

Kara hésita.

– On reviendra…

– Mais quand ? lança-t-il en faisant un pas en arrière. Et comment ?

Soudain, un cri perça le silence de la nuit et des silhouettes noires se détachèrent dans la lumière des projecteurs en faisant des gestes dans leur direction. De nouveaux cris s'élevèrent et une alarme retentit. Kara tira Aly en arrière et il trébucha, incapable de se mettre en mouvement. Une seconde plus tard, il était revenu à lui et fuyait dans les dunes à grandes enjambées.

Dans le vacarme, il entendit un cri qui lui déchira les tympans. Qui déchira l'air.

Qui déchira le ciel.

Il leva la tête et aperçut une gigantesque sphère dans le ciel. *Une lune ?* pensa-t-il bêtement. Elle grossissait à vue d'œil, comme si elle tombait du ciel. Le bruit devint si assourdissant qu'Aly ne s'entendit plus penser. Il n'y avait plus que le vacarme de la sphère qui se précipitait vers le camp, chaque seconde un peu plus grosse.

Il attrapa la main de Kara et l'entraîna au sommet de la dune qui se dressait devant eux. Ils sautèrent de l'autre côté de la crête, puis il la tira contre lui, l'enveloppant pour faire écran avec son corps. Accroupis, ils s'attendaient à une explosion dévastatrice. Mais quand la sphère percuta enfin Nau Fruma, Aly ne sentit qu'une légère fluctuation dans l'air. Comme une ondulation. Une vibration.

Kara le repoussa et dit :

– Qu'est-ce que… ?

Ses mots furent noyés par un gigantesque halo lumineux qui explosa d'un horizon à l'autre. Aly mit la main devant ses yeux pour ne pas être aveuglé. C'était presque beau. Le ciel était tout illuminé par une sorte de foudre, puis il y eut un bruit qui fit penser à un million de coups de tonnerre, un bruit qui sembla ricocher dans leur direction au ralenti.

Aly sentit la connexion de son cube se brouiller, puis se couper.

Et Nau Fruma fut plongée dans le noir.

Dans le noir, mais pas dans le silence. Tout le monde se mit à crier à l'unisson.

Une bombe électromagnétique ? Ces bombes étaient conçues pour griller tout système fonctionnant à l'électricité. Elles avaient été interdites par un traité une dizaine d'années auparavant. Depuis, il se disait que des planètes en stockaient, en construisaient, en vendaient, mais Aly y avait toujours vu une tactique d'intimidation. C'était le genre de rumeur qui permettait d'instaurer un climat de peur. Du moins était-ce ce qu'il espérait jusque-là.

En se hissant sur la crête, il découvrit que les bombes électromagnétiques n'étaient pas une invention. Il vit tous les signes d'une attaque ciblée car les lumières de bâtiments lointains scintillaient encore dans la nuit, ce qui signifiait que certaines zones n'avaient pas été affectées par l'explosion. L'UniForce n'aurait pas visé son propre camp d'internement. Qui pouvait être responsable d'une telle attaque ?

Kara se releva tant bien que mal, puis attrapa la main d'Aly. Ils avaient du sable sous les ongles.

– Il faut trouver un vaisseau, vite !

Aly secoua la tête sans quitter le camp des yeux. Un prisonnier s'échappa par le trou que Kara avait découpé dans la clôture. Puis un deuxième, et un troisième. Et encore d'autres. Si la bombe avait rempli sa fonction, c'était le chaos, là-bas.

– On ne peut pas les laisser comme ça, dit-il.

Une nouvelle explosion retentit, cette fois plus forte, et une lumière orange descendit du ciel vers le camp. Aly sentit une odeur de brûlé. Au loin, un flot de détenus s'enfuyait maintenant de la prison. Certains se battaient avec des gardes qui leur barraient le chemin.

– Aly ! lança Kara en le tirant par la main. C'est Nero qui est derrière ça, derrière tout ce qui se passe. Je ne pourrai aider personne si l'UniForce me capture.

– C'est vraiment ça que tu veux faire ? T'enfuir ?

Il avait parlé d'une voix plus forte que prévu. Il repensait à Houl, aux détenus qu'ils n'avaient pas pu sauver. Kara et lui avaient dû s'enfuir, soi-disant pour sauver Lydia. Là, quelle excuse avaient-ils ?

Soudain, une violente colère monta en lui. Il était à deux doigts d'exploser. C'en était trop – le camp, la bombe, ce territoire neutre rattrapé par le conflit. Tout était la faute de ceux qui, au pouvoir, considéraient les gens comme des pions, en déployant leur guerre sur l'échiquier interplanétaire qu'était la galaxie. Aly en avait assez, assez des têtes couronnées et des dirigeants qui faisaient toujours les mauvais choix.

– Parce que si tu veux aider les gens, tu pourrais commencer par arrêter de fuir. Annoncer ton retour. Tu pourrais monter sur le trône.

En le disant, il réalisa que la solution était là. Kara pouvait changer le cours des choses. Changer le monde.

– Il faut que tu essaies, OK ? reprit-il d'un ton convaincu. Stratégiquement, ça me paraît mieux que de partir en quête du réécriveur juste parce que c'est ce que voulait Lydia.

– Et si ça marche ? lança-t-elle en haussant brusquement la voix. Je ne sais absolument pas comment on gouverne.

– Tu apprendras, Kara.

Il effleura sa joue. Il avait mémorisé chaque trait de son visage, chacune de ses expressions. Et pourtant, elle avait changé. Très légèrement. Il ne s'en serait pas rendu compte s'il n'avait pas été séparé d'elle pendant ces deux jours. Il fut soudain désorienté et pris de vertiges. Le sol sembla s'ouvrir sous ses pieds.

– Tu n'as pas besoin du réécriveur pour aider les autres. Tu saurais très bien le faire toute seule.

– J'ai besoin de le trouver parce qu'il représente un danger. C'est pour ça que Lydia m'a demandé de le faire. Elle voulait que je le détruise.

Elle se dégagea brusquement d'Aly.

– Tu ne sais pas la moitié de ce que je sais sur le réécriveur, sur ce qu'on peut faire avec, continua-t-elle. On fait partie des rares personnes à connaître son existence.

– T'accompagner pour te regarder te faire tuer, non merci, dit Aly. Tu sais ce que je pense ? Tu as peur de monter sur le trône.

– C'est tout ce qui t'intéresse, tout à coup ? Me faire monter sur le trône ? cracha-t-elle presque.

Ses yeux – deux agates aux couleurs chamarrées – jetaient des éclairs.

– Ton idée, c'est d'abandonner ? poursuivit-elle. D'oublier le réécriveur ?

– Je ne te demande pas d'abandonner ! Regarde autour de toi : la galaxie est en guerre ! répliqua Aly. Voilà ce que je propose : on va directement à la capitale pour trouver ta sœur, pour lui dire qui tu es. Et une fois qu'on est en sécurité, on s'organise pour mettre la main sur le réécriveur.

– Qui dit qu'on ne m'accusera pas d'imposture ? Qu'on ne me tirera pas dessus à coups d'étourdisseur ? répondit Kara en criant. Toute ma vie, on a décidé pour moi. Lydia a décidé d'effacer ma mémoire *pour ma sécurité*. Tu voulais que je te laisse pourrir dans ce camp *pour ma sécurité*.

Elle avait lancé cette dernière phrase avec de l'amertume et du mépris. Elle ajouta :

– Si je suis ici aujourd'hui, c'est à cause de décisions prises par d'autres que moi. Quand viendra mon tour de décider ?

– Et tu déciderais quoi ? dit Aly, la mâchoire serrée. Tu choisirais de vivre dans le mensonge, de faire comme si tu étais quelqu'un d'autre que Josselyn ? Tu irais à la plage à Luris pendant que la galaxie est à feu et à sang ?

Kara en eut le souffle coupé. Elle lui avait raconté que la plage de Luris était son « paradis secret ». Il avait trouvé ça si beau qu'il avait fait semblant de plier son rêve pour le mettre dans une poche imaginaire, sur son cœur. Et là, il lui balançait ça à la figure.

– *Taejis,* Kara, ce n'est absolument pas ce que je voulais dire… Je sais ce que c'est, de vivre dans le mensonge, de prétendre être quelqu'un d'autre parce que c'est plus facile. Parce qu'on a peur d'être soi-même, ou parce que ça fait peur aux autres.

Il se rappela les années où il s'était fait passer pour un Kalusian. Ça avait été difficile, et au fond ça n'en avait jamais vraiment valu la peine.

– Ce que j'essaie de t'expliquer, c'est que pour éviter de vivre dans le mensonge, il ne tient qu'à nous de réécrire les choses.

Il n'arrivait pas à déchiffrer son visage, mais il espérait avoir réussi à la convaincre. Ou, du moins, qu'elle n'était plus en colère contre lui.

– Kara ? dit-il.

Au même moment, un énorme coup de tonnerre retentit. Un bruit assourdissant. Le son de sa voix disparut, noyé dans le vacarme.

Ça venait du camp. À travers le rideau de poussière soulevé par les explosions, Aly vit que les prisonniers fuyaient en masse.

Il croisa le regard d'une Wraetane qui passait à sa hauteur. Il y lut la peur.

– Qu'est-ce qui se passe ? lança-t-elle en l'agrippant.

Elle lui serra le bras comme un étau, si fort que ses doigts virèrent au blanc.

Il ne savait pas ce qui se passait. Il savait une seule chose, une chose apprise dès son plus jeune âge : quand des gens s'enfuient, mieux vaut les imiter.

D'autres prisonniers arrivèrent au sommet de la dune, puis se ruèrent de l'autre côté. Un flot humain se déversa sur Aly et Kara, menaçant de les piétiner et les entraînant vers la ville. Aly tenta d'attraper la main de Kara, mais ses doigts se refermèrent sur le vide. Elle avait disparu. Aly fut encore emporté sur quelques mètres par la foule compacte.

Puis un nouvel éclair de lumière encore plus puissant que le premier déchira la nuit. Le sol fut pris d'une violente secousse, et une force invisible projeta tout le monde vers le ciel. Aveuglé, Aly se retrouva suspendu en l'air, puis fut projeté au sol. Une douleur se propagea dans son corps comme une note interminable et dissonante.

Tout devint brusquement silencieux, et il plongea dans l'obscurité.

CINQ

RHIANNON

– *TAEJIS*, PESTA RHI POUR LA CENTIÈME FOIS tandis qu'elle quittait sa chambre.

Elle aurait dû le voir venir. C'était du Nero tout craché, lui qui ne ratait jamais une opportunité dès qu'elle se présentait. Le retour de l'impératrice lui avait laissé le champ libre pour commettre des exactions sur Nau Fruma à l'insu de la galaxie. Et quand la situation nau frumane avait été médiatisée, il s'était fait passer pour le gentil.

Taï Reyanna se tenait au centre de l'antichambre, tendue de la tête aux pieds. Elle appuya sur son cube. Rhi n'avait pas envie de rallumer le sien, mais elle était frustrée de toujours s'en remettre aux autres pour connaître les dernières nouvelles. Une nouvelle raison d'être énervée. Sa gouvernante portait une robe protocolaire blanche. Taillé dans un tissu rigide, l'habit semblait l'entourer d'un véritable manteau neigeux. Rhi fit apparaître un holo diffusant les actualités :

l'UniForce et la Coalition wraetano-fontisiane s'étaient engagées dans une bataille sur Nau Fruma. Une lune neutre.

Nero avait ordonné à ses soldats de faire l'impensable : rassembler Wraetans et Fontisians pour les interner illégalement. Sur le sol nau fruman, qui plus est.

La Coalition avait mené une mission de sauvetage pour libérer les détenus, clamant que le camp constituait une violation du traité de neutralité de la lune. Elle avait utilisé une bombe électromagnétique pour mettre hors service tous les appareils électriques, y compris les cubes, mais l'UniForce avait riposté avec une *vraie* bombe. Désormais, les deux armées étaient aux prises l'une avec l'autre, et la bataille de Nau Fruma avait déjà fait trop de victimes des deux côtés. Le reste de la galaxie était en proie à la panique. Si la neutralité n'était plus respectée, aucun endroit n'était sûr, désormais.

Les holos avaient rendu compte de tout sauf, bien entendu, de ce qui avait déclenché le conflit : l'internement dans les camps. En revanche, Nero s'était évidemment assuré que DroneVision donne beaucoup de temps d'antenne à « l'attaque » de la Coalition.

– Le contact n'a toujours pas été rétabli ? demanda Rhi.

Elle s'assit sur une chaise richement ornée, puis se remit debout immédiatement. Elle était incapable de tenir en place. Elle avait la gorge desséchée et contractée. Trop d'anxiété.

Sa gouvernante lui adressa un regard en coin et secoua lentement la tête avec une pointe d'irritation. Il était impossible de joindre le commandant de l'UniForce en mission sur Nau Fruma. Il était inquiétant que Rhi n'ait pas été mise au courant de ce qui s'y passait exactement.

– Leurs systèmes de communication doivent être encore hors service à cause de la bombe électromagnétique, avança la Taï. Et la nouvelle mise à jour semble ne rien arranger.

Rhi ne trouvait pas ces explications très convaincantes. Elles savaient toutes deux ce qui se passait véritablement : l'UniForce s'était rangée derrière Nero. Les soldats postés dans la capitale avaient à peine levé le petit doigt pour protéger Rhi lors de l'émeute, le jour de son arrivée. Il ne fallait plus compter sur eux.

Bien que la guerre fasse rage, que Josselyn ne se soit pas manifestée – ce qui était autant un bon qu'un mauvais signe –, Rhi ne pouvait pas s'empêcher de penser à Julian. Était-il toujours sur Nau Fruma ? Était-il sain et sauf ? Savait-il qu'elle avait tué Veyron ? Mourrait-il en pensant qu'elle était coupable de l'avoir fait ? Elle n'arrivait plus à détourner son regard du holo.

Elle réfléchissait aux différents scénarios. L'ordre lui apporterait sûrement son aide. Peut-être était-ce ce que Nero recherchait : la pousser vers Fontis pour pouvoir l'accuser d'être l'une des leurs. Une traître. Mais elle refusait de penser à son image quand des gens mouraient. Il fallait commencer en s'adressant aux territoires kalusians, demander aux gens de s'organiser, de rassembler des vivres pour Nau Fruma. Toute équipe médicale proche de la lune devrait s'y rendre. Peut-être pourrait-elle y aller elle-même…

– Si on n'arrive pas à rétablir le contact avec Nau Fruma, il faut prendre les devants et envoyer de l'aide.

– De l'aide, *ahn ouck* ? demanda la Taï.

Elle se laissa tomber sur une chaise ; son voile se défit un peu, libérant une mèche de cheveux grisonnants au niveau de la tempe.

Autrefois, Rhi détestait ce terme, car *ahn ouck* voulait dire « enfant ». Quand on l'appelait comme ça, elle avait l'impression de redevenir la fillette de six ans, orpheline et gâtée, qui ne serait jamais digne de son illustre nom. Désormais, ce terme lui rappelait sa famille et le lien étroit qui l'unissait à sa Taï.

– C'est nous qui avons besoin d'aide, Rhiannon, soupira-t-elle. Nous sommes à la merci d'un fou dangereux.

– Je ne suis à la merci de personne, objecta Rhi en arpentant un tapis richement orné.

Elle avait refusé tous les appels de Nero, qui avait tenté de la joindre à maintes reprises.

– Si je veux restaurer la paix et la confiance, je dois assurer la pacification de Nau Fruma.

– Comment comptez-vous pacifier une lune neutre ? Y envoyer de nouvelles forces armées ne fera qu'amplifier les tensions. La violence. Et une restriction s'applique aux trajets spatiaux…

– Alors je lèverai cette restriction ! cria presque Rhi, en se laissant envahir par la colère. Cette lune, c'était chez nous. Pendant des années. Ce peuple, c'était comme une famille…

– Je vous interdis de me faire la leçon sur la notion de famille, répliqua la Taï avec une intensité dans le regard qui pétrifia Rhi. Et réfléchissez bien avant de me crier dessus.

Rhi inclina la tête.

– Taï Reyanna…

Elle laissa sa phrase en suspens, ne sachant pas comment se faire pardonner un tel écart. Son accès de colère était embarrassant, indigne d'une impératrice.

– Je me suis déshonorée. Je prends votre présence et vos conseils comme acquis.

Taï Reyanna lui saisit les mains.

– Je sais que vous vous faites du souci pour le peuple de Nau Fruma. Pour Julian. En ce qui le concerne, nous ne sommes pas certains de pouvoir lui faire confiance…

Elles avaient déjà évoqué cette question plusieurs fois. La gouvernante n'avait pas approuvé qu'elle le contacte. Elle n'avait pas dit pourquoi et rien ne l'y obligeait. Rhi avait réfléchi à la possibilité qu'il soit un traître, qu'il ait œuvré de concert avec son père, avant de balayer cette idée.

Son sang se mit à bouillir. Elle secoua la tête.

– Il ne s'agit pas que de lui. Je dois montrer aux Nau Frumans que je suis là pour les protéger.

Sur le holo, elle vit une nouvelle explosion frapper Nau Fruma. Le semblant de calme qu'elle avait retrouvé s'évanouit sur-le-champ. Nero continuait à semer la violence. S'amusait-il de sa cruauté ? Prenait-il du plaisir à sacrifier toutes ces vies comme si elles ne valaient rien ?

Rhi retira ses mains de celles de Taï Reyanna. Elle avait les oreilles qui bourdonnaient, la tête qui tournait. La panique s'emparait d'elle, mais elle refusait d'y céder.

– Est-ce que Dahlen est au courant à propos de cette nouvelle bombe ?

Il était parti inspecter le palais en compagnie du Pêcheur. Pour discuter sécurité, son sujet préféré depuis quelque temps. Tout le personnel du palais avait déserté les lieux. Ces employés avaient été en poste au cours du règne de son père, puis du régent Seotra. Soit on leur avait fait peur, soit on les avait payés, soit ils s'étaient rangés du côté de Nero. Tout simplement… Cela avait été une grosse déconvenue pour Rhi, un énième rappel que la Rose de la galaxie n'était plus aussi précieuse qu'avant.

Elle enfila ses bottes.

– Je vais le chercher.

Il fallait qu'ils élaborent un plan. Elle ne resterait pas là à se morfondre.

Rhi s'élança à grandes enjambées dans les couloirs du palais. Taï Reyanna lui cria quelque chose, mais elle était déjà trop loin. Elle connaissait bien le palais : l'organisation de ce dédale, le tapis élégamment tissé qu'elle foulait à chaque pas, l'odeur qui lui rappelait son enfance. Mais l'endroit n'était plus ni animé, ni chaleureux, ni habité par la petite musique des délégations étrangères invitées par l'empereur. Dans les couloirs régnait maintenant un silence inquiétant. Soudain, un souvenir organique lui revint : la voix de Josselyn qui la narguait. Un écho.

« Attrape-moi si tu peux », avait lancé Joss, un jour que Rhi lui courait après. Elle avait passé tant d'années à courir après cette grande sœur qui ne voulait pas jouer avec elle. Qui disait qu'elle était un bébé, qui se moquait d'elle. Là encore, la voix de Joss résonnait dans tous les sens sans que Rhi sache d'où elle provenait. C'était le genre de chose qui la rendait folle. Elle se sentait incapable ; elle ne serait jamais à la hauteur ; elle ne la trouverait jamais. Elle était distancée par sa sœur dans le passé, et désormais elle était distancée par Nero.

On ne l'avait pas élevée pour gouverner, elle n'était pas destinée à cela. C'était à Josselyn de monter sur le trône. La personne dont Rhi avait le plus besoin au monde, celle à qui elle avait publiquement demandé de revenir au palais, ne s'était pas manifestée. S'était-elle perdue ? Était-elle en danger ? Ou refusait-elle de reprendre sa place ? Peut-être savait-elle ce que Rhi comprenait chaque jour un peu plus : le rôle d'impératrice était ingrat, difficile, et il valait mieux abandonner avant d'avoir commencé.

C'était tellement bas de penser cela de Josselyn et du rôle d'impératrice. Rhi sentit la honte s'emparer d'elle, s'afficher jusque sur son visage, peut-être pour toujours. On verrait qu'elle n'avait pas d'honneur, si ce n'était pas déjà le cas.

Le couloir se sépara en deux. Tandis qu'elle prenait à droite, elle entendit quelqu'un faire « *tss-tss* ». Quelqu'un dans son dos. Quelqu'un de très proche. Elle se retourna presque en sursaut en lançant un coup de pied circulaire, mais manqua sa cible : une jeune fille qui s'était agilement reculée. C'était la Fontisiane qui était postée sur l'escalier à son arrivée au palais – la fille aux yeux noisette avec des éclats jaunes et orange.

Comme beaucoup de membres de l'ordre, elle portait une tunique noire qui soulignait ses épaules carrées. Elle n'était plus coiffée d'une tresse blonde, mais d'un chignon.

– Qui es-tu ? Qu'est-ce que tu fais juste derrière moi ? Pourquoi me suis-tu ?

Rhi lui avait lancé cette salve de questions pour cacher son embarras. Elle savait bien que cette fille faisait partie de la garde de Dahlen.

– Je ne voulais pas te faire peur.

Elle portait arc et flèches dans son dos, et ses oreilles étaient légèrement pointues, comme celles de Dahlen.

– Je m'appelle Lahna, ajouta-t-elle.

Rhi redressa sa posture, tira sur les plis de sa robe, tentant de préserver un semblant de dignité.

– Tu fais partie des archers ?

La Fontisiane haussa les sourcils. Ils étaient très clairs, presque blancs. Elle désigna l'arc qui dépassait dans son dos.

– Ça ne se voit pas ?

Rhi eut une sensation de déjà-vu, comme si elle avait déjà rencontré Lahna. Puis elle se souvint d'Erawae. C'était là qu'elle l'avait vue, en pleine séance d'entraînement dans la cour du temple, le jour où Escov l'Ancien, le doyen fontisian, lui avait révélé que Josselyn était encore en vie.

Que l'ordre avait aidé à la cacher. Qu'eux-mêmes ne savaient pas où elle se trouvait.

– Où est Dahlen ? On va devoir intervenir à Nau Fruma. Il y a eu un nouveau…

– Bombardement. Je suis au courant.

La fille tourna les talons et s'éloigna.

– Je n'ai pas que ça à faire, ajouta-t-elle.

Si c'était une invitation à la suivre, ce n'était pas très clair. Rhi lui emboîta le pas quand même.

– Où allons-nous ? demanda-t-elle.

Il semblait évident que Dahlen avait appris la nouvelle. Il savait toujours tout sur tout. « Il sait certaines choses, et il y a certaines choses qu'il ignore savoir », lui avait dit Escov dans le temple, sur Erawae. Dahlen avait des informations de la plus haute importance cachées au plus profond de lui. Des informations auxquelles lui-même n'avait pas accès.

– Dans le bureau de l'aile nord. Dahlen l'a transformé en salle de commandement et il prépare l'envoi de secours sur Nau Fruma. Il a convoqué une réunion dès que la nouvelle du bombardement est tombée, répondit Lahna en balayant les lieux du regard tandis qu'elles remontaient le couloir d'un bon pas.

– Parfait, dit Rhi.

Dahlen et elle étaient sur la même longueur d'onde : réactivité, stratégie, mise en œuvre. Mais quelque chose avait le don de lui taper gentiment sur les nerfs.

– Depuis quand cette cellule stratégique existe-t-elle ? interrogea-t-elle.

– Je crois percevoir que cette question en cache une autre, impératrice. Ne pourriez-vous pas me la poser directement ?

– Tu es aussi charmante que Dahlen, répliqua Rhi. J'espère que tu perçois mon ironie.

Elle regretta immédiatement d'avoir ouvert la bouche, car elle avait laissé transparaître son humiliation.

Lahna sourit, comme satisfaite de la réaction de Rhi. *Divins ancêtres !* Peu importait ce que cette fille pensait. Il y avait une autre question derrière tout ça. Elle était devenue impératrice pour prendre le contrôle de son destin et de sa planète. Pourtant, depuis qu'elle avait endossé ce nouveau rôle, on décidait tout à sa place sans lui demander son avis. Elle se sentait mise sur la touche, comme si rien n'avait changé.

– Ce que je voulais savoir, dit-elle d'une voix posée, aussi diplomate que possible, c'est si Dahlen m'a envoyé chercher et s'il a l'intention de me consulter.

Lahna s'arrêta brusquement. Elle regarda Rhi en plissant les yeux.

– Tu sens ce parfum de rose ? demanda-t-elle.

Une question venue de nulle part qui eut le don d'agacer Rhi.

– Pardon ?

– Ce parfum de rose, répéta Lahna, qui visiblement préférait persister dans le côté sibyllin.

Regardant autour d'elle, Rhi réalisa qu'elles traversaient l'aile ouest.

– C'est le jardin de ma mère. Il est juste là, dehors. On peut le voir depuis la fenêtre.

Elle ouvrit une porte qui menait dans une chambre. Les rideaux voletaient, pris dans une brise plutôt fraîche pour la saison. Il n'allait pas tarder à pleuvoir. Enfant, elle adorait regarder l'orage. Elle s'avança vers la fenêtre, mais Lahna la prit violemment par le bras pour la faire s'agenouiller. Pendant un quart de seconde, Rhi s'arrêta de respirer : elles étaient si proches qu'elle discernait les moindres cils de la Fontisiane, les lignes de ses lèvres…

Elle se dégagea brusquement.

– Non mais ça va pas ?

Avant qu'elle ait pu se relever, une flèche fusa par la fenêtre, fendant l'air en direction de Rhi. Lahna la tira brutalement en arrière.

Elle atterrit contre le mur, suffoquée.

– Comment as-tu su que… ?

– La fenêtre aurait dû être fermée, répondit sèchement Lahna.

Trois nouvelles flèches fendirent l'air dans un sifflement. Lahna dégaina son sabre à une vitesse phénoménale. Dans le même mouvement, elle écarta les flèches en donnant trois coups successifs avec sa lame. L'exécution fut si rapide que Rhi ne vit que trois éclairs dessinés dans l'air. Sans perdre une seconde, la Fontisiane s'accroupit et roula jusqu'au mur auquel l'impératrice était adossée. Elles se retrouvèrent épaule contre épaule.

Une pluie de flèches s'abattit dans la chambre. On avait attaché des rubans blancs à leur tige – des traînes aériennes que Rhi trouva presque belles. Elle ne s'entendait plus penser dans le sifflement des flèches qui se fichaient dans les murs et les meubles. Un nuage de plumes se leva – des oreillers éventrés –, et la pièce fut envahie d'un blizzard de duvet et de sciure. Les deux filles regardaient ce spectacle sans bouger, côté à côte.

Soudain, le silence se fit. Les tirs de flèche avaient cessé. Rhi entendit les battements de son cœur. Elle expira, brièvement.

Puis elle perçut des bruits de pas dans le couloir – une cavalcade –, et la voix de Dahlen qui s'éloignait, se ruant probablement dans le jardin avec ses gardes. Le parfum de rose s'intensifia, et Rhi comprit que les Fontisians découpaient les buissons de sa mère à coups de sabre, passant les lieux au peigne fin. Rhi dut se retenir de pleurer.

La chambre fut rapidement remplie de gardes ; on lui demanda si elle n'avait rien, on parla à voix basse en langage codé. Le Pêcheur apparut. Sa peau bleu pâle avait viré au violet, sans doute sous l'effet de la colère. Massés en bas de son visage, ses yeux, son nez et sa bouche étaient contractés. Le Pêcheur était un allié inattendu, d'autant qu'il était originaire de la Ceinture extérieure. Il avait d'abord aidé Rhi à se faire passer pour une Marquée en ventousant un octoerces à son visage et, plus tard, il lui avait même sauvé la vie – ainsi que celle de Dahlen –, en arrachant le toit du complexe avec son canon à harpon pour les faire évader.

– Qui a laissé cette fenêtre ouverte ? leur cria Dahlen depuis le jardin en contrebas.

Le Pêcheur balaya la pièce d'un regard furieux. Il s'arrêta sur la porte où des rubans ondulaient au bout d'une centaine de flèches.

– En tout cas, c'est un homme mort, lança-t-il. Je me charge de ce traître.

Il tourna brièvement la tête vers Rhi pour lui adresser un signe de tête, puis il se retira sans dire un mot.

Elle écarta les gardes qui l'entouraient pour détacher un ruban.

– Quel salaud ! dit-elle en l'examinant.

Taï Reyanna déboula dans la chambre. Elle attrapa plusieurs rubans pour les regarder à son tour. L'inquiétude grandit sur son visage.

– Toujours le même message.

« Bienvenue, impératrice. Quelle erreur de croire que l'on peut m'ignorer.

« Je me réjouis de votre visite prochaine à l'Éternel Présent. »

Les tours de l'Éternel Présent. La résidence de Nero.

Lahna avança dans le labyrinthe de flèches plantées dans le sol.

– Il ne m'a pas l'air du genre subtil.

– Très juste, confirma Rhi. Les fous le sont rarement.

SIX

ALYOSHA

IL ESSAYAIT D'APPELER KARA, sans résultat. Quelque chose lui compressait la poitrine. Il se souvenait s'être abrité derrière une dune avec elle, mais rien de plus. Il avait dû être assommé par l'explosion.

Où pouvait-elle bien être ? Si la magie existait dans cette galaxie, c'était le moment idéal pour qu'elle se manifeste. Puisqu'il n'était pas mort, Kara ne devait pas l'être non plus.

La douleur était insupportable. Il entendait des gens gémir, s'appeler les uns les autres. Il n'en finissait plus de s'évanouir, de revenir à lui, puis de s'évanouir de nouveau.

Au prix d'un effort inouï, il réussit à reprendre conscience. « Ici », essaya-t-il de crier. Mais les mots ne quittèrent pas ses lèvres. « Kara. Je suis ici. Je suis désolé. » Puis il bascula de nouveau dans l'obscurité.

Plus tard, il entendit un bruit familier. Un moteur, des pneus qui crissaient sur le sable au loin. Ou peut-être tout près, car l'explosion l'avait rendu presque sourd. Cette fois, il réussit à se maintenir éveillé. Une lumière lui brûlait la rétine. Il cligna des yeux, mais ne réussit pas à chasser la clarté aveuglante.

– Alyosha ! Ça fait des heures que je te cherche.

C'était la voix de Pavel, cette stupide voix de robot qu'Aly n'avait jamais pris la peine de changer pour un timbre plus humain. Il l'avait retrouvé.

Aly tenta de lui répondre mais ne parvint qu'à tousser.

– Où est Kara ? murmura-t-il avec difficulté.

– Je ne l'ai pas trouvée. Mais je me suis connecté à la base de données et je surveille le signalement des survivants. J'ai préféré te chercher en premier.

– Que s'est-il passé ?

Aly avait une douleur lancinante dans la tête. Dans tout le corps. Il se hissa sur ses coudes, puis s'effondra. Il fit bouger ses membres un par un. Son corps réagissait. C'était déjà ça.

Il leva la tête et vit que des soldats étaient occupés à fouiller des ruines.

– Réponds ! Que s'est-il passé ?

– La Coalition a lancé une bombe électromagnétique, vraisemblablement pour libérer les prisonniers.

Aly se souvint que Kara et lui étaient entraînés par la foule de prisonniers évadés du camp lorsque la Coalition avait bombardé le camp. Il se souvenait de l'explosion, puis plus rien. Il ne savait qu'une chose : Kara n'était plus là.

– Et après ? demanda-t-il.

– L'UniForce est à l'origine d'un deuxième bombardement. Ils ont visé le centre de la ville. Actuellement, il y a des affrontements autour du marché.

– Entre qui ?

– Apparemment, entre tout le monde.

Petit à petit, Aly sentit sa vue revenir. Il aperçut des silhouettes, des couleurs, des formes en mouvement qui se détachaient dans son champ de vision saturé de blanc. Puis un cargo s'éleva dans les airs, au loin, au-dessus du camp. Vu son ascension, il était plein à craquer. Les prisonniers wraetans et fontisians quittaient Nau Fruma par la grâce de Vodhan.

C'était le même type de vaisseau que celui dans lequel Aly s'était retrouvé pendant l'évacuation wraetane, dix ans auparavant. À l'époque, beaucoup de jeunes des Wraexodes rejoignaient l'armée de la Coalition. En les regardant partir, il éprouvait de la jalousie parce qu'ils quittaient la colonie. Lui aussi aurait voulu s'en aller, dire adieu à ce satané camp, à cette vie misérable, à tout le monde et surtout à son père. Quelques années plus tard, il avait suivi son exemple.

Mais lui n'avait pas choisi la Coalition. Il n'en pouvait plus des Wraetans et des Fontisians, de la loi de Vodhan, de son sentiment de culpabilité à la moindre petite joie. Alors il s'était fait passer pour un Kalusian et s'était engagé dans l'UniForce.

Et voilà que l'armée qu'il n'avait pas daigné rejoindre venait de le sauver. C'était soit un signe de Vodhan, soit une énorme coïncidence. Dans un cas comme dans l'autre, ça lui allait très bien.

– Il faut retrouver Kara.

Il se redressa sur ses jambes, se dépoussiéra, puis revint en titubant vers les dunes. Il gravit la première à grand-peine. Dans le sable, chaque appui était horriblement instable, et sa progression était d'autant plus difficile qu'il avait la tête qui tournait.

– Des secours sont en train d'arriver, dit Pavel, qui suivait Aly.

Arrivés sur la crête, ils observèrent les alentours. Le camp semblait complètement évacué. De l'autre côté, la ville grouillait de civils qui hurlaient, cramponnés les uns aux autres. Aly discerna des blessés au corps meurtri, au visage tuméfié, à l'antenne arrachée ou aux branchies ensanglantées. Mais pas la moindre trace de Kara.

Nau Fruma était une lune portée sur le commerce et la diplomatie. Désormais, elle offrait un visage bien différent. Aly pensa qu'elle était à l'image de la galaxie. Le marché offrait le spectacle d'un chaos généralisé. Les gens ne savaient plus où fuir et à qui faire confiance. C'était la nuit, mais sur Nau Fruma, il ne faisait jamais complètement noir, et les lieux baignaient dans une pénombre grisâtre. Au milieu des survivants désorientés, fumée et poussière montaient des rues en dessinant des ombres aux airs de tentacules maléfiques.

Kara avait peut-être été capturée par l'UniForce, ou par la

Coalition. Ou peut-être avait-elle été emportée par le flot de Nau Frumans et de prisonniers en panique.

Aly regrettait d'avoir été aussi dur avec elle, d'avoir insisté pour qu'elle retourne sur Kalu en lui disant ce qu'elle devait faire de sa vie. Il savait à quel point il était pénible d'être avec quelqu'un qui vous disait toujours comment vous comporter, comment devenir un autre, au point que même votre âme vous devenait étrangère.

Les affrontements qui avaient éclaté au marché s'étaient vite propagés dans d'autres quartiers et, progressivement, la ville se vidait. Certains se réfugiaient dans les postes médicaux qu'on installait un peu partout, d'autres fuyaient tout simplement Nau Fruma en embarquant dans les pods de la Coalition.

Aly n'arrivait pas à déterminer s'il avait la poisse ou s'il était incroyablement stupide. Kara l'avait sauvé pour la deuxième fois, et il n'avait rien trouvé de mieux à faire que de s'opposer à elle sur la question du réécriveur.

Il ferma les yeux en espérant visualiser le lieu où elle se trouvait, en espérant que leurs chemins se recroiseraient grâce à un magnétisme inexplicable et indescriptible. N'étaient-ils pas reliés par une même énergie, un même besoin de l'autre, un même désir ?

Il aurait dû lui parler quand il en avait eu l'occasion. Lui dire à quel point elle était importante pour lui, au lieu de se taire comme un idiot. Il aurait aimé lui confier mille autres choses : « je ne te quitterai jamais », « je n'abandonnerai jamais », « je ne les laisserai jamais te faire du mal ». Tant de *jamais* qui pesaient douloureusement sur son cœur. Qui l'étouffaient.

Mais rien ne se passa et il ne sentit plus que la peur qui montait en lui. Il prit aussitôt la direction de la ville et arriva très vite devant ce qui restait des bâtiments.

– Tu souffres peut-être d'une commotion cérébrale.

Aly ne savait pas depuis combien de temps Pavel lui parlait. Il avait même oublié qu'il était là.

– Si tu ne veux pas t'arrêter dans un poste médical, je peux consulter ma base de donnéééééééééés…

Aly se retourna. Derrière lui, un soldat de l'UniForce était en train d'essayer d'éteindre le droïde.

Le Wraetan n'hésita pas une seconde et plongea sur le soldat qui lui donna aussitôt un coup de matraque électrique sur l'épaule. Il sentit une douleur irradiante dans ses muscles et tomba à terre.

– Pas un geste.

Le soldat avait dégainé son étourdisseur et le braquait sur Aly. Il ressemblait à un garde du centre.

– Excusez-moi, dit Pavel avec une politesse exagérée. Toute cette violence n'est pas nécessaire…

En réponse, le soldat lui donna un grand coup de pied et le droïde tomba à la renverse. Ses accessoires jaillirent dans tous les sens tandis que ses deux lumières rouges se mirent à clignoter, lui donnant un regard affolé. Alors qu'Aly se redressait pour lui venir en aide, le soldat le repoussa au sol en lui plongeant le bout de sa matraque dans les côtes.

– J'ai dit : pas un geste.

Aly se roula en boule, tentant de respirer malgré la douleur.

Puis il distingua quelque chose. Quelqu'un.

C'était elle.

Il ne voyait qu'un bras et l'amorce d'un corps qui dépassaient des décombres. Et un sac. Son sac.

– Kara ! hurla-t-il en tentant de se relever.

Le soldat le repoussa d'un coup de pied. Ses forces l'abandonnaient. L'effroi s'emparait de lui face à ce corps qui ne bougeait plus. Ça ne pouvait pas être elle. Ça ne pouvait pas être Kara.

Aly rampa dans sa direction, mais le soldat le cloua au sol en l'écrasant avec son pied. Il était aveuglé par le nuage de poussière qui s'élevait des décombres.

– Mais lâche-moi, *taejis* ! cria Aly en essayant de faire tomber le soldat.

Son bras reçut une décharge d'étourdisseur, qui l'assomma pendant quelques secondes. En reprenant ses esprits, il vit que le soldat et Pavel avaient disparu, et il réussit à se traîner vers le tas de gravats, le sac, le bras, la dépouille de la fille…

Ce n'était pas Kara. Elle était vivante, ailleurs. Ce bras immobile n'était pas le sien, ce corps disloqué non plus.

Quand il fut assez proche, il poussa un cri d'effroi en apercevant un chapelet enroulé autour de ses doigts.

– Non, ça ne peut pas être toi, lança-t-il, suffoquant dans la poussière étouffante.

Le droïde réapparut. Ses deux lumières clignotaient à toute vitesse, lui donnant un regard ahuri. Il planta l'un de ses accessoires dans le sol – une sorte d'extension qui ressemblait à un thermomètre.

– Je détecte des traces d'ADN…

Tout devint flou ; tout devint sourd. Aly lâcha un hurlement déchirant, un hurlement qui s'éleva en perçant l'espace et le temps, si bien que son cri, sa douleur existaient partout, tout le temps.

– Mains à terre, là où je peux les voir, dit une voix.

Aly sentit le canon de l'étourdisseur se poser sur sa tempe et leva les mains. Il savait qu'on ne sortait pas indemne d'un tir à bout portant dans la tête : ceux à qui ça arrivait étaient pris de crises de folie, de pertes d'équilibre et d'accès de fureur incontrôlables.

– Bouge pas, ordonna le soldat en ramenant le bras d'Aly dans son dos.

Le Wraetan avait toujours les yeux rivés sur la main qui dépassait des décombres. Celle de Kara. Il se laissa faire, tout en évaluant ses chances de le surprendre.

– Permettez-moi de vous aider, dit Pavel. Il a été admis dans le camp il y a deux jours, en détention…

Le soldat ôta son étourdisseur de la tempe d'Aly et tira sur Pavel. Un champ électrique bleu crépita autour du droïde. Ses deux lumières s'éteignirent comme un regard. Aly savait qu'il ne pouvait pas ressentir la douleur, mais il eut pourtant l'air de souffrir le martyre.

Aly profita de la diversion pour se retourner en envoyant un grand coup de pied dans le genou du soldat, lui pliant la jambe selon un angle improbable. Tandis qu'il s'effondrait en hurlant, Aly se releva d'un bond et lui asséna un deuxième coup de pied pour le désarmer, puis un troisième dans la cage thoracique.

Puis Aly continua à le frapper, ne pensant qu'à lui faire payer ce qu'il venait d'infliger à Pavel. Il prenait du plaisir à voir souffrir ce soldat, lui qui avait porté le même uniforme avec tant de fierté, réalisant que ce n'était pas sur ce soldat qu'il se défoulait, mais sur lui-même. Sur cet ado stupide qui avait quitté le Wraexode et sa maison pour rejoindre l'UniForce. Qui n'avait pas eu le courage d'être lui-même. Qui avait voulu trouver sa place en se fondant dans la masse. Et tout cela l'avait mené ici, à cet instant précis. À chaque coup, il s'imagina tout anéantir : celui qu'il était devenu, l'UniForce, et le souvenir de tous ceux qui étaient morts à cause de lui. Anéantir tout le passé, toutes les horreurs, toute l'injustice. Tout.

Et Aly voulait aussi détruire le souvenir de Kara. Il ne put se retenir et s'arrêta pour regarder sa main. Une colère effroyable l'envahit, et il sentit sa vue se brouiller.

Il se tourna vers le soldat et, du talon de sa botte, lui donna un grand coup dans le visage. Peu importait à quelle armée ce gars appartenait. Les soldats étaient tous les mêmes, des *chortois* qui jouissaient de se sentir plus forts. On les avait déployés dans un territoire neutre pour terroriser la population, pour la violenter. Nouveau coup de pied. Ils envahissaient tout au nom de la paix. Encore un coup de pied. Rien ne serait plus pareil après la guerre qu'ils venaient de faire renaître de ses cendres.

Le soldat leva faiblement la main en signe de capitulation. Aly avait du sang sur sa botte. Il leva pourtant le pied pour frapper encore.

– Alyosha ! lança Pavel.

Le droïde était parvenu à se relever mais il se tenait de manière légèrement instable, titubant presque. Sa voix robotique paraissait lointaine.

– Ça suffit, ajouta-t-il.

Ça ne suffisait pas, mais Aly hocha la tête et alla s'agenouiller devant le corps de Kara, puis tenta de la dégager des décombres. Il pleurait. Ses larmes se mêlaient à sa sueur et coulaient le long de son visage, jusque dans sa bouche. Il sentit un goût de sel sur sa langue.

Un souvenir organique l'assaillit : il se revit au moment où il avait appris la mort de sa mère et de sa sœur. Il était en train de se défouler en faisant des ricochets sur un cours d'eau. Les cailloux prenaient la direction du courant, disparaissant hors de sa vue derrière le coude de la rivière. Tout disparaissait, et il n'y pouvait rien.

Un vaisseau se posa sur Nau Fruma dans un étrange silence. Il générait des vibrations dans l'air et une lumière vive. C'était un modèle Ashbuli. Un vaisseau de guerre.

Aly se tourna vers Pavel. Le droïde s'était figé sur place, les yeux éteints. Cette fois, il était définitivement court-circuité.

La lumière du vaisseau plongeait les alentours dans un halo de poussière. Comme une brume.

Une troupe descendit du vaisseau : des militaires wraetans de la Coalition. Aly se souvint des émeutes dont on lui avait parlé dans son enfance et durant lesquelles ces soldats s'étaient comportés en héros. Mais cette fois, ils arrivaient trop tard pour le sauver, lui et tout ce qui comptait à ses yeux.

Une militaire s'approcha doucement.

– Tout va bien ? demanda-t-elle en wraetan.

Elle tenait un étourdisseur, mais elle le pointait vers le sol. Loin d'Aly. Il hocha la tête.

– Quand l'UniForce lancera son deuxième assaut, ce sera pour tout raser, reprit-elle.

Répandre le feu était une tactique courante de l'UniForce quand la zone de guerre était trop éloignée. Elle permettait d'anéantir les troupes ennemies mais aussi ses propres troupes, évitant qu'armes et informations sensibles ne tombent aux mains de l'adversaire.

Aly regarda une dernière fois les doigts inanimés de Kara et se souvint que les Kalusians n'enterraient pas leurs morts. Ils les brûlaient.

– C'est dangereux de rester ici, poursuivit la militaire. Si tu viens avec nous, tu auras droit au statut de réfugié.

Aly éclata de rire, libérant des douleurs aiguës dans sa poitrine.

– C'est bon, j'ai déjà donné, dit-il. Je ne serai pas un réfugié. Je serai une nouvelle recrue.

SEPT
RHIANNON

LA COLÈRE DÉVORAIT RHI comme un feu de forêt. Mais elle refusait de l'étouffer, préférant l'imaginer rétrécir, se compresser en une boule assez petite pour tenir dans le creux de sa main. Elle la réveillerait plus tard, quand elle aurait besoin de remettre ses idées au clair, de se remotiver. Là, elle devait se conduire en stratège et agir avec diplomatie. Elle voulait gagner non seulement la bataille, mais aussi la guerre.

Flanquée de Dahlen et de Lahna, elle arrivait au pied des tours de l'Infini Présent. Deux gratte-ciel dotés d'une architecture oppressante qui seyait à merveille à Nero.

– Ce n'est pas prudent, la mit en garde Dahlen, même s'il l'avait déjà répété plusieurs fois. Rien ne dit que Nero n'en profitera pas pour t'assassiner. On ne peut pas lui faire confiance.

– Évidemment, concéda Rhi en marchant vers l'entrée. Mais il aurait pu me faire assassiner dès mon retour, et je suis encore là. Il sait que ma mort serait un suicide politique.

– Tu oublies la pluie de flèches au palais, rétorqua Lahna.

– Il voulait m'envoyer un message. Les flèches, c'était juste pour le style.

– Hmm, avoue que ça a failli mal finir.

– Pourtant, il a déjà essayé de te tuer, intervint Dahlen, le visage défiguré par le dégoût ou la douleur, ou les deux.

Pas seulement moi, pensa-t-elle. *Nero a essayé de nous tuer tous les deux.*

– Les règles du jeu n'étaient pas les mêmes. Aujourd'hui, je suis sur Kalu, et toute la galaxie me sert de témoin, expliqua-t-elle en ouvrant les bras pour symboliser son immensité. Il ne peut pas m'éliminer comme ça.

– Qu'est-ce qui te fait dire que les règles du jeu ne changeront pas encore ? Nero est prêt à tout si ça peut servir ses intérêts.

– Tu crois qu'elle ne le sait pas ? intervint Lahna avant que Rhi puisse répondre.

La Fontisiane était encore plus petite que Rhi, et donc beaucoup plus petite que Dahlen. Pourtant, elle arrivait à le prendre de haut, c'était même la seule à oser le faire.

– Si l'invitation de ce matin était un avant-goût de ce qui nous attend, alors on fonce tête baissée dans un piège, ajouta-t-elle.

Rhi la regarda avec un air dubitatif.

– Pourquoi tu souris, alors ?

Les traits de Lahna étaient délicats. Elle avait un visage de poupée de porcelaine en décalage total avec son tempérament de guerrière, ses talents d'escrimeuse et sa démarche volontaire.

Elle haussa les épaules et rejeta sa tresse en arrière.

– Parce que je suis curieuse de voir comment on va s'en tirer.

Rhi se pinça les lèvres, espérant que son silence mettrait un terme à la conversation. Dahlen avait peut-être raison, c'était de la folie d'accepter cette invitation. Mais elle devait obtenir un cessez-le-feu. Il fallait que Nero retire l'UniForce de Nau Fruma et accepte de ne plus envahir aucun territoire neutre.

Rhi mit la main dans la poche où se trouvait sa pièce pour sentir son poids familier, la faire passer entre ses doigts, parcourir de son pouce la rainure qui la traversait. Cette pièce n'était pas qu'un simple souvenir pour elle, elle témoignait de la diplomatie de son père et de sa capacité à unir les territoires.

Dahlen lui avait assuré que les forces de la Coalition avaient débarqué sur Nau Fruma. Des équipes de Médecins au Front étaient arrivées en renfort et les blessés avaient été évacués vers des planètes voisines. Rhi ne savait toujours pas si Julian avait survécu ni où il se trouvait. Taï Reyanna avait essayé de le contacter, en vain, ce qui voulait sans doute dire que son cube était éteint. Lui qui détestait éteindre son cube…

Julian était du genre je-sais-tout. Il fallait toujours qu'il se renseigne sur telle ou telle chose, et son cube avait parfois du mal à suivre. Curieux comme personne, il lançait parfois des dizaines de recherches en même temps, vérifiant, apprenant tout ce qu'il pouvait. Si son cube était éteint, c'était mauvais signe.

– Si tu n'es pas venu pour le tuer, dit Dahlen tandis qu'ils approchaient de la tour ouest, je ne vois vraiment pas où tu veux en venir.

Ils s'arrêtèrent devant l'ascenseur. En découvrant leur reflet dans les portes chromées, Rhi remarqua qu'ils formaient un étrange trio. Surtout, elle s'étonnait que Dahlen soit encore à ses côtés alors qu'elle l'entraînait dans une tour pour discuter avec un homme qui avait essayé de le tuer.

Depuis que Nero avait obligé Dahlen à rallumer son cube, lui faisant briser son vœu d'abstinence mémorielle – un précepte de base dans l'ordre de la Lumière –, quelque chose avait changé en lui. Rhi imaginait le cœur du Fontisian comme une pierre fissurée où la pluie s'infiltrait et qui, au moment du gel hivernal, se fracturait de l'intérieur. Il avait été victime de Nero, mais Rhi l'aiderait à s'en relever.

L'ascenseur s'ouvrit et trois œillets s'en échappèrent en voletant à la rencontre des invités. Dahlen les repoussa en baissant la tête, Lahna montra les dents, et les caméras se dispersèrent immédiatement.

Le trajet jusqu'au dernier étage se fit dans le silence. L'ascenseur était en verre, et le regard de Rhi fut attiré par la machinerie qui les emportait vers le soixante-dixième étage. Ces énormes rouages, ces câbles, ces poulies formaient une mécanique qui n'attendait qu'un grain de sable pour s'enrayer. Ce que Rhi aurait voulu dire à Dahlen, c'était qu'elle avait peur et qu'elle avait besoin de lui, elle avait besoin qu'il lui fasse confiance, qu'il la suive, précisément parce que sa manœuvre était osée. Sans lui, elle craignait de se laisser leurrer par Nero.

Deux des œillets étaient entrés dans la cabine en même temps qu'eux et flottaient, immobiles, au-dessus de leurs têtes. Dahlen semblait refuser de croiser le regard de Rhi. Quant à Lahna, elle avait appuyé son front contre la paroi vitrée pour observer la ville, qui rétrécissait peu à peu sous leurs pieds. L'ascenseur était très rapide, et Rhi en avait des haut-le-cœur. Elle prit une grande inspiration, tenta de faire le calme en elle.

L'ascenseur s'arrêta et ses portes s'ouvrirent sur une pièce aux murs de verre et au design moderne : un parquet baigné de lumière à l'opulence ostentatoire, des fontaines, des meubles clinquants – angles et lignes strictes, éclat brillant. Rhi tenta de réveiller la dirigeante cachée en elle, endossant un rôle qui constituait son héritage. Elle s'avança dans la pièce d'un pas décidé, avec Lahna juste derrière elle. Après un moment d'hésitation, Dahlen leur emboîta le pas, et les œillets les suivirent.

Rhi remarqua que l'endroit était l'exact opposé du palais, décoré dans le style de la dynastie. *Comme dirait Taï Reyanna, c'est très Kalusian deuxième vague,* pensa-t-elle. Le palais reflétait une longue et riche histoire dans ses sculptures, ses porcelaines, ses tapisseries et ses nombreux objets fabriqués à la main, vieux de plusieurs siècles, transmis de génération en génération pour que les Ta'an n'oublient jamais d'où ils venaient. Le palais affichait l'image de la tradition. L'image de son père. Ici, il n'y avait rien d'ancien. Ce qui attirait le plus l'attention, c'était la végétation luxuriante qui recouvrait les murs – des plantes grimpantes qui empiétaient sur le sol, avec un feuillage vert foncé à l'aspect cireux, comme sur le vaisseau en matière organique de Dahlen. Lahna toucha une feuille du bout des doigts. Lorsqu'elle retira sa main, elle décolla un résidu blanchâtre, laissant ses empreintes digitales sur la feuille.

Des bruits de pas se firent entendre au bout d'un long couloir, et Nero apparut. Rhi reconnut son sens de la théâtralité. Il marchait en écartant les bras, flanqué de deux Tasinns et entouré d'un essaim d'œillets, consultant probablement les images en direct pour s'assurer d'être vu sous son meilleur profil.

Rhi reconnut l'homme qui se tenait à sa gauche. Il portait un cache-œil, et c'était le Tasinn qui l'avait emmenée dans l'amphithéâtre où Dahlen avait été drogué et obligé de rallumer son cube.

Nero s'inclina si bas devant Rhi qu'elle crut qu'il allait tomber. Elle s'efforça de cacher son dégoût, transformant tant bien que mal son rictus de répulsion en un sourire approximatif. Lèvres pincées, coins de la bouche relevés, elle avait l'impression d'avoir le visage figé dans la glace. Elle faisait son maximum.

– Impératrice, vous voilà donc saine et sauve, commença Nero.

Ses yeux bleus s'écarquillèrent. Sur son visage, l'inquiétude laissa place au soulagement. *Il fait bien mieux semblant que moi,* pensa Rhi. Il désigna un canapé blanc d'un lent mouvement du bras.

– Asseyez-vous, reprit-il.

– Je préfère rester debout, répondit Rhi.

Lahna s'écroula sur le canapé pour le tester, se releva et partit se poster derrière.

– S'il vous plaît, j'insiste.

Rhi jeta un rapide coup d'œil à Dahlen. Elle savait qu'il était à l'affût du moindre mouvement, même s'il ne laissait rien paraître. Elle consentit à s'asseoir sur le canapé, qu'elle trouva agréablement rembourré malgré son design anguleux. Elle s'en voulut d'être si facilement distraite et, immédiatement, se reconcentra. Nero l'avait invitée pour une raison, il voulait forcément obtenir quelque chose. Elle entendit la voix de Veyron, un murmure venu d'entre les morts, lui rappeler le sage conseil qu'il lui avait donné lors de son dernier combat : « Tu dois avoir trois coups d'avance sur ton adversaire. »

Dahlen s'éclaircit la voix, la sortant de son souvenir, et elle vit que les œillets s'étaient approchés d'elle. Elle resta parfaitement immobile face au regard interrogateur du Fontisian. Visiblement, elle avait manqué quelque chose.

Nero les observait avec un air circonspect. Il s'assit sur le canapé en face de Rhi.

– Je disais juste qu'il est étonnant – merveilleux, en fait – que vous ayez pu survivre à l'explosion de l'*Eliedio*…

Voilà pourquoi il l'avait fait venir. Il voulait l'interviewer pour lui faire raconter son histoire en espérant la pousser à l'erreur, au mensonge. Il voulait monter toute la galaxie contre elle.

– Les deux dernières semaines n'ont pas été de tout repos, dit-elle en choisissant chaque mot minutieusement. Mais mon plus grand exploit a sans doute été de survivre à la pluie de flèches qui s'est abattue sur moi ce matin.

Nero posa un doigt sur son cube et les œillets s'éteignirent. Rhi ne savait même pas qu'il était possible de les commander avec un cube. Elle fit de son mieux pour dissimuler son inquiétude, réprimant un frisson en repensant au réécriveur et à ce qui arriverait s'il tombait aux mains de Nero.

– Quel acteur phénoménal vous faites, dit-elle froidement.

– C'est pour cela que les gens m'aiment.

Il se redressa et lui adressa un sourire ironique. Son nez dessinait une ligne franche sur son visage. Il était d'une perfection effrayante et semblait avoir été dessiné uniquement pour mettre ce dernier en valeur. Rhi s'était toujours sentie nerveuse aux côtés de Nero et sa beauté sans défaut. Mais elle nota que son visage dégageait une étrangeté qu'elle n'avait jamais remarquée. Il avait un tic à la lèvre et un léger strabisme à l'œil gauche, et ne paraissait plus habité du même magnétisme.

– Moi, je ne vous aime pas, lança Lahna, désinvolte, brisant le silence.

Rhi faillit éclater de rire. Nero fronça les sourcils, ce qui était tout à l'honneur de Lahna. Il n'était pas habitué à ce qu'on lui parle ainsi, en toute franchise. Le Tasinn au cache-œil se déplaça très légèrement derrière lui. L'étourdisseur passé dans sa ceinture était bien visible, et Dahlen et lui étaient engagés dans une sorte de combat de regards.

Nero grimaça.

– Pour l'amour des ancêtres, Yendit, détends-toi ! cria-t-il au Tasinn. Et c'est pareil pour tout le monde, surtout vous, impératrice.

Il observa Rhi de la tête aux pieds.

– Que de rancœur dans votre mâchoire crispée, dans votre posture ! ajouta-t-il.

– Vous me préféreriez plus amène ?

– Votre air renfrogné ne met pas vos traits en valeur, dit-il avec un air narquois. Vous êtes la Rose de la galaxie, ne l'oubliez pas. Imaginez le soutien que vous auriez aujourd'hui si, durant toutes ces années, vous aviez été un peu plus souriante.

Rhi lut tout ce qu'il y avait entre les lignes : la galaxie la réduisait à son image de rose délicate. Son rôle était de sourire et de plaire aux gens. Son visage ne devait pas être le miroir de ses émotions, de ses tourments, de son chagrin ; son visage ne lui appartenait pas.

Elle sentit à quel point elle haïssait cet homme, les actes ignobles qu'il avait commis, la soif de pouvoir qui l'animait.

Ce qu'elle haïssait encore plus, c'était sa capacité à dissimuler tout cela derrière son sourire superficiel et son costume impeccablement coupé.

Elle se mit à sourire, tenant sa pièce fermement entre son pouce et son index.

– Je suppose que j'étais trop accaparée par d'autres choses. Comme imaginer toutes les manières de vous tuer.

C'était la vérité, d'une certaine façon. Elle s'était entraînée au combat, dans sa tête et dans son corps, pour assouvir sa vengeance. Elle s'était juste trompée d'adversaire.

– De mon côté, j'ai su trouver du temps dans mes semaines chargées pour imaginer votre mort et conquérir le public, déclara-t-il avec le plus grand calme.

Nero avait passé des années sous l'œil des caméras, et cela se voyait. Il se contrôlait parfaitement. Assise face à lui, Rhi mesurait le chemin qui lui restait à parcourir.

– Il faut que vous appreniez à travailler votre image, continua-t-il. Sinon tout le monde pensera que vous n'êtes bonne qu'à poursuivre la politique fadasse de votre père. Une fille à papa. Vous devriez songer sérieusement à ne pas avoir l'air aussi faible que lui.

– Si sa politique l'a fait passer pour faible, c'est seulement aux yeux des médiocres pour qui la violence et la guerre sont la solution à tout, répliqua Rhi. Cette description vous rappelle-t-elle quelqu'un ?

Elle se pencha en avant, les coudes sur les genoux, pour prendre un maximum d'espace – les hommes faisaient souvent cela. Elle avait beau se montrer forte, la remarque de Nero l'avait ébranlée. *Fille à papa.*

– Justement, oui, répondit Nero en se penchant également en avant. Cette description est valable pour une grosse moitié des habitants de cette galaxie.

Fille à papa. Elle n'était plus en mesure de se concentrer et d'échanger des piques avec Nero – le seul plaisir qu'elle retirait de ce face-à-face. *Fille à papa. Fille à papa. Fille à papa.* À son arrivée, elle avait entendu la même chose dans la bouche de l'homme qui l'avait agressée devant le palais. Il n'avait sûrement pas été le premier à le dire, et Nero ne serait pas le dernier, loin de là.

– Allez-vous nous expliquer pourquoi vous avez commandité les attaques d'hier ? demanda Dahlen, qui en avait visiblement assez de les écouter sans rien dire.

– Parce que vous m'en croyez responsable ? répondit Nero dans un haussement de sourcils. Vous pensez sincèrement que je m'abaisserais à ce genre de chose ? Que j'en ai besoin ?

Il paraissait véritablement offensé.

– Ce n'est pas moi qui ai entaché votre retour au palais, ma chère, poursuivit-il en s'adressant à Rhi. C'est l'histoire qui vous a joué ce tour. C'est vous-même. Les opposants au régime des Ta'an ne se tairont pas sur un claquement de doigts. Je vous ai invitée ici pour tenter de conclure un marché entre gens civilisés et de travailler de concert afin de remplir les obligations qui nous incombent. Après tout, on est toujours plus forts à deux, impératrice.

– Elle ne travaillera jamais avec vous, lança Dahlen.

Rhi espérait tellement qu'il dise vrai.

– Rhiannon, dois-je me faire à l'idée qu'un Fontisian parlera désormais au nom de la Couronne ? ironisa Nero en secouant la tête.

Sa chevelure blond foncé resta impeccablement en place. Il portait la raie sur le côté – c'était la nouvelle mode dans la capitale.

Rhi ignora sa question.

– Qu'ai-je à gagner en acceptant de travailler avec un menteur ?

– Je ne suis pas un menteur, impératrice. Je ne fais qu'embellir la réalité.

– Vous avez fait croire à de fausses menaces pour faire basculer l'opinion en votre faveur. La population vous soutient dans cette guerre, et chaque jour davantage !

Rhi saisissait peu à peu l'ampleur de cette situation quasi inextricable : son image était contrôlée par Nero, qui avait l'UniForce avec lui. Elle sentit sa gorge se refermer, comme s'il l'étranglait, elle et sa légitimité à diriger la galaxie.

– Vous parlez de fausses menaces, mais la planète ne se meurt-elle pas ? Ne manquons-nous pas de ressources ? Devons-nous réellement les partager avec des gens qui ne sont pas nés ici ?

Son accent du Nord réapparut subitement, révélant que l'image qu'il s'était minutieusement construite venait de se fendiller. Il s'énervait. Ses cheveux commençaient même à lui tomber sur le front.

– Divins ancêtres, jura Rhi. Vous croyez vraiment à ce genre de bêtises ?

Les veines du cou de Nero se mirent à saillir, et Rhi entraperçut une zone sombre en forme de triangle derrière son oreille. Cette imperfection chez un homme à l'apparence toujours si soignée la surprit.

– Est-ce trop vous demander que de voir les choses de mon point de vue ?

– Oui, quand le point de vue en question est celui d'un fanatique intolérant, rétorqua-t-elle.

– Si c'est ce qui plaît aux gens, qu'y puis-je ? Quand on vous sert la même soupe pendant douze générations, on commence à penser qu'elle est injuste. Vous, les Ta'an, nés pour vous succéder au pouvoir…

– Assez ! lança Rhi en se levant.

Yendit fit un pas en avant ; Lahna se tint prête à riposter. Rhi savait que Nero n'avait pas tort : elle était née dans la plus haute sphère du pouvoir et elle avait toujours trouvé que cela allait de soi.

Elle se demanda si, sous le joug d'un fou à lier, elle allait pouvoir résoudre toutes ces injustices. Elle aurait aimé régler cela avec ses poings – à sa manière. Elle n'était vraiment pas faite pour la diplomatie.

– Qu'attendez-vous de moi ? dit-elle en serrant les dents.

Nero fronça les sourcils.

– Ne vous a-t-il pas effleuré l'esprit que je pourrais avoir simplement envie de vous aider ?

– Non. Bien au contraire. Vous êtes un menteur compulsif et un sociopathe.

– D'accord, d'accord, tempéra-t-il en levant les mains en l'air. Une grande partie de la population reste attachée à l'idée qu'un Ta'an soit sur le trône – des loyalistes, ce genre de personnes. Plutôt que de se lancer dans un combat politique féroce, ou dans un duel de popularité où vous essaieriez de convaincre les Kalusians de la deuxième vague de vous soutenir pendant que je ferais la même chose avec vos partisans, pourquoi ne pas unir nos forces ?

Nero croyait-il vraiment qu'elle tomberait dans le panneau ? Il était l'opposé de tout ce que la dynastie Ta'an avait toujours incarné. *Honneur. Courage. Loyauté.* Tout ce qu'elle avait toujours défendu. Elle n'oublierait jamais le plan qu'il lui avait dévoilé – « parler dans les cubes de tout le monde ».

Il lui tendait un piège si évident que c'en était risible. Il voulait évidemment la garder près de lui pour la surveiller, l'empêcher de découvrir et de révéler la vérité. Il voulait la contrôler, la manipuler, comme il le faisait avec toute la galaxie.

Mais en la gardant près de lui, ne s'exposait-il pas à la même chose ? Ne pourrait-elle pas le surveiller, le contrôler, entraver son pouvoir ?

– Disons que si j'accepte… que se passe-t-il, ensuite ? demanda-t-elle.

Dahlen et Lahna ne disaient rien, mais elle sentit toute la colère qu'ils contenaient à ce moment précis.

Nero s'adossa à son canapé, puant de suffisance.

– Vous me donnez accès au palais. À vous. Pour une rapide réunion de temps en temps ou une image avec vous diffusée sur DroneVision. En échange, vous récupérez les Tasinns, au moins pour vos apparitions en public. Vous rétablissez la ligne avec l'UniForce et vos appels ne restent plus sans réponse.

Elle se demanda combien de temps il faudrait à Yendit pour la tuer si elle se jetait sur Nero.

– J'imagine que ce marché inclut le retrait des troupes de Nau Fruma, n'est-ce pas ?

– Effectif immédiatement.

– Et notre objectif serait d'aboutir à la paix ?

– D'aboutir à une situation qui nous serait à tous les deux bénéfique, répondit Nero.

– Je vais y réfléchir, dit Rhi après une courte pause.

– Ne traînez pas trop pour prendre votre décision.

Nero sourit – un grand et beau sourire de prédateur qui la mit mal à l'aise – et regarda les deux Fontisians d'un air triomphant. Du coin de l'œil, Rhi vit que Dahlen bouillonnait, les muscles tendus.

– Je me désolerais s'il vous arrivait malheur, impératrice, ajouta-t-il.

Nero savait que la mort de Rhi ne jouerait pas en sa faveur, pas en l'état actuel des choses. Mais elle n'en demeurait pas moins sa cible numéro un. Elle était loin d'être intouchable, et il rassemblait chaque jour un peu plus de partisans – certains n'aimaient pas l'idée qu'une jeune fille occupe le trône. Elle était bien plus populaire quand elle se contentait d'être une rose fragile, exilée sur une lune lointaine, attendant qu'on vienne la cueillir.

Rhi réalisa qu'elle serrait les poings. Elle se leva et, suivie de Dahlen et Lahna, se dirigea vers l'ascenseur. Les œillets se réveillèrent subitement et vinrent planer au-dessus d'eux.

– Ma prochaine émission est programmée dans deux jours, lança Nero dans leur dos. Je serais flatté si vous acceptiez d'être mon invitée.

Rhi s'arrêta net. Dahlen était déjà dans l'ascenseur et regardait la ville à travers la vitre. Lahna attrapa l'impératrice par le bras et la tira à l'intérieur.

– Ne perdons pas de temps, dit-elle. Il y a beaucoup à faire.

DEUXIÈME PARTIE

ABANDON

« Suprême est l'honorable ; vous qui avez le cœur pur devez éteindre tout désir parasitant votre quête. »

Extrait des enseignements de Vodhan.

HUIT

KARA

LE VAISSEAU DE MÉDECINS AU FRONT était un appareil d'un autre temps. Kara se demandait par quel miracle son générateur de gravité artificielle fonctionnait encore. Il avait décollé de Nau Fruma deux jours plus tôt, et Kara s'était engagée à bord – s'éloignant autant que possible de l'endroit où Aly l'avait abandonnée.

Dans la pièce d'à côté, une personnalité de DroneVision donnait les chiffres d'un sondage sur Rhiannon : « Opinion favorable en baisse », annonça-t-il. Encore. Quelqu'un éteignit le holo, au plus grand soulagement de Kara. Elle se demanda si l'impératrice n'avait pas fait une erreur en demandant publiquement à Josselyn de se manifester. Les Kalusians de la deuxième vague en avaient fait un argument supplémentaire pour remettre en question son couronnement et contester son autorité.

Machinalement, elle se saisit du cylindre en bois. L'objet avait survécu à l'explosion, mais elle avait eu bien du mal à le retrouver sous les décombres.

Le toucher, le manipuler, projeter son holo était devenu une habitude, presque un réflexe. Elle ne savait plus combien de fois elle avait regardé le message. Les coordonnées la menaient sur Ralire – la planète naine où, apparemment, le réécriveur se trouvait. Le vaisseau qui l'emmenait devait justement y faire escale. Il ne lui restait plus qu'à attendre.

Lorsqu'elle avait repris connaissance, le sol, les gravats, ses vêtements et sa peau, tout n'était plus qu'un océan de gris, et le ciel était obstrué par un immense nuage de cendre. Kara toussait, elle étouffait, comme tous les survivants qui couraient pour se sauver. Ses habits étaient en lambeaux et le chapelet d'Aly avait disparu. Elle avait même perdu son sac à dos, qui contenait ses derniers médicaments. Puis elle avait cherché Aly. Au loin, elle avait cru apercevoir un homme qui lui ressemblait comme deux gouttes d'eau et qui montait à bord d'un vaisseau. Sans elle.

Kara n'avait même pas crié son nom, certaine que cela ne pouvait pas être lui, qu'il ne partirait jamais sans elle. Puis elle avait reconnu le droïde qu'il traînait derrière lui. Malgré tout, elle n'avait pas crié. Humiliée, sous le choc, elle avait senti sa gorge se contracter, son corps se paralyser : Aly partait sans se retourner, en laissant derrière lui celle qui avait tout risqué pour le sauver.

Au moins, à bord du vaisseau de Médecins au Front, elle n'avait pas eu le temps de s'appesantir. En l'espace de deux jours, elle avait été témoin de tout ce que la souffrance pouvait arracher aux humains – larmes, gémissements, cris –, au point d'en oublier ses propres migraines, sa mâchoire douloureuse et ses cauchemars. Le pont médical était saturé de patients. Elle s'occupait de porter nourriture et couvertures, et faisait aussi office de traductrice. Ici, beaucoup de cubes étaient en panne, voire broyés sous la peau. Celui de Kara fonctionnait, elle le sentait, mais elle était trop paranoïaque pour l'allumer. De toute façon, c'était interdit à bord.

L'armée avait mis au point des « filets » de traduction qu'il suffisait de déployer dans une pièce, mais Médecins au Front n'avait pas les moyens de s'en procurer – et l'armée n'allait pas leur en donner de sitôt. Quant aux droïdes, ils avaient leurs limites, car ils traduisaient souvent de manière très littérale. Kara, elle, parlait couramment plusieurs langues, ce qui lui permettait d'échanger avec les blessés. Lydia avait fait d'elle une polyglotte, poussant le vice jusqu'à sauter du derkatzian au wraetan en milieu de phrase pour voir si elle arrivait à suivre. Kara se demandait si elle l'avait préparée à être une princesse ou une fugitive. Elle hésitait entre reconnaissance et ressentiment envers la femme qui lui avait menti et effacé la mémoire.

Avant d'établir un diagnostic, les médecins devaient se faire une idée précise de la douleur de leurs patients, aussi Kara invitait-elle ces derniers à lui raconter leur histoire afin de ne transmettre que les informations nécessaires. Le reste, elle l'absorbait comme une éponge, et chaque récit était une goutte d'eau dans un océan de drames.

Écouter tout cela était très pesant et, pour ne rien arranger, traduire organiquement se révélait éreintant. Sans cube, le cerveau de Kara devait travailler deux fois plus, la poussant dans ses retranchements. La vie était bien différente sans cette béquille. Plus dure, en fait. Mais le soir, sa fatigue intellectuelle était salvatrice et l'empêchait d'être envahie par telle ou telle pensée. C'était un antidote idéal pour elle qui cherchait à oublier les mensonges et l'abandon dont elle avait été victime.

Les médecins étaient trop occupés à venir en aide à diverses zones en guerre – principalement des territoires fontisians vulnérables bombardés par les forces kalusianes – pour lui demander comment elle avait atterri là. Le conflit s'étant étendu à travers la galaxie, c'était leur seule priorité, et toute personne en mesure de les aider était la bienvenue.

Kara aimait laisser son esprit vagabonder loin de tout cela. Quand elle parvenait à passer outre la douleur qui palpitait derrière son œil, elle réfléchissait aux informations que Pavel avait découvertes : le réécriveur était capable d'effacer des souvenirs à grande échelle, et l'empereur Ta'an avait signé un ordre exécutif en ce sens. N'y avait-il personne au-dessus de tout soupçon ? Plus que jamais, Kara savait qu'il était primordial de trouver le réécriveur avant Nero.

Mais elle se rapprochait du but. Ralire était un territoire moins neutre qu'anarchique. Son économie reposait sur le commerce – légal et illégal – qui y florissait. Médecins au Front comptait s'y approvisionner en matériel de soins et en médicaments, et c'était le moment idéal pour Kara de reconstituer son stock.

Elle arriva devant un escalier si vertical que c'en était presque une échelle et se laissa glisser en bas en se tenant aux rampes métalliques. L'ouverture était étroite, et elle se demanda comment un Fontisian ou un Wraetan pouvait s'y faufiler. Elle était habituée aux espaces exigus car elle avait passé beaucoup de temps sur les zeppelins de la ligne Kalu-Navrum pour suivre Lydia, qui travaillait dans des labos itinérants.

Le pont médical grouillait d'activité, comme toujours. Infirmiers et médecins couraient dans tous les sens, transportant des médicaments, poussant des brancards, s'évitant miraculeusement, criant des ordres. Kara s'efforça de paraître débordée, marchant d'un pas rapide et décidé. Les trois premières salles d'opération étaient occupées par des patients entourés de leur équipe médicale. Ce n'était pas là qu'elle réussirait à voler les pilules « modulantes » qu'on donnait aux patients pour manipuler leur ADN et accélérer leur guérison. Au détour du couloir, elle vit son visage reflété dans une vitre : des yeux vairons, l'un vert vif, l'autre noisette, un nez et des joues fraîchement parés de quelques taches de rousseur sombres… La mue se poursuivait. Les médicaments la soulageaient de la migraine, ralentissant sa métamorphose en figeant son ADN. Mais son vrai visage – celui de Josselyn – se révélait chaque jour un peu plus. Il n'y avait pas que ses yeux qui changeaient : ses joues devenaient plus larges, sa bouche se dessinait, devenant plus charnue. On pouvait déjà déceler en elle la sœur de Rhiannon, et Kara savait que ce n'était qu'un début.

En plus d'être une fugitive, Kara devenait étrangère à elle-même.

La quatrième salle fut la bonne : pas de patient, pas de médecin, personne. Au moment de pousser les portes battantes, elle entendit un déchaînement de bips derrière elle.

– CODE ROUGE ! lança un droïde en la dépassant pour entrer dans la salle d'opération, suivi d'une infirmière qui poussait un brancard.

Kara sentit son cœur s'emballer lorsqu'elle vit la patiente qui venait d'être admise, à travers la porte vitrée. C'était une Wraetane qu'elle avait fait monter à bord, Issa, une soldate de la Coalition. Son treillis était imprégné de sang. Pourtant, l'intervention s'était bien déroulée. Elle avait passé les dernières quarante-huit heures à dormir, dans un état stable. Kara le savait car elle avait veillé la jeune fille elle-même.

Nicola, la cheffe de service, apparut à côté de Kara.

– Que se passe-t-il ? demanda celle-ci.

– Elle s'est réveillée et elle a essayé d'arracher son cube avec un couteau.

– Quoi ?

Kara fut parcourue d'un frisson. À l'intérieur de la salle, elle vit qu'Issa était en train de vomir.

– Qu'est-ce que tu fais là ? demanda Nicola.

Kara n'eut pas à répondre, car Issa se mit à hurler en wraetan tout en se débattant sur le brancard.

– Bande de *chortois* !

Un médecin prénommé Russev se précipita dans la salle. Il se pencha au-dessus de la jeune fille et appuya une serviette ensanglantée contre son cou. C'était une vision d'horreur – le sang, les tendons à vif, la violence.

– Je ne sais pas pourquoi elle a fait ça, lança Russev. Elle ne se contrôle plus et je ne comprends pas ce qu'elle dit.

– Enlevez-moi ça ! Enlevez-moi ça ! criait Issa en wraetan, à travers des gargouillis de sang.

– On a besoin d'un traducteur !

Kara entra dans la salle en bousculant Nicola et en traversant un nuage de brume stérilisante. Elle s'arrêta à côté de la table d'opération, écartant l'infirmière du coude.

Issa n'en finissait plus de hurler. Aidée de deux médecins, Nicola dégagea le cou de sa patiente pour commencer les soins. Il fallait arrêter le sang qui jaillissait de la blessure. Elle plongea deux doigts dans le trou qu'Issa s'était grossièrement creusé dans la chair. Pendant ce temps-là, Russev s'occupait de recoudre les tissus avec du fil de silicone.

– Il s'est mis à jour ! Ils vont me trouver ! Je dois m'en débarrasser ! cria Issa.

– Qui va te trouver ? demanda Kara en wraetan. Quelle mise à jour ?

Elle réalisa que ses mains étaient prises de tremblements incontrôlables. Issa éloigna brusquement sa tête de Nicola pour l'empêcher de la soigner. Le médecin-chef lâcha un juron tandis qu'elle recevait une giclée de sang sur son masque chirurgical.

– On va lui injecter un sérum anesthésiant, annonça Russev en préparant une seringue. Ensuite on rallumera son cube.

– Non ! cria Issa en wraetan.

Apparemment, elle avait compris. Le mot *cube* était le même dans toutes les langues – un emprunt du kalusian.

– Ne l'allumez pas ! Ils vont le localiser ! implora-t-elle en attrapant la main de Kara.

Kara sentit son œil palpiter de plus belle. Elle imagina Nero en train de la surveiller, en train de les surveiller tous. Elle se rappela comment il avait piégé Aly, comment il avait fait retirer les cubes de tous ces patients sur le zeppelin.

– Elle a peur, dit-elle à Russev. Elle ne veut pas que vous le rallumiez.

– Elle risque une infection. Il y aura une sécrétion d'anticorps quand sa connectivité neuronale sera pleinement opérationnelle. Elle a déjà perdu trop de sang.

Kara baissa les yeux. Goutte après goutte, une flaque rouge se formait sur le sol. Elle ne se sentait pas bien. Elle était prise de vertiges.

Issa ne tiendrait plus très longtemps.

– Laissez-moi mourir. Bientôt, ce sera comme si on était tous morts, articula-t-elle avec difficulté.

– Mais qu'est-ce qu'elle raconte ? s'écria Nicola en se tournant vers Kara.

Kara se retenait de vomir. Sa vision périphérique se brouillait. Sa tête devenait lourde. Elle ne savait pas qui elle devait écouter : la Wraetane ou les médecins ?

– Attendez ! lâcha-t-elle sans quitter Issa des yeux.

Issa était sans doute en plein délire paranoïaque : on ne pouvait pas localiser quelqu'un qui avait éteint son cube. Mais si elle avait raison ?

Russev commença à s'énerver.

– On doit aller au bout de la procédure, sinon elle va…

– Elle dit qu'elle est épileptique, mentit Kara en le regardant droit dans les yeux.

Elle se souvenait vaguement des études que Lydia avait consacrées aux effets du cube sur les épileptiques.

– Si vous rallumez le cube maintenant, ça peut déclencher une crise qui lui serait fatale.

Nicola échangea un regard avec ses collègues.

– Elle ne supportera peut-être pas le courant neuroélectrique… murmura Russev.

Finalement, Nicola hocha la tête.

– Il faut mettre le cube hors d'usage.

– Casser le cube ? lança Russev Mais ça pourrait la tuer !

– C'est un risque. Mais si elle fait une crise d'épilepsie, elle est sûre d'y passer.

Kara fut prise de panique. Venait-elle de faire une grosse erreur ?

À contrecœur, Russev se rangea à l'avis de sa supérieure. Il inséra une pince dans le cou d'Issa pendant que Nicola la maintenait, puis écrasa le cube d'un coup sec. Kara ne s'attendait pas à ce que ce soit aussi simple.

– Et… c'est tout ? articula-t-elle dans un souffle.

– C'est tout. Son cube est définitivement hors d'usage. Ce n'est plus qu'un morceau de biotech logé dans son cou, dit Russev, secouant la tête tandis qu'il nettoyait la plaie.

Issa battit des paupières, puis elle ferma les yeux. Kara se demanda si elle allait mourir par sa faute.

Mais Issa ne mourut pas.

Une fois recousue, sa plaie était doublée d'un horrible bleu et sa peau sombre était ponctuée de points de suture. Elle faisait partie de ces filles qui sont belles dans leur sommeil. Ses lèvres dessinaient une petite moue naturelle, et ses joues saillantes des lignes saisissantes.

Kara s'était mise en boule sur une chaise pour veiller sur elle. Immobile dans l'obscurité, elle sentait les douleurs dans sa tête, ses bras et ses jambes s'apaiser progressivement. Elle était perdue dans un épais brouillard intérieur où se mêlaient le choc et le chagrin. Elle repensa à Lydia, effaçant sa mémoire avec le réécriveur, faisant disparaître son passé et, avec lui, celle qu'elle avait été – Josselyn.

Parfois, elle se demandait ce qu'il y avait de pire : la perte des souvenirs d'une autre vie ou le mensonge ? Lydia lui avait fait croire qu'elle était sa mère. Lorsqu'elle restait au labo jusqu'à des heures impossibles, lorsqu'elle passait du temps avec sa « fille » sans jamais se déconnecter de son travail, lorsqu'elle ne rentrait pas dîner sans même un coup de fil pour la prévenir, Kara se sentait coupable. Elle pensait que si elle avait été différente, Lydia se serait montrée plus maternelle. Disponible, comme les autres mères.

Comme si cela ne suffisait pas, elle pensa aussi à tout ce

qui venait de se passer. Aly l'avait abandonnée, et elle n'avait plus de médicaments. Ralire – et tout ce qui l'y attendait – lui paraissait incroyablement loin. Elle mesurait l'abysse qui séparait la vie qu'elle avait vécue de celle qu'elle aurait dû vivre. Elle aurait dû connaître cette sœur qui, en cet instant, occupait le trône de Kalu. Kara n'avait plus rien ni personne, à part cette inconnue, cette soldate de la Coalition qui avait risqué sa vie pour sauver les prisonniers de Nau Fruma.

Les heures passèrent. Kara avait du mal à garder l'œil ouvert. Quand elle s'endormait, elle rêvait de Luris, où l'eau était si froide que ses pieds s'engourdissaient. Elle revit le tapis de galets lisses et glissants, la forêt si dense qu'elle pouvait y disparaître. Et le sel, partout dans l'air, qui épaississait le brouillard. Sur Luris, pas besoin de s'entraîner, de fuir, de se soucier de la suite des événements ou des changements de son visage. Kara ressentait presque le besoin de croiser les bras pour se protéger de l'air saisissant qui se faufilait entre les mailles de son pull. Elle baissa les yeux et aperçut quelque chose dans la mousse : sa pièce, la pièce de sa famille. Soudain, l'endroit ne fut plus si sûr et reculé. Les gazouillis des oiseaux et les rugissements de l'océan s'arrêtèrent. Sa vie d'avant la suivrait partout…

Puis elle entendit quelqu'un tousser.

Elle ouvrit les yeux et réalisa qu'elle tenait la pièce rouillée dans sa main. Issa fixait le plafond. Kara rangea la pièce dans sa poche et s'approcha du lit.

– Comment tu te sens ?

Ce n'était pas très inspiré, mais elle n'avait pas trouvé mieux. Issa écarquilla les yeux.

– Il est mort ?

– Mort ? demanda Kara.

Elle réalisa qu'Issa parlait du cube. Un frisson la parcourut. Le cube devait être implanté dans de la matière organique pour fonctionner – pour *vivre,* comme Issa l'avait induit –, mais elle ne l'avait jamais considéré comme un organisme vivant. C'était une idée parfaitement effrayante.

– Oui, il est détruit… Mort.

– Quelqu'un les pirate… les cubes, dit Issa d'une voix rauque et sûrement douloureuse. Même quand ils sont éteints. C'est pour ça qu'il fallait le détruire.

La soldate avait les yeux vitreux, sans doute à cause de l'antidouleur qu'on lui administrait en intraveineuse.

– Comment font-ils pour les pirater ?

Ce n'était pas le moment de discuter de ça – Issa était complètement K.O. –, mais c'était trop important pour être remis à plus tard. Trop important et trop plausible. Kara savait bien que Lydia avait conduit des expérimentations biologiques avec le cube. Elle avait éteint le sien bien avant de monter à bord du vaisseau de Médecins au Front. Tant qu'on était hors ligne, on ne risquait rien. Du moins, en théorie.

Issa secoua la tête. Elle avait les tempes perlées de sueur. Elle semblait fiévreuse, en proie à des hallucinations.

– La mise à jour…

Kara se figea. Elle repensa à ce que Pavel avait découvert : le réécriveur pouvait être utilisé sur l'ensemble de la population si tous les cubes étaient connectés au même réseau au même moment.

Elle chercha une serviette dans l'armoire, respirant profondément pour apaiser ses tremblements. Une fois calmée, elle se tourna vers Issa et lui épongea le visage. Les yeux de la militaire bougeaient dans tous les sens, frénétiquement.

– Parle-moi de cette mise à jour, dit Kara.

Elle culpabilisait de la pousser à parler alors qu'elle était à moitié inconsciente. Mais c'était trop important. Plus important que tout.

– Elle est dangereuse, répondit Issa avant d'être secouée d'un soubresaut. La mission de Nau Fruma, ce devait être simple et rapide. Peu de blessés. Je suis médecin – mais je sais me battre, aussi. On devait juste larguer une bombe électromagnétique, évacuer la prison et foutre le camp. Mais j'en n'ai fait qu'à ma tête… J'ai désobéi aux ordres.

Elle allait de nouveau sombrer dans l'inconscience. *Parle-moi de la mise à jour. La mise à jour.*

– Qu'est-ce que tu veux dire ?

– Que c'est de ma faute si la moitié de mon unité a péri… répondit Issa dans un rire nerveux, le visage parcouru d'un éclair de vulnérabilité. J'ai essayé de tuer quelqu'un…

Kara prit une grande inspiration – une bouffée d'air amère et cinglante dans ses poumons. Issa ferma les yeux.

– Tu penses que je suis un monstre ? demanda-t-elle.

– Non. Pas du tout, répondit Kara en toute honnêteté. C'est la guerre.

Elles se turent, mais Kara n'allait pas en rester là. Elle sentait qu'Issa voulait se confier, s'absoudre par la parole. Elle prit le visage de la militaire entre ses mains, puis l'inclina délicatement vers elle pour pouvoir la regarder droit dans les yeux.

– Que sais-tu de la mise à jour ? l'exhorta-t-elle posément.

– La mise à jour… c'est la première étape. Après l'installation, les cubes seront plus facilement piratables. Et avec mon cube, même éteint, j'avais peur qu'ils voient… tout. C'est pour ça que j'ai voulu l'arracher.

– Mais tu n'aurais pas survécu. Et si tu avais miraculeusement échappé à la mort, ta vie n'aurait pas valu d'être vécue.

– Je sais. J'avais complètement pété les plombs. C'est idiot, mais j'ai pensé qu'il valait mieux me Ravager que compromettre le sort de tout le monde à bord…

Kara eut la chair de poule à la simple mention du Ravage. Aly lui en avait parlé. Les enseignements de Vodhan y faisaient allusion.

– Mais tu es arrivée et tu m'as sauvée, poursuivit Issa comme si elle n'en revenait pas. Tu les as convaincus de détruire mon cube. C'est grâce à toi que je suis en vie…

Issa semblait à deux doigts de pleurer. Tout ce que Kara avait fait, c'était inventer un mensonge dans l'urgence – chose dans laquelle elle excellait, ayant eu à combler les trous d'un passé effacé.

– Ne pleure pas, dit Kara en s'efforçant de parler avec légèreté.

Elle ôta la serviette, la replia sans raison, puis la reposa sur le front d'Issa avec délicatesse.

– Maintenant, tu es sortie d'affaire, reprit Kara avant de parler à voix basse. Si on te demande quelque chose, dis que tu es épileptique.

Issa la regarda d'un air interrogateur, mais ne posa pas de question. Elle était probablement trop fiévreuse pour poursuivre la discussion, et qu'y avait-il à ajouter ? Elles ne se dirent plus un mot. Kara nettoya la blessure, refit le bandage, puis Issa se rendormit.

Kara était obnubilée par la révélation d'Issa. La mise à jour avait-elle vraiment un lien avec le réécriveur ? N'avait-elle pas été lancée au moment idéal ? Tout se combinait trop parfaitement. Elle pensa à Lydia, qui lui avait appris à réfléchir logiquement, méthodiquement, qui avait toujours répété le même refrain : il n'y a pas de coïncidences.

Il se tramait quelque chose d'incroyablement horrible, démesuré et criminel. Même si Kara n'en avait jamais douté, elle se sentit plus que jamais convaincue qu'elle devait détruire le réécriveur avant qu'il ne tombe entre de mauvaises mains. Néanmoins, elle ne pouvait s'empêcher de croire que si cet outil était capable du pire, il était aussi capable du meilleur. Capable de libérer au lieu d'asservir.

Capable d'effacer Josselyn Ta'an.

Elle se demanda si Aly avait eu raison lorsqu'il l'avait presque traitée de lâche. Mais comment redevenir Josselyn quand, dans son cœur et sa tête, il n'en restait rien, à part des choses sombres et menaçantes tapies au plus profond d'elle, à part des sensations viscérales semblables aux vestiges d'un rêve. À part ce cauchemar – ou ce souvenir – où elle tombait dans l'obscurité, en chute libre, en tentant de se rattraper au vide, ses cris perdus dans le vent.

Tout ce qui restait de Josselyn était d'ordre biologique. C'étaient les traits qui redessinaient son visage. C'était ce nouveau menton qui se modelait peu à peu. Les inhibiteurs d'ADN avaient un effet temporaire. Il était difficile d'en trouver, et cela ne s'arrangerait pas quand la galaxie basculerait dans la guerre totale. Sa métamorphose était inévitable. Elle vivrait constamment avec la peur qu'on reconnaisse Josselyn Ta'an en elle. Elle passerait sa vie à fuir, éternellement empêtrée dans le mensonge. Elle ne serait jamais libre.

À moins que…

À moins que la galaxie entière n'oublie son visage. À moins de faire disparaître Josselyn Ta'an.

Elle se souvint de l'ordre exécutif signé par son père que Pavel lui avait montré sur Nau Fruma : « Effacer le souvenir de la Grande Guerre de la mémoire collective, pour le bien des peuples et l'avenir de la galaxie… »

L'empereur avait voulu utiliser le réécriveur pour panser les blessures de la galaxie et apaiser les tensions politiques, mettre un pouvoir terrifiant au service d'une noble intention.

Puis elle se rappela la dernière chose qu'Aly lui avait dite : « Si on ne veut pas vivre dans un mensonge, il ne tient qu'à nous de réécrire les choses. »

L'idée était si folle que la chambre se mit à tanguer autour de Kara. Si elle utilisait le réécriveur, elle le détruirait juste après avoir effacé Josselyn de la mémoire de chacun. La galaxie n'avait pas besoin d'elle, de toute façon. La galaxie avait Rhiannon, qui avait survécu à une tentative d'assassinat et qui était revenue dans la capitale en dépit de l'adversité.

Quant à Rhiannon, même si elle avait demandé à Josselyn de revenir sur Kalu, elle n'avait certainement pas besoin d'une sœur prodigue qui minerait sa légitimité sur le trône et la discréditerait aux yeux de la population.

Josselyn Ta'an n'était rien de plus qu'un fantôme.

Et bientôt, Kara aurait un moyen pour reléguer ce fantôme dans l'oubli.

NEUF

RHIANNON

RHI TRAVERSAIT LE PALAIS en direction des quartiers de Dahlen. Elle avait un mauvais goût dans la bouche depuis qu'elle avait prononcé une phrase qui lui donnait envie de vomir : « J'accepte. »

Elle venait de consentir à s'allier avec l'homme qui avait assassiné ses parents et qui représentait tout ce qu'elle haïssait. Le pire dans tout cela, c'était qu'il était sûr qu'elle accepterait, parce qu'elle avait besoin de lui. Elle devinait que Dahlen était furieux contre elle, mais, tôt ou tard, il comprendrait. Il le faudrait bien.

Dans les holos, Rhi apparaissait peu aimable, fuyante et même globalement détestable, mais elle accordait de l'importance aux choses qui en avaient vraiment. Elle ne voulait pas que la guerre se poursuive. Trop de gens étaient morts pour rien.

Nero était passé à la vitesse supérieure. Non seulement l'UniForce occupait toujours Nau Fruma, mais elle avait lancé trois nouvelles offensives sur des territoires neutres. La galaxie s'enfonçait chaque jour un peu plus dans le chaos et la violence. Rhi ne pouvait pas rester sans rien faire, elle devait mettre un terme à tout cela, mais elle ne savait pas comment. D'un côté, les Kalusians réclamaient des représailles ; de l'autre, Fontis s'armait pour riposter.

Rhi faisait face à des obstacles qui, sans le soutien de Nero, seraient insurmontables. Elle avait besoin que son peuple soit derrière elle. Un grand pas venait d'être fait, car Nero avait accepté de discuter des termes d'un cessez-le-feu avec les Planètes-Unies. Pour Rhi, c'était une grande avancée.

Dahlen l'évitait, mais il lui fallait son aide pour inclure Fontis dans le processus. Elle devait montrer à la galaxie que les Fontisians voulaient la paix.

Il avait installé ses quartiers dans l'aile est, improvisant des chambrées pour lui et plusieurs dizaines de guerriers fontisians. Le palais était gigantesque – au moins dix fois plus grand que celui de Nau Fruma –, et chaque recoin réveillait chez Rhi un épisode oublié de son enfance. Tous ces souvenirs organiques la plongeaient dans un magma suffocant.

– Impératrice.

Rhi arrêta sa course. Cette fois, Lahna s'était coiffée dans le style traditionnel des guerrières fontisianes, couronnant sa tête d'une douzaine de tresses finement torsadées.

– Si tu pouvais t'abstenir d'arriver sans prévenir, je préférerais, lança Rhi, irritée.

Elle n'aimait pas se retrouver toute seule avec Lahna. La Fontisiane la rendait nerveuse, elle avait l'impression qu'elle la jaugeait en permanence.

– Et moi, je préférerais ne pas avoir à venir te chercher, mais on n'a pas toujours ce qu'on veut, répliqua-t-elle en posant les mains sur les hanches.

– Je ne suis pas une chose qu'on vient chercher, rétorqua Rhi.

Elle avait répondu sèchement, mais en réalité elle était soulagée. Dahlen désirait la voir, ce qui signifiait qu'il ne l'ignorait plus.

– Il s'imagine que je vais accourir dès qu'il claque des doigts ? reprit-elle.

– Il ne s'imagine rien du tout, répondit Lahna. Il est sur le départ. Je pensais que tu voudrais lui dire au revoir.

– Attends, quoi ? Pourquoi est-ce qu'il part ? demanda Rhi en sentant son cœur s'emballer.

– Il ne pourra pas répondre à ta question si tu ne viens pas la lui poser.

Pressée par la colère et le désarroi qui montaient en elle, Rhi suivit Lahna jusqu'aux quartiers de Dahlen, qu'elle découvrit occupé à affûter la lame d'un couteau sur sa pierre à aiguiser, ses affaires à côté de lui. Ses cheveux blonds lui tombaient devant le visage en décrivant un arc, si bien que Rhi ne voyait pas sa figure.

– Tu ne peux pas faire ça, lâcha-t-elle.

Elle aurait aimé le blâmer avec éloquence, le rabaisser avec virulence pour le pousser à revenir sur sa décision, mais une seule chose lui venait à l'esprit : *Tu ne peux pas m'abandonner*. Elle sentit son cœur se briser.

– Écoute, reprit-elle en tentant de se contrôler, je sais que tu n'approuves pas ma décision de travailler avec Nero.

– Je ne l'approuve pas ? répéta-t-il sans lever les yeux de la pierre à aiguiser. Comme si je pouvais approuver une alliance avec un traître. Comme si je pouvais accepter ton refus de m'écouter.

– C'est toi qui refuses de m'écouter !

Il releva la tête pour la fusiller du regard. Elle ne baissa pas les yeux, mais elle avait du mal à respirer, et même à déglutir.

– Il ne s'agit pas d'un simple désaccord, dit-il. Il s'agit d'un clivage profond entre nous.

– Un clivage ?

Il examina la lame de son couteau à la lumière et, satisfait, le rangea dans son fourreau.

– Cet homme est une abomination.

Comment pouvait-il être aussi aveugle ? En rejetant l'offre de Nero, elle lui aurait déclaré la guerre, lui aliénant ses nombreux partisans.

– Tu crois que je ne le sais pas ? Tu crois je suis trop stupide ou naïve pour voir clair dans son jeu ? C'est ça, la politique. Je suis l'impératrice des territoires kalusians, l'ennemie public numéro un aux yeux de tous les autres gouvernements. Kalu s'isole chaque jour un peu plus à cause d'une star d'holovision, et Joss se cache quelque part dans la galaxie alors que sa vraie vie est ici…

À la pensée de sa sœur, Rhi sentit sa gorge se contracter.

– Et tu imagines bien que ce n'est qu'une alliance temporaire, ajouta-t-elle.

– On ne peut pas « temporairement » trahir son âme.

– Je n'ai pas le choix et tu le sais bien ! lança-t-elle avec colère. Tu campes sur ta position comme un stupide moralisateur fanatique et…

– Attention à ce que vous dites, impératrice, dit Lahna.

Elle avait raison. Rhi prit une grande inspiration avant de poursuivre.

– Dahlen, on veut tous les deux la même chose : la paix. Il y a trop de vies en jeu…

Il laissa échapper un rire qui lui fit froid dans le dos. Qui la surprit aussi, car elle ne l'avait jamais entendu rire.

– Il faut être prêt à risquer des vies au nom de ce qui est juste. Être prêt à emprunter le chemin le plus difficile si c'est celui de la droiture.

– Ne me ressors pas tes textes sacrés. Tu es comme tout le monde, tu penses que je suis incapable de savoir ce qui est bon pour mon peuple. Tu ne vaux pas mieux, toi et ta foi aveugle en ton Ancien, alors qu'il ne te dit pas tout.

– Je ne comprends pas. À quoi fais-tu allusion ?

– Escov m'a parlé. Il dit que tu sais certaines choses et qu'il y a certaines choses que tu ignores savoir.

Elle ne comprenait pas vraiment ce qu'Escov voulait dire, et pourtant, à cet instant, ses paroles semblaient prendre sens.

– Tu te méprends, rétorqua Dahlen en ramenant ses cheveux derrière ses oreilles pointues. Il s'agit d'une pensée sur la foi, sur l'importance de croire aux paroles de Vodhan.

Chose rare, il était ouvertement irrité. Elle eut honte de le mettre en colère, honte de le supplier, honte d'être une impératrice de pacotille.

– Ta foi… lança-t-elle. Ta foi aveugle et ta vision du bien et du mal ! Elles t'enferment. Elles t'empêchent de voir le monde tel qu'il est.

– Ne pourrait-on pas dire la même chose de vous, impératrice ? Qu'y a-t-il derrière votre *ma'tan sarili* ?

Dahlen savait que c'était une salutation courante, mais aussi qu'elle cachait une signification plus profonde, qu'elle évoquait la grandeur intérieure. En la prononçant, on promettait d'être la meilleure personne possible.

Honneur. Courage. Loyauté. Rhi se demanda soudain si elle n'était pas sur le point de trahir ces idéaux.

Elle lut la réponse dans le regard de Dahlen, qui prenait ses affaires.

– Tu as tort de partir.

– J'ai eu tort de croire en ta grandeur intérieure, lança-t-il en se dirigeant vers la porte.

Ses mots la frappèrent de plein fouet. Elle y perçut de l'espoir mué en déception. Elle voulait être l'impératrice qu'il s'imaginait, mais elle ne l'était pas. En tout cas, pas encore.

– C'est ça, va-t'en ! lâcha-t-elle. Je n'ai pas besoin de toi, j'ai besoin de quelqu'un qui saura m'aider à mettre fin à la guerre, pas d'un fanatique qui a tellement bouffé de textes sacrés qu'il est incapable de voir la réalité et de penser en termes stratégiques.

– Avec tout le respect que je te dois, impératrice, répliqua-t-il en se retournant, Nero ne va pas se contenter d'acquiescer à chacune de tes exigences. Tu imagines vraiment qu'il va retirer ses troupes sans contrepartie ? Il ne servira jamais que ses propres intérêts. Ses promesses sont des pièges, et je pensais que tu ne tomberais pas dedans.

– Et si je te disais qu'il est à la recherche d'une technologie surpuissante capable d'altérer les souvenirs des gens ? Il m'en a parlé.

– Même si c'est vrai, t'allier avec lui n'y changera rien.

– Divins ancêtres ! Tu t'entends parler ? Est-ce que tu réagis comme ça parce qu'il a rallumé ton cube ? Parce qu'il a brisé ton vœu d'abstinence mémorielle ? s'écria-t-elle, désespérée, car sans lui elle n'avait plus d'allié. Il y a des vies en jeu. Plus on hésitera, plus on en perdra.

Rhi faisait tout son possible pour trouver l'argument qui le pousserait à rester.

En vain… Dahlen lui adressa un regard glacial qui la figea.

– Tu crois que je ne connais pas la peur ? demanda-t-il. Moi, aussi, j'ai peur pour Kalu et pour la galaxie.

Dahlen avait raison au sujet de Nero, mais si elle refusait de travailler avec ce dernier, de s'aventurer dans son dédale de mensonges, elle ne parviendrait jamais à rétablir la paix. Pourquoi Dahlen ne comprenait-il pas cela ?

Si elle n'arrivait pas à garder l'appui de son dernier ami, comment pouvait-elle espérer gagner celui de tout un peuple ? Sans Dahlen, elle était perdue. Il s'était toujours débrouillé pour être à ses côtés, même après qu'elle l'avait abandonné en descendant du zeppelin.

Mais en s'alliant à Nero, elle allait trop loin.

Elle avait besoin de Dahlen, même si elle détestait l'idée de dépendre de quelqu'un d'autre. Dahlen était quelqu'un d'entier, d'inflexible. Il était un compas, une bouée dans ce monde sens dessus dessous.

– Je dois suivre mon propre chemin, et toi le tien, dit-il en passant le seuil de la porte. Je ne m'associerai pas à ce démagogue.

– Tu t'en vas aussi simplement que ça ? demanda Rhi le plus calmement possible.

Elle aurait aimé qu'il tape du pied, jette des choses par terre, lui crache un chapelet d'insultes fontisianes. Qu'il se montre triste, qu'il pleure, qu'il l'attrape par les épaules pour la secouer, qu'il fasse quelque chose. Elle aurait aimé qu'il montre ce qu'il ressentait à l'intérieur, dans son cœur, sans se cacher derrière sa morale rigoureuse. Elle avait besoin de savoir qu'il ne la haïssait pas.

Il était rapidement devenu la personne dont l'opinion comptait le plus à ses yeux.

Il lui tourna le dos sans ajouter un mot. Rhi ne supportait tout simplement pas de le voir partir comme ça. Elle aurait voulu qu'il lui adresse un dernier mot, un dernier regard, un signe prouvant qu'il n'était pas indifférent, qu'il n'avait pas définitivement fait une croix sur elle. Sans réfléchir, elle dégaina le couteau de Veyron qu'elle portait toujours à sa ceinture.

– Si tu n'es plus mon ami, dit-elle, le souffle coupé, ça fait de toi mon ennemi.

Elle en était arrivée là, brandissant la lame avec laquelle Veyron avait voulu la tuer pour menacer celui qui l'en avait sauvée. Elle avait du mal à retenir ses larmes.

– Ce n'est pas une solution, dit Dahlen sans ciller. Toi, tu n'es pas mon ennemie.

Pendant une fraction de seconde, elle entrevit une lueur d'espoir.

– Et si tu veux m'avoir à tes côtés, tu sais ce qu'il te reste à faire, ajouta-t-il.

Il lui donnait un ultimatum. Il lui demandait de rompre la trêve engagée avec Nero. Son cœur se mit à palpiter. Elle pouvait encore revenir en arrière.

Mais elle se rappela pourquoi elle avait fait tout cela. Elle se rappela le bombardement sur Nau Fruma. Elle se rappela Julian. Elle se rappela Joss, qui était quelque part dans la galaxie, qui l'attendait, qui était peut-être en danger.

Elle fit « non » de la tête. Dahlen devait faire ce qu'il estimait juste, et elle aussi.

Il soupira, le regard doux.

– Ne pars pas, supplia-t-elle malgré elle. C'est toi qui m'as amenée ici. Tu t'es battu pour moi.

Tu as cru en moi.

– À l'époque, tu ne faisais pas de compromis, dit-il comme s'il parlait d'un lointain passé.

– Je n'étais pas encore en charge d'un empire, précisa Rhi, le couteau toujours pointé vers lui. Où pars-tu ? Que comptes-tu faire ?

Il inclina la tête et la regarda comme s'il était déjà loin.

– Le tuer, évidemment.

– Si tu fais ça, c'est moi qu'on tiendra pour responsable.

– Tu es déjà en train de penser à ta cote de popularité, dit-il avec une infinie tristesse.

Il fit un pas vers elle et écarta calmement la lame du couteau. Elle le lâcha. En l'entendant rebondir par terre, elle eut l'impression que tout s'effondrait en elle.

– Tu feras une excellente politicienne, reprit-il.

Elle ferma les yeux et se retourna pour qu'il ne la voie pas pleurer.

– Et tu ne seras pas seule, conclut-il. Lahna va rester avec toi. L'ordre sera avec toi.

– Pardon ? s'exclama Lahna.

Dahlen se contenta de lever la main en signe d'adieu, puis s'en alla.

Rhi s'interdit de le rattraper. Elle parvint à se contrôler pendant une minute, avant de courir jusqu'au balcon.

– Tu ne dois pas t'approcher des fenêtres, lui rappela froidement Lahna.

Rhi ignora son avertissement. Elle devait voir Dahlen une dernière fois.

– Impératrice… insista Lahna.

Rhi ne bougea pas. Elle attendit, la tête haute. Peut-être allait-il faire demi-tour. Peut-être dirait-il qu'il ne pouvait pas la laisser, qu'il tenait à elle, qu'il croyait encore en elle.

Puis elle entendit une grille s'ouvrir, au loin. Dahlen n'avait pas emprunté l'entrée principale, ce n'était pas son genre. Il y avait une douzaine d'autres accès.

Elle ne le vit pas sortir de sa vie, mais elle sentit immédiatement son absence.

Rhi rentra dans le palais. Quand Lahna referma la porte du balcon derrière elle, elle sentit un nouveau poids peser sur ses épaules. Elle avait perdu Julian et, désormais, Dahlen.

Était-elle condamnée à perdre tous ceux qui comptaient pour elle ?

– Je suis désolée, dit Lahna.

– Tu l'aimes ? lui demanda Rhi de but en blanc.

– Je suis à ses ordres, répondit-elle.

Un court instant, Rhi vit son visage s'adoucir. Lahna se reprit rapidement.

– Viens. Je t'escorte jusqu'à ta chambre, ajouta-t-elle.

Il n'y avait plus rien à dire. Sans un mot, elles prirent la direction des quartiers de l'impératrice.

Rhi allait bientôt retrouver Nero pour faire une déclaration commune. Ils allaient s'adresser à la galaxie. Elle devait être prête.

DIX

ALYOSHA

DANS LE VAISSEAU, au milieu des autres militaires, Aly était redevenu un soldat.

Mais il n'était plus question pour lui d'uniforme impeccable, de garde-à-vous, de rang bien droit, de « Chef, oui, chef ! » ou de « Négatif, chef ! », de sergent qui infligeait cinquante pompes à tout bout de champ. Aly n'était plus le pantin souriant qu'on agitait devant les caméras de *Héros du Révolution* – le garçon naïf qui, aux côtés de Vinz, parcourait l'espace en faisant la pub de l'UniForce tandis que la galaxie s'enfonçait dans la *taejis*.

Il était redevenu un Wraetan. Tout du moins, il se rappelait maintenant qu'il l'avait été. À passer trop de temps parmi les Kalusians, il avait oublié d'où il venait, enfouissant tout souvenir des Wraexodes au plus profond de lui pour ne pas avoir à se les remémorer trop souvent. Mais, là, parmi ses compatriotes, il se sentait libéré : il entendait la langue qu'il avait parlée toute son enfance, il reconnaissait les gestes que ses parents faisaient, et il reprenait même l'accent qu'il avait perdu – une petite musique aux sons tranchés et gutturaux. Il acceptait même de ressembler à un Wraetan et ne se rasait plus la tête pour faire disparaître ses cheveux crépus.

Aly n'était plus dans la peau d'un autre mais dans la sienne. Il était de nouveau lui-même, et c'était une sensation qu'il avait trop longtemps oubliée.

Avec Kara, il avait connu cette sérénité. Il s'était senti capable de lui montrer qui il était vraiment et celui qu'il pouvait devenir.

Et puis il avait tout fichu en l'air et elle était morte, comme tous ceux qu'il avait aimés.

Il chassa cette pensée. Deux jours plus tôt, il tenait la main de Kara, et maintenant il était un combattant de la liberté, une nouvelle recrue de la Coalition. Qu'aurait-il pu faire d'autre ? Personne au monde ne voulait de lui, et il ne voulait rien avoir à faire avec ce monde. La seule chose qu'il désirait vraiment, c'était se faire vengeance en se confrontant à l'UniForce.

Sa première mission consistait à reprendre possession d'une station de diffusion située sur Uustral, une planète sanctuaire. La station étaient attenante à un complexe médical et, depuis plusieurs dizaines d'années, elle servait à transmettre des informations sur les dernières technologies thérapeutiques jusqu'aux confins de la galaxie. Par le biais d'un énorme satellite en orbite autour de la planète, elle pouvait même émettre dans la Ceinture extérieure, où les connaissances dans ce domaine relevaient principalement de la magie. Elle servait aussi à communiquer avec les missions humanitaires dans toute la galaxie.

Du moins, avant que l'UniForce en prenne le contrôle pour en faire un outil de propagande.

Ils venaient d'arriver dans l'espace aérien uustralien. Aly avait rencontré dans l'UniForce quelques soldats natifs de cette planète. Il se demanda ce qu'ils étaient devenus. Leurs maisons étaient-elles là-bas, dans l'hémisphère sud, où la Coalition s'apprêtait à débarquer ?

Aly pensait aussi à Jeth. Le Chram l'avait aidé à émettre son souvenir depuis le satellite sur Rhesto, puis il n'avait pas eu d'autre choix que de les arrêter, lui et Kara. Aly ne l'avait pas revu depuis et ne savait même pas s'il était encore en vie. Quant à Pavel, Aly l'avait confié aux techniciens d'une station de la Coalition, mais il ignorait si le droïde s'en remettrait. Vinz était mort. Kara aussi.

– On prendra d'abord le contrôle du complexe médical, lança le commandant en se frayant un chemin entre les rangs. C'est le seul moyen d'accéder à la station.

Un frisson d'excitation parcourut Aly lorsque les soldats acquiescèrent à l'unisson. Il se prépara à sauter dans le vide, vérifiant les bretelles de son parachute et ajustant son troisième œil. Le véritable nom de cet appareil était Œ-3, et il précédait le cube d'une trentaine d'années. On avait exhumé ces vieux modules de communication dont la portée ne dépassait pas une centaine de mètres parce que tout le monde devrait éteindre son cube avant l'attaque. Le vaisseau était équipé d'un firewall empêchant toute communication entrante, mais on racontait que l'UniForce pouvait pirater un cube même s'il était désactivé.

Aly avait hâte de passer à l'action. Il voulait se battre, faire exploser des trucs. Faire payer l'UniForce. Il adressa un signe de tête à une Fontisiane qui se trouvait non loin de lui. Elle était aussi imposante et majestueuse qu'une statue sculptée dans le marbre, mais ses oreilles fines et pointues créaient un décalage presque comique. Aly plaignait ceux qui allaient croiser son chemin. Ensuite, il adressa un signe de tête à Hesi, un Chram trapu qui lui rappelait Jeth – écailles iridescentes, épaules aussi larges qu'une porte de garage.

– Si on s'en prend à vous ou aux vôtres... cria le commandant.

– Sans tarder, justice sera faite ! complétèrent les soldats comme un seul homme.

C'était le serment de la Coalition. Aly aimait cette philosophie : rendre justice, et vite.

– On y va dans dix, neuf, huit...

La trappe s'ouvrit lentement sur le ciel nocturne. Le vent rugissait. De grosses gouttes de pluie cinglaient le visage des soldats. Aly aurait aimé être avec Vinz. Dans un moment pareil, il aurait incliné la tête, puis il lui aurait décoché son sourire de star d'holovision...

–... trois, deux, un...

Le sol se déroba sous ses pieds et il fut aspiré dans l'obscurité, dans la pluie, dans le silence de la nuit.

Sur Wraeta, avant la guerre civile, son père avait économisé pendant des mois pour acheter un malheureux feu d'artifice qu'ils avaient allumé ensemble pour fêter l'armistice de la Grande Guerre. Ils l'avaient regardé s'élever toujours plus haut avant d'exploser en un bouquet de lumière. Pendant un quart de seconde, fonçant vers Uustral, Aly n'était plus un soldat, mais le feu d'artifice de son enfance, le symbole d'une planète libérée qui fendait l'air.

Il n'avait pas compté. Combien de secondes s'étaient écoulées ? Le vent fouettait ses vêtements et ses lunettes de protection. La peau de son visage était tirée en arrière, rendant son large sourire inamovible. Il avait déjà sauté en parachute, mais avec le matériel adéquat et un sergent instructeur sur le dos jusqu'à l'atterrissage.

Là, ce n'était pas un exercice.

Il écarta les bras et les jambes pour se stabiliser. Il approchait de la surface noire de la planète à une vitesse folle. Il pensa à ceux qu'il avait perdus, ceux qui l'attendaient dans un néant tout aussi obscur. Il n'avait qu'à se laisser chuter pour disparaître lui aussi. Au Wraexode, les missionnaires fontisians parlaient d'un endroit où les défunts rejoignaient Vodhan, d'une vie après la mort où l'on pouvait s'amuser sans peur ni souffrance pour l'éternité. Aly voulait y croire. Il refusait l'idée que ceux qu'il avait aimés n'étaient plus. Qu'en plus de disparaître physiquement, ils avaient vu leurs espoirs et leurs sentiments se dissoudre jusqu'à ce qu'il n'en reste rien.

Grâce à son casque intelligent, il pouvait voir le complexe médical et la tour de la station surlignés au loin. Autour de lui, les LED bleues des autres parachutistes clignotaient dans l'obscurité. Il échappa de peu à un soldat qui fonçait tête la première vers le sol en hurlant un cri de guerre.

Aly sentit ses organes se serrer comme un poing.

Sur l'indicateur d'altitude, il vit qu'il était tout proche de la surface. Puis il s'aperçut qu'il doublait des lumières bleues comme une fusée. Les autres soldats avaient déployé leurs parachutes. Il chercha la poignée d'extraction, en vain. Il pensa à Kara, aux mauvais conseils qu'il lui avait donnés, aux choses gentilles qu'il aurait dû lui dire. Il revit ses doigts inanimés dépassant des décombres, comme si seule sa main avait réussi à se frayer un chemin jusqu'à la surface…

Celle d'Aly se referma sur l'étui de son arme. Il revit le chapelet accroché aux doigts de Kara. Ces doigts élégants. Ces doigts d'impératrice destinés à courir sur le clavier d'un piano à queue dans un salon du palais.

Oublie-la, se dit-il.

Il tenta de se calmer en inspirant profondément. Il essaya plus lentement, plus posément, et trouva enfin la poignée, coincée sous l'étui. Il tira d'un coup sec et le parachute s'ouvrit en claquant dans l'air, puis se gonfla au-dessus de sa tête, ralentissant sa chute d'un coup si brusque que le harnais lui scia les épaules. Puis il se mit à flotter dans le ciel avec les autres soldats, tous éclairés par leur lumière bleue comme des algues fluorescentes en suspension dans l'eau. Vinz l'avait emmené voir la mer de Kalu, l'année d'avant, lors d'une perm. Cela semblait remonter à une éternité.

Il attrapa les poignées de commande et se dirigea vers la

zone d'atterrissage. La station de diffusion se trouvait en haut de la tour, mais pour y accéder il fallait passer par le complexe médical. Le problème, c'était que la tour était gardée par un millier de droïdes.

Les chances de réussite étaient minces avec seulement un bataillon composé d'une trentaine de bleus et de quelques officiers.

Aly tirait sur les commandes du parachute. Il arrivait vite, beaucoup trop vite. Il releva les genoux, se préparant à atterrir en faisant un roulé-boulé.

Quand ses bottes touchèrent le sol, il sentit l'impact se propager dans tous ses os. Il finit sur les fesses, sous la pluie battante qui rebondissait par terre et coulait le long de son visage.

La tour s'élevait au loin. Son sommet disparaissait dans les nuages noirs.

– Commandant, j'ai un visuel sur la tour, dit-il dans son troisième œil.

L'Œ-3 était une tige flexible qui s'attachait autour du cou. Il fallait appuyer sur un bouton pour activer le micro. Aly attendit une réponse, mais il n'y eut qu'un bruit parasite. Parfait.

Le complexe médical se situait juste au-dessus de la base. Aly se rappela l'objectif qui avait été martelé : prendre le contrôle du complexe, puis de la tour.

Il avait atterri pile où il voulait, devant le tunnel menant aux canalisations.

Le hic, c'était qu'un droïde imposant en gardait l'accès. Le NX faisait au moins une tête de plus que lui. Il s'avança aussitôt d'un pas mécanique, sondant le Wraetan avec un faisceau rouge qui perçait l'obscurité. Aly alluma le brouilleur de signaux inclus dans son kit de la Coalition.

– Identification impossible.

Le droïde tenta de l'attraper par le cou, mais Aly l'esquiva de justesse.

– Je veux bien du renfort, lança-t-il en appuyant de toutes ses forces sur le bouton de son troisième œil.

Toujours aucune réponse.

Le robot et lui engagèrent le combat. Aly était à l'affût de la moindre faiblesse, du moindre câble fragile. C'était un NX, mais il ne reconnaissait pas le modèle. Il regrettait que l'UniForce ne lui ait pas appris comment se battre contre un droïde militaire ultrasophistiqué, lacune toute naturelle puisque, au cours de ses années au sein de l'UniForce, les NX et lui étaient dans le même camp.

Aly porta une série de coups sur ses détecteurs optiques et s'attaqua ensuite à l'un des panneaux de contrôle, provoquant une grande gerbe d'étincelles et forçant le robot à se réinitialiser. Il en profita pour donner un grand coup de pied sur le genou de son adversaire.

Une erreur de débutant face à un droïde.

Le coup aurait disloqué un genou humain, mais celui-là était en acier. Le NX attrapa le pied d'Aly pour l'empêcher de battre en retraite, puis le frappa du revers de la main. Le Wraetan tourna sur lui-même avant de tomber face contre terre dans la boue. Malgré la douleur, et le goût du sang dans sa bouche, il rampa en direction d'un caillou aussi gros que son poing. Il entendit le robot se positionner derrière lui comme un bourreau prêt à abattre sa hache et tendit le bras. Son coude lui faisait un mal de chien. Il était probablement cassé ou fracturé. Ses doigts effleurèrent le caillou, et un sentiment de déjà-vu s'empara de lui. Il se souvint avoir effleuré sa clé à molette du bout des doigts, sur le *Révolution*, le jour où tout avait commencé. Le jour où on avait annoncé l'assassinat de la princesse Rhiannon. Quelques jours seulement avant la mort de Vinz.

Aly referma sa main sur le caillou. Il se retourna et le lança sur le droïde, qui aussitôt tituba, ce qui signifait que son gyroscope était touché. Ses lumières clignotèrent frénétiquement et il se mit à tourner en rond en vacillant, comme s'il était soûl. Aly pensa à cet arbre qui avait été scié dans la forêt d'Ernew lorsqu'il était enfant, et à cette seconde suspendue, presque hors du temps, juste avant qu'il ne s'écroule par terre.

Aly fit un croche-pied au NX, qui tomba dans un fracas de métal. Puis il se releva en grimaçant et écrasa son pied sur la tête du robot. Une seule fois, parce qu'il avait Pavel à l'esprit. Tous les droïdes n'étaient pas des machines de guerre. On les programmait pour faire ça. Il retourna sa victime sur le dos – difficilement, car le droïde se débattait comme un insecte à l'agonie –, en serrant les dents pour surmonter la douleur qui irradiait dans son coude. Avec sa lampe torche, il éclaira le port creusé dans la nuque du robot et lui arracha son module de communication sans raison, juste parce qu'il était énervé et qu'à cet instant, cette machine était la chose qu'il détestait le plus dans l'Univers. Le module était un bloc de métal froid et lisse qui luisait sous la pluie, l'inverse des cubes qui, eux, ressemblaient à des organes vivants avec leurs racines bio-artificielles. Aly se demanda quels secrets s'y cachaient, quelles données le NX y avait enregistrées au cours de son « existence »...

Quand il avait programmé Pavel, il avait inséré un échantillon de son propre ADN dans le serveur du droïde pour qu'il soit plus efficace dans la lecture et l'analyse de ses fonctions vitales. C'était une procédure standard, surtout avec les droïdes de compagnie. Mais l'inverse était-il possible ? En théorie, les transferts de cube à cube pouvaient être améliorés, et un circuit neuronal pouvait émettre et recevoir des infos sans y avoir été préparé. Aly savait que les transferts de droïde à humain n'étaient pas de l'ordre de l'impossible. Il avait besoin d'un médecin, et si possible un chirurgien spécialiste des cubes...

Ça tombait bien, parce qu'il se lançait justement à l'assaut d'un hôpital.

Il prit son coude dans sa main et s'engouffra dans le tunnel qui menait aux canalisations. Une fois à l'intérieur du complexe, il traversa un couloir, enfonça trois doubles portes et déboula dans le hall d'entrée. Là, une douzaine de soldats attendaient le reste du bataillon. Mais Aly les ignora et s'élança dans l'hôpital.

Deux autres soldats le suivirent dans le dédale de couloirs : Hesi, qui était à côté de lui avant l'assaut, et une Uustralienne qui portait une plaque militaire digitale où était inscrit le nom « Darris ». Ensemble, ils débarquèrent dans une salle d'attente où plusieurs dizaines de patients uustraliens levèrent les yeux vers eux avec stupéfaction. Visiblement, ils n'avaient pas remarqué qu'un assaut était en cours. Le reste du bataillon se chargerait d'eux. Les trois soldats reprirent leur course dans les couloirs. Enfin, Aly repéra une salle d'opération, dont il poussa les portes battantes d'un coup d'épaule. À l'intérieur, une chirurgienne était en train de déposer un scalpel dans un bain désinfectant.

– Qu'est-ce que vous faites là ? demanda-t-elle en reculant d'un pas.

Le filet de traduction de Darris lui avait automatiquement transcrit la phrase en wraetan, mais Aly n'avait pas reconnu la langue d'origine. Il pointa son étourdisseur vers la chirurgienne et eut la sensation que des bouts de verre se concassaient dans son coude. Elle signala qu'elle se rendait en levant ses six mains.

– Que… que me voulez-vous ? bégaya-t-elle.

– Je suis votre prochain patient, dit Aly.

De son autre main, il jeta le module de communication du droïde sur la table où étaient posés les instruments chirurgicaux, les projetant dans tous les sens. Hesi se recula pour les éviter.

– Vous savez activer ça à distance ? poursuivit-il.

Il prit son arme dans l'autre main pour soulager son bras – cette fois, des aiguilles lui traversèrent le coude. Il se concentra sur sa respiration pour oublier la douleur, refusant de montrer à quel point il souffrait.

La chirurgienne prit le module dans ses mains. Elle tremblait.

– Comment l'avez-vous extrait ?

– Répondez à ma question, et vite, dit Aly, devinant qu'elle cherchait à gagner du temps.

Il pointait toujours son étourdisseur sur elle. L'UniForce n'allait pas tarder à débarquer, surtout si elle pouvait vraiment surveiller les cubes déconnectés.

– Oui, je peux l'activer à distance, répondit la chirurgienne. Mais je vous en supplie, ne me faites pas de mal.

Aly vit la peur dans son regard. Il n'était pas fier de lui. Il avait toujours voulu être le gentil, le héros, et faire honneur à Wraeta, même si cela ne lui avait guère réussi.

– Vous pouvez transférer les données de ce truc dans mon cube ?

– En théorie, oui, mais on n'en est encore qu'aux balbutiements. Les données d'un droïde militaire sont cryptées différemment. Ça pourrait endommager votre système neuronal…

– Je veux la version pour les nuls, doc. J'ai pas fait médecine, moi.

– Ces données pourraient avoir des effets dévastateurs. Des zones de votre cerveau pourraient être altérées… irrémédiablement.

Le temps pressait. Il fallait s'emparer de la tour et Aly était prêt à prendre ce risque. Il n'avait plus rien à perdre.

– Débrouillez-vous pour que ça marche, dit-il en s'asseyant sur un tabouret. Ce module de com contient des infos primordiales.

La chirurgienne fronça les sourcils.

– C'est extrêmement risqué…

– Allez-y ! ordonna Aly.

Les chances de réussite de la mission s'amenuisaient à chaque seconde.

– Mais qu'est-ce que tu veux faire, mec ? chuchota Hesi.

Les deux soldats qui accompagnaient Aly et qui l'avaient suivi mécaniquement venaient seulement de réagir à ce qui se passait. Avec ses yeux grands ouverts, Darris semblait se poser la même question. Aly ne répondit pas, son seul objectif était de prendre le contrôle du complexe médical et de la tour par tous les moyens.

La chirurgienne inséra une seringue dans le module du droïde pour en retirer une sorte de moelle. Elle regarda la substance à la lumière des néons tandis qu'Aly s'installait sur un tabouret.

– Je n'ai pas le temps de vous administrer un antidouleur. Je vous préviens : l'introduction d'un corps étranger dans votre organisme va être extrêmement pénible.

Aly repensa au mélange à base de tauri qu'il s'était lui-même injecté dans le cœur pour échapper aux détecteurs thermiques du NX et qui lui avait fait frôler la mort.

– Je vais encaisser, assura-t-il.

Il se demanda soudain si ses souvenirs ne risquaient pas d'être corrompus, voire effacés. Il avait toujours fait le dur à cuire, refusant le plus possible de se remémorer sa vie dans les Wraexodes, tentant d'oublier son père. Mais il s'était imaginé retrouver ces souvenirs, un jour, quand il aurait été prêt.

Et il se demanda s'il risquait de perdre tout souvenir de sa mère, d'Alina, de Vinz. De Kara.

– Attendez... lâcha-t-il au moment où la moelle liquide pénétrait sous sa peau.

Il fut tout à coup envahi par un puissant flux d'informations qui déferlait dans son cerveau en étouffant ses synapses. C'était comme si le droïde s'emparait de son esprit en y déversant des directives classées, priorisées, des ordres binaires, des instructions à suivre sans réfléchir.

Chaque pensée, chaque influx nerveux d'Aly était noyé sous les données du NX. Un tsunami de plans, de noms, de directives.

Son cerveau enflait, il allait éclater comme un ballon de baudruche, faisant exploser son crâne.

Il était incapable de tout absorber.

Respire. Sa petite voix intérieure était presque inaudible sous l'avalanche d'informations. *Respire. Ça va passer.*

Il avait largement dépassé le seuil de la douleur lorsque toute souffrance disparut d'un seul coup. Les données affluaient comme un souffle vivifiant, puis tout s'arrêta net. Étourdi par l'énergie qui palpitait en lui, Aly s'écroula de son tabouret. Il inspira profondément et ferma les yeux. La douleur avait été remplacée par une incroyable sensation de clarté. *Prendre le contrôle de la tour.* Il savait exactement ce qu'il allait faire et comment il allait le faire. Il percevait le réseau qui le reliait à un millier d'autres droïdes, un entrelacs de connexions qui se frottaient à son cerveau.

– Émission d'un nouvel ordre, dit-il. Déconnexion de tous les droïdes dans un rayon de cinq cents mètres.

Immédiatement, il reçut un millier d'influx nerveux signifiant que les droïdes répondaient par l'affirmative. Il fut ensuite parcouru d'un sentiment d'effondrement quand les robots se mirent en veille, et leurs pensées, si on pouvait appeler cela ainsi, disparurent pour laisser place au néant.

Épuisé par le silence qui avait brusquement succédé au tumulte des données, Aly se leva en titubant et se dirigea vers les portes battantes.

– Tu vas où ? lança Hesi.

Aly l'ignora et croisa des soldats qui couraient vers l'entrée de la tour. Le centre de transmission était désormais aux mains de la Coalition. Il avait réussi. Il avait rempli sa première mission.

Par une fenêtre, Aly vit qu'il pleuvait toujours à verse. Il se cramponnait à ses souvenirs comme si sa vie en dépendait. Il imagina Kara de mille façons différentes – sa manière de marcher, la raie dans ses cheveux, la ligne de son cou lorsqu'elle levait la tête pour regarder le soleil. Il fut parcouru d'un frisson de plaisir, même si une partie de lui aurait aimé se débarrasser de ces souvenirs. Il savait qu'il céderait toujours à cette faiblesse. Il chercherait toujours Kara dans les moments d'abattement ou de nostalgie. Il imaginerait toujours ce qui aurait pu être…

Au moins, à cet endroit, elle était encore vivante.

Il débarqua dans la tour et se rendit dans la station de diffusion. Des soldats étaient déjà en train de démanteler les serveurs de communication. *Prends-ça, Nero,* pensa-t-il en arrachant des câbles et en cassant des écrans. Il était l'anticorps combattant les mensonges de Nero, ces toxines qui polluaient la galaxie entière. Il ne sentait presque plus son coude.

– Arrêtez ! lança un Fontisian en entrant dans la salle.

Il le reconnut vaguement, mais il ne savait pas où il l'avait vu. Aly était grand, mais le nouveau venu l'était encore plus. Il portait un uniforme de la Coalition et son cou était recouvert de tatouages de l'ordre de la Lumière. Son air déterminé lui donnait l'apparence d'une machine de guerre. Était-il un de leurs commandants ? Aly savait que cet ordre soutenait la Coalition, mais il ne s'attendait pas à voir l'un des leurs se mêler aux troupes. Les soldats arrêtèrent de tout casser, et il les imita. Ses muscles se contractaient malgré lui – il n'avait pas fini de se battre.

– Il ne faut rien endommager, dit le Fontisian.

– Mais on est là pour ça ! protesta Hesi – les Chrams tenaient au respect des ordres.

– Nous sommes là pour nous emparer du centre de contrôle, pas pour tout détruire, expliqua le Fontisian avant de désigner le matériel d'un geste de la main. Vous ne trouvez pas ça étrange, une station de diffusion sans rien pour émettre ? Il n'y a que des moniteurs.

– Et alors ?

Le Fontisan jeta un coup d'œil autour de lui.

– Vous ne comprenez pas ? L'information entre mais ne sort pas. Démontez ce matériel et emportez-en un maximum pour qu'on ait des preuves. Nero a accès à tous les cubes de la galaxie.

Aly s'était toujours targué de savoir analyser les gens, mais le Fontisian lui donnait du fil à retordre, avec son visage impassible à la limite de la suffisance. Et son regard gris était tout aussi insondable. Il tourna les yeux vers Aly et rengaina sa lame.

– On ne peut plus remarquable, la manière dont tu as désactivé ces droïdes, dit-il.

Aly se demanda comment ce gars avait deviné ce qu'il avait fait. Il se contenta de hausser les épaules.

Le Fontisian examina les débris éparpillés sur le sol.

– En revanche, tu n'y es pas allé de main morte… Il semble que ton acquittement ne t'ait pas fait passer l'envie de vengeance.

– Tu parles d'un acquittement, dit Aly avec amertume.

Il se demanda si le Fontisian le connaissait de *Héros du Révolution* ou des holo-alertes qui demandaient sa capture après le meurtre supposé de l'impératrice Rhiannon.

– Je suis là uniquement pour récupérer ce qui m'appartient, ajouta-t-il.

– C'est-à-dire ?

Ma terre. Mon innocence. Mon corps.

– La justice, répondit Aly.

N'était-ce pas pour cela que la Coalition se battait ? Pour faire chuter Nero et obtenir justice ? Au passage, il en profitait pour se défouler sur des *taejis*, rien de plus.

– Je suis ici pour qu'on en finisse avec cette guerre, reprit-il.

– Ça demandera plus qu'un simple assaut.

Aly se souvint que les Fontisians voyaient toujours le verre à moitié vide.

– Je m'appelle Dahlen. Je recrute pour une mission spéciale à laquelle tu devrais participer.

– C'est un ordre ?

– Une invitation, dit Dahlen en souriant.

Aly n'aima pas spécialement ce sourire.

– Une invitation à poursuivre la lutte ? Eh bien, je suis flatté. Je peux connaître l'objectif de cette mission spéciale ?

Dahlen ne montra aucune réaction. Il souriait toujours.

– Assassiner Nero.

Aly vit tout de suite qu'il était sérieux. Les Fontisians n'étaient pas du genre à plaisanter, de toute façon.

Il pensa encore à Kara, dont les yeux changeaient de couleur à la lumière. Kara qui s'ébouriffait les cheveux quand elle réfléchissait, qui se mordait la lèvre quand elle était nerveuse, qui souriait jusqu'aux oreilles…

Kara : la fille à qui il n'avait jamais dit « pardon ».

La fille qui était morte lors de la guerre déclenchée par Nero.

– Alors j'accepte, dit-il finalement. Mais à une condition : c'est moi qui le tuerai.

ONZE

KARA

RALIRE AURAIT ÉTÉ UNE BELLE DESTINATION sans les escarmouches qui menaçaient d'éclater un peu partout. Malgré le danger, la capitale de la planète naine débordait d'activité. Les gens vaquaient à leurs occupations comme si la guerre n'était pas à leur porte.

Kara s'entoura la tête d'un *duhatj* et leva la main pour arrêter le pod qui passait au-dessus de sa tête. On lui avait dit qu'il la mènerait en ville. Elle n'avait jamais aimé son visage, mais cela ne s'arrangeait pas à mesure qu'il se transformait. Ce matin-là, elle avait remarqué que ses joues s'étaient élargies et abaissées. Elle avait vraiment l'impression d'être une autre, mais cette sensation vertigineuse ne l'empêchait pas d'avoir les idées claires : guidée par les coordonnées, elle prenait la direction du réécriveur. C'était son seul but.

Et quand elle le trouverait, elle l'utiliserait pour effacer le souvenir de Josselyn Ta'an à tout jamais. Elle ne savait pas comment il fonctionnait ni à quoi il ressemblait, mais elle se débrouillerait, comme à son habitude.

C'était à elle et à elle seule de le trouver. C'était forcément ce que voulaient Lydia et le Lancier. Sinon pourquoi le message ne serait-il apparu qu'au contact de sa main ? Le cylindre lisait son ADN. Lydia s'était arrangée pour que Kara le trouve et le détruise.

Ce qu'elle ferait, mais seulement après.

Le vent glacial lui cinglait le visage et, étrangement, la neige lui caressait les lèvres. En montant dans le pod avec les autres passagers, elle réalisa qu'elle faisait un choix pour la première fois de sa vie. Elle se retourna un court instant pour regarder le vaisseau de Médecins au Front disparaître derrière elle.

Le pod s'élança dans le ciel. Kara vit l'océan se dessiner sur sa gauche. Puis un gratte-ciel imposant apparut à l'horizon. Il brillait sous le soleil et évoquait un couteau dentelé qu'un géant aurait planté dans le sol. C'était la Tour à carburant. Une veine d'hydrocarbure courait en son milieu, et des veinules l'entouraient pour acheminer le précieux liquide jusqu'aux baies d'amarrage qui crantaient sa structure.

La position de Ralire et de sa capitale – une ville flottante – avait favorisé le développement de nombreux secteurs commerciaux. Ce n'était pas simplement une base où l'on se ravitaillait en carburant, mais une ville où l'on pouvait acheter de tout, de la plante rare aux pièces de moteur. L'endroit idéal pour ravitailler le vaisseau de Médecins au Front.

Les réserves de médicaments étaient basses et, à mesure que la guerre se propageait, les appels à l'aide se multipliaient. L'équipage avait aussi besoin de décompresser, d'oublier un temps la mort et la destruction. Certains avaient manifesté l'envie de faire un tour dans la capitale.

Nicola les avait mis en garde contre les pickpockets et, plus dangereux, les dealers, dont les drogues vous dévoraient de l'intérieur. Sur Ralire, tout était à acheter ou à vendre, et Nicola leur avait répété plusieurs fois qu'elle ne viendrait pas à leur secours si quelque chose tournait mal.

À bord, on ne s'intéressait plus qu'au dernier scoop : Rhiannon s'était alliée à Nero. La nouvelle faisait les gros titres sur toutes les chaînes de holo. Kara refusait de réfléchir aux implications d'une telle décision, et encore plus à ce que cela changeait pour Rhiannon. La moitié des holos exhortaient Josselyn à se manifester pour venir au secours de sa sœur, dont le règne était déjà qualifié d'échec cuisant.

Une raison de plus d'achever rapidement sa mission. Plus vite elle détruirait le souvenir de Josselyn, plus vite l'impératrice se débarrasserait de cette sœur encombrante.

Le pod s'arrêta au pied de la Tour à carburant. Les coordonnées la menaient plus loin, dans le quartier des usines où, pendant un temps, on avait fabriqué tous les produits bas de gamme à destination de la Ceinture extérieure.

Elle descendit de la navette en s'enveloppant de ses bras. Le froid lui vidait la tête. Des vaisseaux et des pods rugissaient au-dessus d'elle, des gens parlaient dans toutes les langues de la galaxie, et une nouvelle migraine se faisait sentir. Une douleur vive, constante et vibrante derrière les yeux, comme si une perceuse attaquait sa matière grise. Elle se mit en marche.

Dans le vaisseau de Médecins au Front, elle avait subtilisé un dispositif de géolocalisation. L'appareil bipait dans sa main, lui chauffant agréablement les doigts en même temps. Peu à peu, les gratte-ciel firent place à des bâtiments en brique bas et compacts lui signalant qu'elle était bien dans le quartier des usines. Les trottoirs étaient étroits, parsemés d'étals, parcourus de vendeurs à la criée qui vantaient la qualité de leurs plantes, pilules et pièces détachées. Ils alpaguaient Kara tandis qu'elle se frayait un chemin à travers la foule. Partout, des pods volaient au-dessus des rues.

L'espace d'une seconde, Kara aurait aimé qu'Aly soit là, avec elle. Après leur rencontre sur le zeppelin, elle s'était sentie moins seule. Quelqu'un veillait sur elle, et elle veillait sur quelqu'un. Elle s'en voulait d'avoir pensé que quelque chose de bon pouvait lui arriver. Que quelque chose de bon pouvait durer.

Guidée par le géolocaliseur, elle bifurqua dans une ruelle qui, sans prévenir, déboucha sur une petite place animée. Des étals y proposaient des marchandises illégales qui, sur une autre planète, vous auraient mené droit en prison. Des vendeurs à la criée faisaient l'article sur des pilules assurant un trip inoubliable et des appareils high-tech qui ne pouvaient être que des attrape-nigauds. Au loin, Kara entendait de la musique, des braillements, des grains de voix modifiés par l'absorption de médicaments. La place était cernée de bâtiments qui tombaient en ruine : les grandes et belles usines du passé n'étaient plus que désolation – vitres cassées, panneaux « à vendre » accrochés aux fenêtres, veines de moisissure noire sur les murs.

Kara avait la chair de poule à cause du froid, et une sorte de malaise s'insinuait en elle. Le réécriveur se trouvait-il vraiment dans un endroit pareil ?

Un homme avec un tuyau coincé entre les dents faillit lui rentrer dedans. C'était un de ces « gloutons d'essence » dont on lui avait parlé sur le vaisseau et qui siphonnaient le carburant des vaisseaux amarrés pour le revendre au marché noir.

– Fais gaffe ! lâcha-t-elle sans le regarder.

Une enfant, une petite Miseue à la peau jaune et au buste étroit, la bouscula en courant dans la rue. Elle portait des sacs de poudre colorée.

– Regarde où tu vas, dit Kara, même si la fille était déjà loin.

Elle allait épousseter son bras recouvert de poudre, lorsque quelqu'un la prit par le poignet et la tira violemment en arrière.

À peine avait-elle remarqué l'uniforme de la Coalition qu'Issa la plaquait contre le mur.

– Tu veux mourir, ou quoi ? lança celle-ci.

– Je pourrais te demander la même chose, rétorqua Kara en désignant ses points de suture.

Elle avait parlé sèchement, mais elle était contente de la voir. Elle se libéra. Il y avait des passants partout, mais personne ne leur prêtait attention.

– Tu m'as suivie ? demanda Kara.

– On peut dire ça, répondit Issa.

Kara lui fit signe de développer.

– Je voulais savoir. Il s'est passé quoi hier ? Après l'opération. Est-ce qu'on a… parlé ?

Kara comprit qu'Issa s'inquiétait de ce qu'elle avait pu lui révéler.

– Pas vraiment, non.

Elle ne voulait pas renvoyer Issa à ce qu'elle avait confessé, d'autant qu'elle était mal placée pour la juger.

La soldate parut soulagée. Elle regarda en direction du soleil couchant en plissant les yeux. Kara examina de nouveau sa cicatrice. La plaie était toujours à vif à l'endroit où elle avait essayé d'arracher son cube.

– Tu as parlé d'épilepsie. Il faut que je dise que je fais des crises, c'est ça ?

– Quelqu'un t'a posé la question ?

– Non, je me suis esquivée avant qu'on ne s'aperçoive de mon réveil, répondit Issa en fixant Kara. Qu'est-ce que tu leur as dit, exactement ?

– Qu'en rallumant ton cube, ils risquaient de déclencher une crise.

– Comment tu sais que l'épilepsie présente un risque ?

– Ma mère est… commença Kara avant d'avaler sa salive. Ma mère était neuroscientifique.

– Je vois. Elle t'a appris des trucs.

Issa regarda autour d'elle. Elles se turent pendant quelques secondes.

– Bon, ça vaut ce que ça vaut, mais je te remercie. Merci d'avoir dit ce qu'il fallait. D'avoir été là.

Elle examina la tenue de Kara. Une blouse de Médecins au Front et un blouson par-dessus.

– C'est pas trop recommandé, de se balader tout seul par ici, surtout les Kalusianes.

– Je n'ai pas besoin d'une baby-sitter, lâcha Kara, sur la défensive.

– Doucement. Je dis juste que les gens ne sont pas spécialement ravis que Kalu déclenche une guerre et déploie des soldats partout dans la galaxie. De toute façon, je ne comptais pas faire du baby-sitting, mais surveiller tes arrières. C'est le moins que je puisse faire, vu que tu m'as sauvé la vie.

– Pas du tout, j'ai failli te tuer, corrigea Kara.

– Seulement failli.

Kara perçut quelque chose d'étrange et d'intense dans le regard d'Issa. Elle se demanda ce que ça faisait d'être soldat, de consacrer sa vie aux autres, de se sacrifier pour leur sécurité. Elle n'arrivait pas à s'imaginer le courage qu'il fallait. Elle eut honte de ne pas s'en sentir capable.

Issa sourit. Jusqu'aux oreilles.

– En plus, je vais dans la même direction que toi. Maintenant que je n'ai plus de cube, il faut que je me trouve un appareil pour communiquer. Une antiquité, pour que l'Uni ne puisse pas le mettre sur écoute. Un troisième œil, ce serait bien.

Kara connaissait les Œ-3. Lydia en avait gardé un *pour des raisons sentimentales*, lui avait-elle dit, et le gardait sur une étagère où il prenait la poussière. Kara s'arrangeait pour le cacher quand des gens venaient à la maison. Ce n'était ni cool ni vintage, juste un vieux truc démodé qui lui faisait un peu honte.

Kara aurait voulu dire à Issa ce qu'elle venait chercher ici, ce que cela représentait, lui parler de celle qu'elle avait été il y avait longtemps. Mais elle ne savait pas si elle pouvait lui faire confiance. Et, de toute façon, elle risquait de la perdre, comme tous les autres….

– Je me débrouillerai très bien toute seule, merci.

Issa haussa les épaules.

– Si tu le dis, répondit-elle sans cacher qu'elle en doutait. On se retrouve sur le vaisseau, alors ?

Kara fit « oui » de la tête. En voyant Issa disparaître dans la foule, elle s'interdit de la rappeler. Il fallait qu'elle soit seule. Le message lui était strictement destiné.

En fouillant dans sa poche pour prendre le cylindre, elle fut prise de panique. Il n'y était plus.

Elle balaya la place du regard en s'efforçant de se calmer. Comment avait-elle pu être aussi négligente ? Elle l'avait fait tomber ? Quelqu'un le lui avait volé ? Kara repensa à la manière dont Lydia examinait des spécimens de plantes pour ses recherches, faisant attention à la moindre anomalie, et entreprit d'observer les gens, sans les regarder mais en se concentrant sur les lignes dessinées par leurs corps.

Au bout d'un moment, elle discerna une forme aux lignes

tendues, une forme qui semblait tournée vers elle. La petite Miseue qui l'avait bousculée. Elles échangèrent un bref regard, puis la petite fille se retourna et partit en courant.

Kara sentit son cœur s'emballer et se précipita dans sa direction en se frayant un chemin entre les étals. Elle perdait souvent la Miseue du regard, mais elle la voyait toujours réapparaître. En traversant une rue, la petite faillit se faire renverser par un pod qui volait au ras du sol. Kara essaya de la suivre de l'autre côté, mais un convoi de pods l'en empêcha, fendant l'air dans un sifflement perçant. Elle eut le temps d'apercevoir la Miseue qui disparaissait dans un bâtiment et se rua de l'autre côté de la rue.

Le bâtiment en question semblait inhabité. Il n'y avait pas d'écriteau indiquant ce qu'on y faisait. Kara entra sous son porche en brique défraîchi, puis enfonça une lourde porte.

À l'intérieur, il faisait encore plus froid qu'à l'air libre. Kara eut l'impression de basculer dans un autre monde. C'était une usine encore en activité. Rangée après rangée, des centaines d'ouvriers étaient plongés dans la pénombre. Ils levèrent à peine les yeux sur son passage, trop accaparés par leur tâche. L'immense rez-de-chaussée n'était que tapis roulants et bruits d'air compressé.

Kara examina ce qu'un ouvrier était en train d'assembler : un troisième œil. Ici, on fabriquait des appareils de communication à destination de ceux qui vivaient sans cube – par choix ou par manque de moyens.

Elle vit la Miseue gravir un escalier en colimaçon au fond de l'usine, et repartit à sa poursuite.

L'étage était un vrai labyrinthe. Partout, on avait tendu de longs rideaux pour délimiter des espaces. Kara s'y élança, avant de réaliser qu'il s'agissait des chambres des ouvriers. Elle les traversa en évitant de piétiner les dormeurs et leurs affaires, gênée de faire irruption dans leur intimité. Les espaces étaient organisés sans aucune logique et il était facile de s'y perdre. Elle aperçut la Miseue tournant dans un couloir. Elle s'y précipita. L'endroit était entièrement plongé dans l'obscurité.

La petite fille ouvrit une porte, puis la claqua derrière elle. Kara se figea sur place. Elle était parcourue de frissons. Son instinct lui disait de faire demi-tour, mais elle devait récupérer le cylindre.

Elle s'avança jusqu'à la porte et frappa timidement. Quelques secondes plus tard, un judas s'ouvrit dans la porte et deux yeux gris vifs apparurent.

– Jeune Kalusiane, dit une voix d'homme en guise de bonjour. Tu as besoin d'aide ?

Elle se retourna pour vérifier que le couloir était désert et remarqua qu'il semblait plus long qu'auparavant. D'habitude, elle était bonne pour ce genre de chose – mentir, bluffer –, mais sa confiance s'était effritée. Elle avait le vertige. Elle ne sut pas quoi répondre, à part la vérité.

– Je viens de la part du Lancier, dit-elle.

Sans un mot, l'homme referma aussitôt le judas dans un claquement.

Kara recula d'un pas rapide. Elle eut tout à coup très froid et se sentit vulnérable. Au bout du couloir qui continuait sur sa gauche, un Derkatzian dans un manteau trop grand pour lui était en train de l'observer. Dans le couloir opposé, un Chram adossé à un mur faisait la même chose.

Kara eut l'horrible impression d'avoir fait une grosse erreur en s'aventurant jusqu'ici.

C'était le moment de partir, de remonter le couloir obscur d'où elle venait. Elle s'y précipita à toutes jambes et sentit que quelqu'un la suivait. Sans se retourner, elle traversa le labyrinthe de rideaux, regagna le rez-de-chaussée, puis déboula dans la rue et courut jusqu'à la place, où elle tomba sur Issa.

– Tu as trouvé ce que tu… lança Issa avant que Kara ne l'attrape par le bras.

Un peu plus loin, un homme en robe blanche l'observait. Ainsi qu'un autre, de l'autre côté de la place.

– Je crois que je n'aurais pas dû venir ici, dit-elle, en proie à une panique monstre.

Elle repéra une ruelle qui, avec un peu de chance, les ramènerait au vaisseau. Elle entraîna Issa dans sa direction.

– Qu'est-ce qui se passe ? demanda celle-ci à voix basse.

Une question qui n'attendait pas de réponse. Issa avait perçu le danger.

En tournant au bout de la ruelle, elles réalisèrent que c'était un cul-de-sac. Un autre homme les attendait, comme s'il savait qu'elles allaient arriver. Ils communiquaient avec leur cube. Kara n'avait aucune chance d'échapper à des ennemis connectés en réseau.

Elles firent volte-face pour remonter la ruelle et coururent vers la foule, qui, à mesure que le soleil tombait, se clairsemait. Kara repéra plus facilement les passants qui l'espionnaient. La plupart traînaient devant les étals, faisant semblant d'être des clients.

– Par ici, dit Issa d'une voix discrète.

Elle aussi les voyait. Kara n'était pas folle.

La soldate bifurqua dans une allée cachée derrière un rideau et y plongea en premier, suivie de Kara, qui s'empêtra dans le tissu.

Le temps qu'elle se dégage, Issa était déjà aux prises avec un homme presque deux fois plus grand qu'elle. Kara eut mal pour elle en la voyant recevoir un grand coup en pleine tête. Issa se mit à chanceler et lui lança, le souffle coupé :

– Va-t'en !

Kara reçut un coup derrière les genoux qui la fit tomber par terre et quelqu'un lui rabattit un sac en toile sur la tête, lui emplissant les narines d'une odeur âcre et synthétique. Elle se débattit de toutes ses forces. Son pied heurta un corps, puis une deuxième paire de mains lui attrapa les poignets et les ligota. Elle pensa à Aly, à ce qu'il aurait fait s'il avait été là. Mais il n'était pas là. Il était très loin.

– Calme-toi, pesta une voix de femme.

Kara allait crier, mais on lui enfonça le sac dans la bouche. Presque jusqu'à la gorge. Elle manqua s'étouffer. Là, une autre voix lui chuchota à l'oreille :

– Nous ne vous voulons aucun mal, princesse Josselyn.

DOUZE

RHIANNON

CELA FAISAIT DÉSORMAIS UNE SEMAINE que Dahlen avait quitté le palais. Une semaine que Rhi avait annoncé son ralliement à Nero. Depuis, ils avaient conclu divers accords qu'ils s'apprêtaient à officialiser sur DroneVision. Kalu et Fontis devraient se retirer des territoires neutres, le trafic spatial serait rétabli dans le quadrant Rellia, et les deux forces en opposition respecteraient un cessez-le-feu dans l'espace aérien wraetan.

Rhi jouait l'union de façade.

Jusque-là, cela avait été payant.

Comme tout ce que touchait Nero, la cote de popularité de l'impératrice montait en flèche.

Bon, pas vraiment en flèche, mais elle montait. Rhi ne supportait pas de se voir en boucle dans les holos – son sourire était aussi glacial que son phrasé –, mais elle était de plus en plus convaincue d'avoir pris la bonne décision.

Pour la première fois depuis le début de la guerre, les Planètes-Unies avaient convenu de se réunir à Sibu pour discuter des termes d'un traité intergalactique. Leur coopération était le fruit des efforts diplomatiques de Nero, avec, notamment, l'annonce du retrait des troupes postées autour de Wraeta. Rhi espérait que la paix et la confiance en la dynastie Ta'an seraient bientôt rétablies. Alors, elle pourrait évincer Nero du pouvoir.

Mais pour le moment, la guerre faisait rage à travers tout le système solaire. Le conflit sévissait dans de petites zones qui, au fil des jours, devenaient plus grandes et imprévisibles. Il y avait eu de nouveaux bombardements sur Nau Fruma et dans la Ceinture extérieure, ainsi que des accrochages qui, étrangement, survenaient toujours là où l'UniForce passait. La violence se répandait tel un venin. Rhi se demandait jusqu'où elle irait.

La solitude l'envahissait de la même manière : lentement, subrepticement. Elle s'aperçut qu'elle était en train de jouer avec sa pièce, la faisant passer entre ses phalanges à la manière de Dahlen. Son départ avait été un terrible coup dur, car s'il était parti, c'était uniquement par sa faute à elle.

Elle avait insisté pour que les gardes restent à distance. Elle ne voulait pas qu'un inconnu prenne sa place à ses côtés mais cela ne faisait que rendre son absence plus manifeste.

Rhi était dans sa chambre. Elle venait d'éteindre les holos. Le silence n'en était que plus épais, et elle avait l'étrange sensation d'être observée.

Arrête de faire ta trouillarde, pensa-t-elle. Pourtant, après tout ce qui s'était passé, elle avait de bonnes raisons d'être sur le qui-vive. Même si Nero prenait toutes les mesures pour la protéger, elle n'était pas dupe, s'attendant qu'il commandite son assassinat en faisant porter le chapeau à quelqu'un d'autre. Il l'avait déjà fait. La phase de négociation n'était peut-être qu'une tactique pour l'endormir. Elle se rassura en pensant à Lahna qui était postée devant sa chambre.

La nuit était tombée. Le clair de lune passait à travers les volets, striant le carrelage de la chambre.

Rhi fut rattrapée par la sensation d'être surveillée. Elle en eut la chair de poule. Elle ne devait pas céder à la paranoïa. Elle devait se montrer forte.

Elle marcha jusqu'à la porte du balcon, attirée par quelque chose qu'elle n'aurait su décrire. Évidemment, on lui avait déconseillé de sortir – « Les menaces pesant sur ta vie ne sont pas inexistantes », lui aurait dit Dahlen –, mais elle composa néanmoins un code sur le pavé numérique de la porte. Le clair de lune inonda sa chambre, ainsi que l'air frais et le parfum des roses qui montait du jardin – le jardin de sa mère.

Du coin de l'œil, elle vit une ombre bouger et son sang se glaça dans ses veines. Elle recula en refermant la porte et fouilla l'obscurité du regard comme une enfant qui a peur du noir. Par sécurité, elle posa la main sur le couteau de Veyron, caché sous sa robe.

La porte du balcon s'ouvrit en grand. Quelqu'un avait dû bloquer sa fermeture.

Rhi entrevit une ombre et se jeta sur elle en brandissant son couteau, mais pas assez vite pour empêcher son assaillant de la désarmer d'un coup millimétré. Elle reconnut tout de suite ce coup, à la manière dont l'intrus avait armé son poing gauche avant de le rabattre en dessinant un grand arc de cercle.

– Julian ?

L'ombre s'avança en ôtant sa capuche. Ses cheveux couleur sable avaient beaucoup poussé. Même s'il ne s'était écoulé que quelques semaines depuis leur dernière rencontre, sur Nau Fruma, lorsqu'ils s'étaient séparés sous une pluie de météorites, Julian paraissait plus vieux, quelque chose avait changé dans les lignes de sa mâchoire et de son front. Rhi sentit sa peur s'envoler, son cœur chavirer de soulagement et de joie. Il était venu la trouver.

– Tu as reçu mes messages… dit-elle en s'approchant de lui.

Elle regretta immédiatement son imprudence. Julian se jeta sur elle et la plaqua contre la commode. Elle voulut appeler à l'aide, mais il lui couvrit la bouche de sa main rêche. Puis elle tenta de s'esquiver sur la droite, et il la bloqua en lui empoignant les avant-bras.

Il sait. Il sait que j'ai tué Veyron, de mes propres mains.

Elle réussit à dégager son bras gauche, mais il parvint à l'agripper de nouveau et elle tenta de l'immobiliser en le prenant en tenaille entre ses jambes. Il para l'attaque et la coinça sur le flanc. Tout en lui plaquant l'avant-bras contre le cou, il la cogna violemment contre la commode.

Ce corps-à-corps, Rhi le connaissait par cœur, tant ils s'étaient entraînés ensemble, au dojo. Elle avait du mal à respirer, mais ce n'était pas uniquement à cause du bras de Julian qui enserrait sa gorge. En revanche, elle ne s'attendait pas à une telle différence de taille – avait-il grandi en seulement quelques semaines ? Ce qui n'avait pas changé, c'était sa tendance à favoriser son côté gauche. Elle remarqua qu'il venait d'utiliser la même prise que lors de leur dernier entraînement. Ce jour-là, Rhi n'avait pas tourné la tête vers lui, de peur qu'il l'embrasse – cette fois, ce n'était pas ce qui lui faisait le plus peur.

L'obscurité voilait le regard bleu de Julian, ce regard qui disait tout sans qu'il ait besoin de parler. Son corps brûlant penché sur elle était quelque chose de nouveau, de mystérieux, de terrifiant aussi. Julian était son meilleur ami. Enfant, elle faisait la course avec lui dans les dunes de Nau Fruma. Elle lui avait dit au revoir sous une voûte céleste percée de flammes.

– Tu croyais vraiment que je ne te retrouverais pas ? dit-il.

Sa bouche lui effleurait l'oreille. Elle ferma les yeux. Il était venu la faire payer. Un souvenir, organique et viscéral, lui apparut brusquement : le père de Julian, Veyron, saignant au bout de la lame avec laquelle elle venait de lui transpercer la poitrine.

Il ne sait pas, pensa-t-elle. *Il ne sait pas que Veyron a d'abord essayé de me tuer.*

Il appuya encore plus fort sur son cou, lui compressant

la trachée, tandis que chaleur et sueur se concentraient là où leurs peaux se touchaient : poignet, bras, cuisse. Elle réalisa qu'il était venu pour la tuer, que tous ces moments passés ensemble ne représentaient plus rien depuis que Veyron était mort. Pourtant, elle avait toujours cru que leur amitié était si forte que rien ne pourrait la détruire.

– Tu te souviens de ce qu'il disait ? demanda Julian. Il disait que tu ne pensais jamais en termes tactiques, que tu réagissais sans jamais anticiper.

– Arrête, se contenta-t-elle de répondre.

Rhi passa sa main libre sous sa robe, avant de se rappeler que Julian l'avait désarmée. Était-elle prête à le poignarder comme elle avait poignardé son père ?

– Il disait aussi que j'étais agile et toi maladroit, lança-t-elle. Pour lui, tu étais… ah oui : « pas très inspiré ».

Julian augmenta la pression sur sa trachée.

– Tu sais ce qui n'est pas très inspiré, en ce moment ? Tes manœuvres pour reconquérir le trône. Et tu sais ce qui l'est encore moins ? Tuer mon père et t'allier à Nero.

Les yeux de Rhi se remplirent de larmes, sans qu'elle sût si c'était à cause de la douleur ou des paroles de Julian.

– C'est pour ça que tu as tué mon père ? murmura-t-il. Parce qu'il a vu tout ça en toi ? Parce qu'il savait à quel point tu avais soif de pouvoir ?

– Non, parvint-elle seulement à dire.

Plus elle le regardait, plus elle sentait sa dignité et sa détermination s'évanouir. Elle ne voyait que de la haine dans ses yeux. Elle se souvint du sang de Veyron, répandu sur son couteau, ses mains et sa robe. Si Julian n'avait pas réussi à la mettre à sa merci, serait-elle déjà tombée à genoux pour le supplier de lui pardonner ?

Non, Veyron avait voulu l'assassiner.

– Alors pourquoi ? cracha-t-il.

Julian ignorait que c'était son père, le traître. Qu'il avait plié devant Nero, qu'il avait accepté de la tuer pour empêcher son accession au pouvoir. Elle aurait pu le lui dire, mais pour quoi faire ? Pour laver son honneur en espérant qu'il l'épargne ? Elle n'aurait fait que salir le souvenir qu'il avait de son père, le teintant d'infamie. Le père, l'instructeur, le loyaliste : tous auraient disparu en un instant.

Elle avait tué Veyron une première fois. Elle ne pouvait pas le tuer une seconde fois. C'était inenvisageable.

Elle répondit en lui donnant un grand coup de hanche. Profitant de l'effet de surprise, elle libéra sa main et lui enfonça violemment son coude dans le cou. Julian recula, le souffle coupé, et elle ramassa son couteau.

Ils se tenaient à un mètre l'un de l'autre, et il sortit l'arme accrochée à sa ceinture. Une hachette. Rhi convoqua les souvenirs associés à cette hachette que Julian utilisait dans la serre où il travaillait sur Nau Fruma. Elle se rappela des détails sans importance dans un besoin de revenir en arrière, toujours plus en arrière. C'en était étourdissant.

– Ce couteau ne t'appartient pas, dit-il en désignant l'arme de Veyron.

Rhi le fit tournoyer dans sa main pour lui montrer sa confiance et sa maîtrise, même si, en réalité, tout calme intérieur l'avait quittée.

– Viens le chercher, répondit-elle.

Soudain, un nouveau souvenir surgit. Alors qu'ils se promenaient au bord d'une rivière, elle avait trouvé un crabe par terre. Elle l'avait attrapé pour l'admirer au soleil et, sans prévenir, Julian le lui avait pris des mains et s'était jeté à l'eau tout habillé. « Viens le chercher ! » lui avait-il crié tandis qu'elle ôtait sa robe pour le rejoindre.

Mais ce n'était pas le moment de penser à ça. De penser à Julian, son Julian. Dans le dojo, ils ne retenaient jamais leurs coups. Donner le meilleur de soi, c'était respecter son adversaire, progresser ensemble. Mais leurs duels ne donnaient jamais lieu à une telle violence. Il ne s'agissait pas de se faire souffrir.

Aujourd'hui, c'était différent.

Si Julian était venu venger son père, la seule issue était la mort. Mais Rhi ne pouvait pas se permettre de disparaître – pas tant que la menace Nero planait sur la galaxie. Elle était désormais l'impératrice, et elle devait asseoir son autorité sur le trône dont elle avait hérité. Elle devait régner et faire honneur à sa dynastie.

Julian devait mourir.

Il s'avança sans la quitter des yeux et Rhi lui donna un grand coup de couteau, qu'il esquiva de justesse. Elle se répéta intérieurement qu'il n'était qu'une ombre, un simple adversaire. Elle recula en dessinant un arc de cercle autour de son lit. Quand il répliqua d'un cou de hachette, elle se baissa pour l'éviter. Le craquement que fit le baldaquin lorsque le fer l'entailla la fit sursauter. Ils s'affrontaient dans un silence quasi total, comme dans le dojo. Elle se redressa tandis que Julian tentait de dégager son arme, prisonnière du bois.

Rhi crut entendre des pas dans le couloir. Quelqu'un les avait entendus. *Lahna*, pensa-t-elle. *Lahna armée de son arc.*

– Julian, dit-elle.

Il répondit par un coup de poing, qu'elle bloqua en fendant l'air de son couteau sans savoir si elle l'avait blessé. Il en profita pour la désarmer d'un coup de coude, et le couteau rebondit par terre à plusieurs mètres d'eux.

Ils plongèrent immédiatement pour le ramasser, mais Julian fut plus rapide. Rhi lui asséna un coup dans les côtes et recula à quatre pattes pour éviter sa riposte. Il se jeta sur elle et elle parvint à bloquer son coup. La lame était si proche de son visage qu'elle l'embua en expirant.

Julian avait beaucoup progressé, mais elle se demanda soudain s'il n'était pas en train de la laisser gagner.

Julian. Son Julian. Elle vit son visage se figer dans l'obscurité. Sa bouche, qui s'ouvrait si grand lorsqu'il riait, lui apparut sous un jour sinistre. Son nez aussi. Ce nez qu'elle avait cassé quand, à sept ans, elle lui avait donné un coup de poing – il l'avait provoquée en affirmant qu'elle en était incapable.

D'un geste vif, Rhi roula soudain sur le côté, lui faisant perdre l'équilibre et, au passage, le couteau. Elle s'empara de l'arme en se positionnant sur lui pour l'immobiliser et appuya la lame contre son cou.

Ils étaient tous deux à bout de souffle. La lune éclairait le visage de Julian. Ses cheveux blonds étaient trempés de sueur et, dans un réflexe, elle dégagea les mèches qui étaient collées à son front. Là, elle vit le bleu électrique de ses yeux. La couleur, celle du ciel, qu'elle voyait chaque fois qu'elle pensait à lui.

Julian. Son amitié lui avait sauvé la vie. C'était la seule personne avec qui elle avait connu un lien aussi étroit, aussi intime. Si elle ne s'était jamais sentie seule, c'était parce qu'il avait toujours été là. Personne ne la supportait à part lui.

Son regard était toujours aussi plein de haine, mais elle comprit qu'il ne voulait pas la tuer. Il voulait la punir.

– Qu'est-ce que t'attends ? demanda-t-il. Vas-y !

Le couteau tremblait dans la main de Rhi.

– Tais-toi, murmura-t-elle.

Elle se souvint qu'il s'amusait toujours à la mettre au défi. Il lui disait de nager plus vite, de courir plus vite, de donner le meilleur. Elle se rappela l'été où elle s'était entraînée à marcher sur un fil. Il avait passé des après-midis à ses côtés, débitant tout un tas de choses pour la pousser à y arriver.

– Voilà l'héritage que tu laisseras, Rhiannon, affirma-t-il d'une voix blanche plus blessante qu'une insulte. La guerre. La mort. La trahison. Tes vénérables ancêtres doivent être fiers de toi.

– Je t'ai demandé de te taire.

Lorsqu'elle avait été envoyée sur Nau Fruma, après la mort de ses parents, elle avait couru jusque dans les dunes et Julian l'avait suivie. Lorsqu'elle s'était mise à crier dans l'immensité, il avait fait comme elle. Ils s'étaient égosillés jusqu'à avoir mal à la gorge, hurlant à la face d'un destin injuste. Des larmes s'étaient mises à couler le long de son visage, du sable s'y était collé, et il s'était assis à côté d'elle en fixant l'horizon, la laissant pleurer sans rien dire. Il n'avait pas besoin de parler.

D'un mouvement brusque, elle jeta le couteau.

Julian figea son regard dans le sien. Le bleu de ses yeux s'assombrit, puis, dans un accès de rage, il la repoussa violemment et plongea vers la lame. Elle resta agenouillée en silence, comme sonnée.

Il la tira en arrière sans qu'elle réagisse. Elle se cogna la tête contre le plancher, mais ne ressentit aucune douleur. Elle refusait de ressentir quoi que ce soit. Il se mit à cheval sur elle, et à son tour il posa la lame contre son cou. Elle sentit son corps peser sur elle et ses cuisses musclées la prendre en tenaille. Il tremblait.

– Pourquoi ?

Il n'y avait plus aucune méchanceté dans sa voix, comme si, soudainement, il était redevenu le petit garçon d'autrefois. Il lui attrapa le visage pour la forcer à le regarder et elle aperçut la cicatrice qu'il avait sous le menton, souvenir de la nuit où il avait escaladé un mur du palais pour la retrouver. Elle vit tout à la fois : l'amour remplacé par la peur, le sentiment d'avoir été trahi.

– Comment as-tu pu ? demanda-t-il, puis sa voix se brisa. Comment as-tu pu faire ça ?

Elle cligna des yeux pour retenir ses larmes.

– Je ne voulais pas.

Il appuya le couteau un peu plus fort contre son cou. Elle sentit le métal froid, le tranchant aiguisé. Il allait la tuer. Elle décevrait tous ceux qui avaient mis leur espoir en elle, mais elle ne lui en voulait pas.

– Il faut que tu me croies, ajouta-t-elle.

Que pouvait-elle dire de plus à un garçon qui pleurait son père devant elle ? Rien ne ramènerait Veyron à la vie, et certainement pas la vérité. Rien ne ramènerait ses parents, sa sœur. Dahlen.

– Lâche ça.

Lahna avait parlé d'une voix calme et menaçante. Sa silhouette se découpait dans l'encadrement de la porte. On voyait aussi les lignes d'un arc bandé et d'une flèche pointée vers la tête de Julian.

– Lahna, non ! s'écria Rhi. C'est…

Mon ami.

– C'est le fils de Veyron et Marguerite Zolana, reprit-elle.

Elle l'avait présenté en donnant sa lignée, une vieille coutume lunaire réservée aux guerriers avant un combat. Elle avait parlé d'une voix éraillée, désespérée.

– Tu ne le tueras pas. C'est entre lui et moi, ajouta-t-elle.

Rhi ne savait pas comment Lahna allait réagir, mais elle ne s'attendait sûrement pas à la voir lâcher arc et flèche pour poser un index sous chaque œil – un signe religieux que les fidèles de Vodhan utilisaient pour honorer les morts.

Sans dire un mot, Lahna se mit à genoux.

– Que fais-tu ? demanda Rhi.

– J'honore la mémoire d'un héros, répondit-elle en inclinant la tête. Veyron a fait de grands sacrifices pour la résistance.

Rhi secoua la tête.

Non, pensa-t-elle. *C'est impossible. Si Veyron était un héros de la résistance, ça veut dire que…*

– Ton père, continua Lahna en s'adressant à Julian, a payé sa loyauté de sa vie.

TREIZE

ALYOSHA

TANDIS QUE LA COALITION AVANÇAIT vers le sud d'Uustral, la pluie s'était transformée en une neige à l'odeur fraîche et métallique qui recouvrait tout – les étendues de terre comme les lèvres d'Aly. Dahlen le préparait au débriefing dans les vestiaires de leur campement de fortune – une simple tente qui les protégeait péniblement du froid. Pour l'instant.

Ils avaient pris le contrôle de la station de diffusion cinq jours plus tôt. Depuis, la Coalition s'activait, développant sa stratégie, réparant ses armes, tentant d'analyser les données qu'ils avaient dérobées. Aly peinait à se concentrer, traversant en alternance des épisodes de violente colère et des moments de déprime profonde. Il avait parfois la sensation que son cœur était plongé dans de l'eau gelée. Autrefois, il se serait arrangé pour prendre les choses comme elles venaient. Mais il avait changé.

Ils avaient trouvé un allié dans l'armée uustralienne,

qui s'était récemment rangée derrière Fontis, ce qui n'empêchait pas le nord d'Uustral, où se trouvait le satellite, d'avoir fait allégeance à Nero.

Rien de surprenant : Nero payait grassement le nord pour l'utilisation du satellite. Dahlen ne s'était pas trompé : les disques durs récupérés dans la salle de contrôle étaient conçus pour stocker des informations, pas pour en émettre. Le satellite récoltait des données provenant de toute la galaxie. Protégés par un système de chiffrage, les disques durs étaient difficiles à pirater. Cependant, les informaticiens étaient parvenus à extraire des bribes de fichiers mémoriels visiblement *personnels*.

La Coalition suspectait depuis longtemps Nero d'espionner les cubes, même éteints. Néanmoins, on était loin de soupçonner qu'il récoltait des données à l'échelle de la galaxie.

Dire qu'Aly s'était cru particulièrement visé, alors que la cible était en réalité la galaxie tout entière. Sa petite existence n'était qu'une goutte dans l'océan.

Il ouvrit un robinet, récolta un peu d'eau glaciale dans le creux de ses mains et s'en aspergea le visage. Le froid se propagea jusqu'au bas de sa colonne vertébrale. Il récupéra sa chemise posée sur le banc, puis la boutonna. Au loin, les actualités étaient diffusées sur un holo portatif. Une journaliste analysait les manœuvres diplomatiques de Rhiannon et Nero. Il se demanda ce que Kara aurait pensé de cette alliance entre ces deux-là.

Puis il se rappela qu'elle n'avait pas d'opinion sur ce genre de sujet et qu'elle n'en aurait jamais. Le chagrin le submergea. Il tourna la tête vers l'ouverture qui donnait sur l'étendue neigeuse, puis ferma les yeux.

– Tu n'as pas l'air d'aller bien, observa Dahlen en retirant sa chemise de la Coalition pour enfiler un tee-shirt. Souffres-tu ?

Un vrai rayon de soleil, celui-là. Tous les soldats aimaient se lancer des blagues pour décompresser. Dahlen, jamais. Silhouette droite et élancée, teint plus blanc qu'un fantôme, sourcils si blonds qu'on les voyait à peine, il se mouvait en fendant l'air avec un visage si sévère qu'il aurait terrorisé des démons.

Ce qui intimidait le plus Aly, c'était la cicatrice longue et franche qui traversait la poitrine du Fontisian, comme si on avait voulu lui arracher le cœur. Aly n'avait pas pris la peine de lui demander comment c'était arrivé. Il avait bien compris que quand Dahlen se rapprochait de quelqu'un, c'était uniquement pour le tuer.

Il s'était souvenu d'où il l'avait déjà vu : dans les holos retraçant le retour de l'impératrice à Sibu. C'était le garde fontisian qui avait jeté Rhiannon sur son épaule pour l'éloigner des échauffourées autour de l'enceinte du palais.

Désormais, l'impératrice s'était acoquinée avec Nero, et Dahlen était ici, fomentant un assassinat.

– Si, ça va très bien.

C'était la première fois qu'il se retrouvait seul avec le Fontisian depuis qu'ils avaient fait cap vers le sud. Il fit un signe de tête en direction de sa poitrine.

– J'imagine que ça a dû être douloureux.

– Je ne peux pas dire que mon rétablissement ait été des plus agréables, répondit Dahlen en haussant les épaules.

Aly enfila son treillis en sautant sur un pied, puis sur l'autre.

– Un rite de passage dans l'Ordre ? demanda-t-il en adoptant un ton nonchalant.

– Je ne fais plus partie de l'Ordre, répondit Dahlen sans en paraître affecté.

Aly crut pourtant voir une expression de douleur traverser son visage.

Dahlen tourna les talons pour sortir de la tente et Aly lui emboita le pas, mi-amusé, mi-agacé par ce soldat qui rechignait toujours à parler d'autre chose que de stratégie militaire.

– Je pensais que quand on rejoignait l'ordre, c'était pour la vie, dit Aly.

L'air froid le saisit d'un coup, surtout au niveau du coude – on l'avait guéri avec un pistolet à cellules souches. La douleur se réveillait dès que la température baissait, mais il s'efforça de n'en rien laisser paraître et rattrapa Dahlen, qui se dirigeait vers les tentes dans lesquelles le commandement s'était installé.

– C'est effectivement pour la vie, répondit Dahlen. Sauf si l'on enfreint ses vœux.

– Tu n'as pourtant pas l'air d'être du genre à enfreindre les règles, dit Aly en levant un sourcil.

Il ne savait pas grand-chose de ces fameux vœux, mais la chasteté devait en faire partie.

– Tu as rencontré une fille ? demanda-t-il.

Il pensait à l'impératrice.

– Ne sois pas idiot, répondit Dahlen sur le ton de l'ennui. Toi et moi, nous ne sommes pas amis. Inutile de se livrer.

Aly comprenait. Ce n'était pas parce qu'ils allaient assassiner Nero qu'ils étaient amis. D'ailleurs, il imaginait bien que Dahlen n'en avait jamais eu. Lui non plus n'avait pas d'amis. Il y avait eu Vinz, mais il l'avait enterré sur Naidoz. Il y avait eu Jeth, mais il ne savait pas où il se trouvait. Et Kara.

Aly enfouit ces souvenirs au plus profond de lui, mais d'autres ressurgirent. Alina, sa mère, son père : tous ses proches avaient disparu.

Il se rappela une manie d'Alina lorsqu'ils vivaient dans la Wraexode. « Ça va, petit frère ? » criait-elle dès qu'elle le croisait dans le camp. Ça lui manquait. Quelqu'un qui s'occupait de lui, ça lui manquait.

Aly balaya le paysage du regard. La nature dessinait un tableau net et précis. Kara aurait adoré. Elle aurait dit que cette vue purifiait l'esprit, que l'Univers en ressortait plus beau, plus serein et authentique…

– C'est décidé, je déteste la neige, lança Aly.

Encore une minute dehors et il allait finir congelé. En revanche, Dahlen ne portait rien sur son tee-shirt. Ses bras pâles et son cou recouvert de tatouages étaient à l'air libre, comme si le froid ne l'atteignait pas. Aly se demanda si les histoires qui circulaient autour de l'ordre de la Lumière étaient vraies. On prêtait à ses membres une force et des pouvoirs si exceptionnels qu'il était difficile d'y croire. Cet ordre, une organisation ancestrale fondée sur les notions de dévotion et de paix, avait financé et formé un groupe de résistance devenu la Coalition. Si la Coalition avait commencé avec des opérations de maintien de la paix, elle avait désormais opté pour la manière forte. À ce jour, un groupe de Vodhingues stoïques était aux commandes de l'armée de résistance la plus farouche de la galaxie.

Aly n'avait pas fait une croix sur l'idée qu'il y avait d'un côté le bien et de l'autre le mal, la justice et l'injustice. Que chacun ne pouvait pas exister sans l'autre. Ça ne l'empêchait pas de rêver d'un monde où le mal serait éradiqué.

– Tu ne peux pas ne pas aimer la neige, rétorqua Dahlen. Elle remplit une fonction élémentaire dans le cycle de la nature, reprit-il. Cette neige va fondre et alimenter les vallées en eau.

Aly le fixa d'un air dépité. Dahlen voyait toujours les choses d'un point de vue pratique. Tout aspect poétique semblait lui échapper complètement. Ils avaient beau prier le même dieu, lui et ce Fontisian ne voyaient vraiment pas les choses sous le même angle.

Mais Aly se sentait capable de jouer à ce petit jeu.

– Je vais te dire ce que je pense de la neige, répliqua le Wraetan en attrapant de la poudreuse pour la laisser fondre dans sa paume. Tu la touches, et elle disparaît.

Pavel attendait Aly à l'extérieur du camp militaire – plusieurs dizaines de tentes plantées dans la traditionnelle formation en spirale. Le droïde était arrivé d'Uustral deux jours plus tôt. En voyant sa carrosserie cylindrique clignoter dans la neige, Aly se félicita de l'avoir confié à des techniciens uustraliens.

– La température est de moins trente-sept degrés Celsius en dessous de la température corporelle humaine, affirma Pavel.

– Ça a l'air de te réjouir.

– Je suis impatient d'examiner la réaction biochimique de ton corps. Je n'ai jamais eu l'opportunité de la documenter sous des températures aussi inhospitalières !

– Étrange façon de dire bonjour, petit gars.

Aly le salua de la tête. Le robot ouvrit une trappe et déplia une tige chauffante rougie par la chaleur. Aly trouva l'attention gentille mais préféra se réchauffer en soufflant dans le creux de ses mains. Depuis sa réparation, Pavel ne ratait jamais une occasion d'exhiber ses nouveaux accessoires.

– Ce n'est pas toi qui l'as programmé, n'est-ce pas ? demanda Dahlen tandis que Pavel lui proposait à son tour la tige chauffante.

– Pourquoi ? répliqua Aly. Tu ne m'en crois pas capable ?

– Ce n'est pas ce que j'ai voulu dire, répondit le Fontisian en approchant ses mains de la tige, moins pour se réchauffer que par curiosité. Disons que je me serais attendu à ce qu'on programme un droïde à son image. Celui-là me paraît très enjoué…

Tu peux parler.

– Disons que j'étais dans un bon jour, rétorqua Aly.

Pavel mit ses chenilles en mouvement et leur emboîta le pas à travers la spirale de tentes. Les gens s'écartaient sur leur passage tandis qu'ils remontaient le chemin neigeux menant au centre du camp. Aly ne savait pas trop comment il allait devoir se comporter, à part qu'il n'avait pas l'intention qu'on s'aperçoive qu'il était frileux. Surtout, il devrait faire comme s'il avait une idée précise d'un plan dont, en réalité, il ignorait tout.

Il passa devant Dahlen et entra en premier dans la tente de commandement. Elle était de conception uustralienne, ce qui l'obligea à se baisser pour se glisser dans l'ouverture. Les Uustraliens de souche étaient petits, avaient le corps strié de muscles, le crâne plat et des cortex cérébraux incroyablement complexes. Ils compensaient leur petite taille par de grandes capacités intellectuelles. Ils avaient développé des technologies qui dépassaient tout ce qu'on connaissait dans la galaxie.

Aly et Dahlen s'assirent autour d'une petite table à laquelle une poignée de hauts-gradés de la Coalition étaient déjà installés. Pavel s'arrêta à côté d'Aly, en retrait. Le Wraetan se sentait observé et ne savait ni comment bouger ni quoi faire de ses mains. Le général uustralien leur adressa un signe de la tête et prit la parole. Aux oreilles d'Aly, c'était comme si quelqu'un chantonnait sous l'eau. La tente était heureusement équipée d'un filet de traduction qui interprétait tout ce qui se disait.

– Bienvenue, dit-il à Dahlen et à Aly. Nous sommes réunis pour discuter de l'opération Aigle de Feu.

Aly essaya de transformer son rire moqueur en toux passagère. En cachette, Pavel lui envoya une petite tape sur la jambe et le Wraetan s'efforça de prendre un air neutre. Il avait oublié à quel point les militaires avaient tendance à en rajouter.

Ça n'avait pas échappé à Dahlen, qui, assis à deux chaises de lui, lui lança un regard noir.

– Je n'ai pas saisi ce qu'il y a de drôle, lui dit-il à voix basse. Ne pourrais-tu pas me l'expliquer ?

Aly commençait à en avoir marre de Dahlen et de ses négations, de son stoïcisme, de son visage qui ne laissait paraître aucune expression à part de l'aigreur.

– Non mais, « Opération Aigle de Feu », vous êtes sûr ? Vous parlez de l'assassinat de Nero, c'est bien ça ?

L'Uustralien acquiesça.

– Effectivement, dit-il sans saisir le côté ridicule et grandiloquent de ce nom de code. Nous allons vous parachuter, Alyosha, sur Verdal. Là-bas, vous attendrez que l'UniForce vous intercepte…

– Quoi ? Attendez… lança Aly en se levant.

Le haut de son crâne souleva la toile de tente. D'une main agacée, il la repoussa et se tourna vers Dahlen.

– Qu'est-ce que c'est que ces *taejis* ? demanda-t-il au Fontisian.

Dahlen le regarda des pieds à la tête en écartant le rideau de cheveux blonds qui lui tombait sur le visage.

– N'est-ce pas limpide ? Tu es célèbre, Alyosha.

– Je suis censé dire « merci », là ?

– La galaxie n'a jamais été très emballée par ton personnage dans *Héros du Révolution*. Les gens t'aimaient bien, mais sans grand enthousiasme.

Si quelqu'un le savait, c'était bien Aly. Malgré ça, ce petit rappel eut l'effet d'un crochet dans les côtes. Vinz avait toujours été la star adulée, et Aly le second rôle. Après la révélation de son origine wraetane, il était devenu le réfugié de guerre à la peau et aux yeux sombres qu'on regardait en attendant l'étincelle qui le ferait exploser.

– OK, Dahlen, vu que t'es un peu à la masse, niveau relations humaines, je vais t'expliquer un truc, répliqua Aly.

Pavel s'avança lentement entre les deux hommes. Il s'était déployé dans sa taille maximum, si bien que son dôme était à la même hauteur que leurs têtes, leur bloquant la vue. C'était la procédure habituelle lorsque le ton montait entre Aly et Vinz. Le Wraetan le repoussa en arrière.

– Pour faire simple, la prochaine fois que tu as envie de me dire quelque chose, tu t'abstiens, OK ?

– Je ne voulais pas t'offenser, dit Dahlen sur le ton de quelqu'un qui se fiche complètement de savoir s'il vient d'offenser quelqu'un.

Pavel revint se placer lentement entre eux, comme si de rien n'était. Cette fois, Dahlen l'écarta.

– Néanmoins, le public n'attendait-il pas une raison de te haïr ? continua-t-il. Nero a un sens aiguisé du timing. Il a comblé son attente au moment opportun. Il t'a piégé.

– Merci pour le résumé, mais j'aurais pu me contenter de télécharger les redifs.

Son innocence avait été prouvée, mais le mal était fait, et les gens qui ne lui faisaient pas confiance ne le feraient jamais. Il sentit la colère monter en lui. Dahlen ne s'en aperçut pas, ou alors il ne le montra pas, et poursuivit de plus belle.

– Je ne pense pas que Nero sera ravi d'apprendre que tu as déserté de l'UniForce, sans parler de ton ralliement à la Coalition. Il ne manquera pas de considérer cela comme de la haute trahison.

C'était de la haute trahison, aux yeux de tous. Aly avait un mauvais pressentiment.

– Tu es en train de me menacer, là ?

– Je ne te menace pas. Mais imagine la cote de popularité de Nero s'il te capturait, toi, célèbre criminel et traître de l'UniForce.

Tout à coup, Aly comprit ce qui se tramait. Quel idiot il avait été de croire que Dahlen l'avait recruté pour ses qualités de soldat.

– Donc tu veux me livrer ?

– Non.

Dahlen avait parlé calmement – comme il le faisait toujours, ce qui énervait Aly au plus haut point. Le Wraetan tenta de dominer sa colère, mais elle était trop profonde.

– Mais c'est ce que nous voulons faire croire à Nero, reprit le Fontisian. Nous ne te demandons même pas de le tuer, Alyosha. Nous te demandons juste…

– De servir d'appât, conclut Aly. Ça va, j'ai compris.

Il était conscient que le plan se tenait. Il reposait sur le penchant de Nero pour le spectacle, l'héroïsme et l'image. Tout le monde savait qu'il adorait faire le beau devant les caméras.

– Est-ce que j'ai ton accord ? demanda Dahlen.

Aly n'aimait pas du tout cette idée, mais si c'était le prix à payer pour la mort de Nero…

– Je suppose qu'on n'a pas le choix.

Tout à coup, un soldat déboula dans la tente, un Fontisian à la peau pâle et aux oreilles pointues. L'inquiétude se lisait sur son visage. Il balaya l'assemblée d'un rapide coup d'œil. Il n'était probablement pas habitué à voir autant de hauts-gradés réunis au même endroit. Il s'inclina devant eux.

– Vous ne nous avez pas interrompus sans message à délivrer, n'est-ce pas ? dit un officier fontisian.

Le soldat acquiesça. Il posa son doigt sur son cube, puis sur le dôme de verre au centre de la table. Une carte holographique de Wraeta apparut – ou, plutôt, une carte de ce qu'il en restait, des astéroïdes retenus à l'intérieur d'un gigantesque filet électromagnétique. Aly se rassit.

– Nero et l'impératrice Ta'an ont convenu de suspendre toute offensive militaire sur Uustral ainsi que sur Nau Fruma et certains territoires du quadrant Rellia. Les Planètes-Unies ont programmé un sommet pour discuter des termes d'un nouveau traité. Leur annonce est attendue aujourd'hui, à dix-huit heures, heure de Kalu. L'un des accords porterait sur l'accès à Wraeta.

Dahlen fronça les sourcils.

– Je n'imaginais pas Nero proposer un cessez-le-feu sans contrepartie.

Le général approuva à la manière uustralienne – en dessinant des cercles avec sa large tête.

– Étrange : Nero semble enclin à faire machine arrière pour s'assurer un accès à Wraeta.

– Il y a fort à parier qu'il convoite les minéraux de Wraeta pour ravitailler son armada.

– Convertir tous ces minéraux bruts prendrait une éternité, intervint un officier uustralien.

– Alors peut-être se prépare-t-il à une guerre… sans fin, marmonna un autre officier.

Aly eut tout à coup la chair de poule en se souvenant que, selon Lydia, le réécriveur était caché sur Wraeta.

Il aurait préféré croire que cette machine surpuissante n'était qu'un mythe, mais Nero espionnait tout le monde grâce à des outils ultrasophistiqués – ce n'était plus un mystère –, et il savait que les scientifiques du G-1K avaient inventé le réécriveur. Lydia l'avait donc caché avant tout pour éviter qu'il ne tombe entre les mains de ce fou dangereux. Tout s'expliquait.

– Le réécriveur, lâcha-t-il en se levant.

Tout le monde le regarda.

– Le quoi ? demanda un général wraetan.

Aly avait la gorge sèche. Il n'arrivait plus à parler. Il s'humecta les lèvres.

– Nero cherche le réécriveur.

Autour de la table, tous se mirent à parler en même temps. On exigea des explications : Comment Aly était-il au courant ? Ce réécriveur existait-il vraiment ? Jusqu'à quel point pouvaient-ils croire une célébrité de DroneVision devenue un hors-la-loi, puis un résistant, puis un appât pour Nero. Le filet de traduction n'arrivait plus à suivre. Il ajoutait du charabia à la cacophonie, si bien que l'ensemble en devenait assourdissant. Un haut-gradé fontisian leva la main. Un éclair en surgit et frappa le filet, qui cessa immédiatement de fonctionner. Seul Aly sembla y prêter attention. Dans la tente, ce ne fut plus qu'un dialogue de sourds en plusieurs langues. La seule chose qui n'avait pas changé, c'était le ton virulent sur lequel on s'écharpait.

– Assez ! cria Dahlen en fontisian.

D'un seul coup, tout le monde se tut. On aurait dit que les membres du contingent fontisian venaient de recevoir une gifle. Aly était prêt à parier que c'était la première fois de sa vie que Dahlen haussait la voix.

Dans un silence total, il se tourna vers Aly. Un léger bourdonnement indiqua que le filet venait d'être réactivé.

– Où as-tu entendu parler du réécriveur ? demanda-t-il.

– Donc, tu es au courant ?

– Il y a peu de choses dont l'ordre ne soit pas au courant. Nous avons appris son existence il y a longtemps et nous nous sommes fixé pour objectif…

Dahlen avait laissé sa phrase en suspens, ce qui n'était pas dans ses habitudes.

– De le neutraliser, conclut-il avec un regard des plus énigmatiques.

– Le neutraliser ? répéta Aly. Pourquoi ne pas tout simplement le détruire ?

– Ce n'est pas possible, répondit Dahlen en secouant la tête. Il comporte un élément vivant.

– Et… ?

– L'Ordre interdit de s'attaquer à toute forme de vie quelle qu'elle soit.

Aly s'attendait à ce que Dahlen éclate de rire, ou que quelqu'un explique que c'était une blague, mais tout le monde resta silencieux. Après quelques secondes de flottement, le Wraetan s'éclaircit la voix.

– Arrête-moi si je me trompe : tu es une sorte de moine guerrier qui a massacré, genre… un sacré paquet de gens. Quelqu'un sait combien ? Non ? dit-il en se tournant vers l'assemblée, avant de revenir vers Dahlen. Et donc tu veux me faire croire que tu ne peux pas détruire une arme de destruction massive parce qu'elle abrite quelques malheureuses cellules ?

Dahlen le regarda froidement.

– Tu ne comprends pas et je ne m'attends pas à ce qu'un jour tu le puisses. Quoi qu'il en soit, nous avons ordre de neutraliser le réécriveur, alors c'est ce que nous ferons. S'il est caché sur Wraeta et que Nero compte s'en emparer, il faut absolument que nous y soyons avant lui. Surtout toi.

– Alors on rassemble les troupes, dit Aly.

Il se leva en ajustant son treillis, s'occupant les mains pour ne pas montrer qu'il tremblait.

– Il ne faudrait pas faire attendre Nero.

TROISIÈME PARTIE

SACRIFICE

« La vénération des ancêtres consiste à honorer les corps physiques dont chacun descend, mais également l'héritage spirituel qui lui est transmis. La lignée est au cœur des prières. En outre, elle lègue des enseignements qui sont appliqués quotidiennement. Si ces enseignements perdent leur résonance chez quelqu'un, on considère alors que cet individu est comme un navigateur sans boussole. »

Extrait de *L'Encyclopédie des pratiques culturelles kalusianes.*

QUATORZE

KARA

KARA MARCHAIT LES MAINS LIGOTÉES dans le dos, un sac sur la tête. De temps en temps, quelqu'un tirait un petit coup sec sur la corde attachée à ses poignets pour l'empêcher d'aller trop vite, lui faisant perdre l'équilibre. Elle n'entendait plus les bruits du marché et elle avait perdu toute notion du temps. Apparemment, Issa n'était pas avec elle, ce qui lui laissait espérer qu'elle avait réussi à s'échapper, même si c'était peu probable.

Elle avait un goût de poussière dans la bouche et elle sentait de la fraîcheur sur ses mains – sans doute la brume venait-elle de se lever.

Ses mystérieux ravisseurs l'avaient appelée « princesse Josselyn » et connaissaient donc sa véritable identité. Elle se demanda soudain si elle allait mourir avant d'avoir revu sa sœur, et cette pensée la surprit. Elle s'interdisait de penser à Rhiannon, non seulement parce qu'elle ne la considérait pas vraiment comme sa sœur, mais aussi parce que si elle trouvait le réécriveur, elle ne le serait jamais. Kara était toujours prisonnière de deux identités, ni totalement l'une ni totalement l'autre.

On la fit entrer dans un bâtiment. Après avoir longé un couloir, elle s'imagina pénétrer dans une petite pièce, car les murs lui parurent proches, à en juger par l'écho de ses pas. Une odeur âcre et sucrée lui rappela la potée de légumes qu'elle se préparait les soirs où Lydia, accaparée par son travail, ne rentrait pas dîner. En pensant à elle, son cœur se remplit de chagrin.

On arracha le sac qu'elle avait sur la tête. Ses cheveux retombèrent en voletant – doucement, car la gravité était faible sur Ralire. Elle regarda autour d'elle. Effectivement, elle était au centre d'une pièce plutôt petite, meublée de quelques chaises et d'une table en bois. Il y régnait un tel silence que Kara entendait l'électricité statique crépiter dans ses cheveux.

Les visages de ses ravisseurs – ils étaient quatre – étaient à moitié plongés dans l'obscurité. L'un d'eux s'avança dans le faible halo de lumière. Un sourire déformait ses traits et tordait une cicatrice qui barrait sa joue. Kara le détesta immédiatement et éprouva une petite satisfaction en voyant la terre qui salissait ses vêtements – c'était probablement à lui qu'elle avait donné un coup de pied. Il tendit sa main gantée pour lui attraper le menton.

– Elle m'a mordu, tout à l'heure, dit-il en se retournant vers ses complices. J'ai bien envie de lui rendre la pareille…

Kara décocha un coup de tête, mais l'homme se retira juste à temps et la gifla du revers de la main avant qu'elle puisse retrouver l'équilibre. Elle tomba face contre terre, violemment, et sentit un goût de sang se répandre dans sa bouche. Dans l'opération, elle s'était mordu la langue. Des bulles rouges se massèrent aux coins de ses lèvres ; sa vision se troubla à mesure que la douleur irradiait dans son crâne.

Un autre ravisseur releva Kara, puis la fit asseoir sans ménagement.

– Tu n'as rien à craindre, dit-il.

Il avait une haleine de jus de sureau fermenté. Kara reconnut sa voix : c'était l'homme qui l'avait appelée « princesse Josselyn ».

– On ne dirait pas.

Son cœur s'était emballé et elle devait lutter pour se tenir droite.

Elle sentit un souffle sur sa nuque et comprit que le ravisseur à la cicatrice était derrière elle. Il tira sur la corde attachée à ses poignets, lui torturant les bras.

Elle poussa un cri de douleur, puis sentit la corde se relâcher légèrement. Il y eut une étrange stridulation, un bruit sourd, et Rhi entendit un corps s'effondrer par terre.

– Qu'est-ce que tu fabriques, Imogen ?

La seule fille du groupe tenait un objet argenté qui dessinait une spirale dans sa main. Un câble très fin en sortait et disparaissait derrière Kara.

– Il nous a demandé de n'utiliser la force qu'en dernier recours, Kaï, dit-elle au ravisseur allongé sur le sol.

Celui-ci se redressa difficilement en se frottant la nuque et s'avança. L'extrémité du câble était enroulée autour de sa cheville.

– Alors inutile de lui tordre les bras, ajouta-t-elle.

Kara entendit une nouvelle stridulation et le câble se rétracta dans la spirale.

– Détends-toi, ma jolie. Il ne te fera pas de mal, assura la fille à Kara.

– Je ne suis pas ta « jolie », répliqua-t-elle.

Imogen n'avait que quelques années de plus qu'elle. Les traits de son visage auraient été délicats chez une autre, mais ils paraissaient acérés. Elle était intimidante dans sa combinaison beige et ses bottes en cuir.

– Comme tu voudras, princesse.

– Qu'est-ce que vous me voulez ? demanda Kara en redressant le menton.

– Que crois-tu qu'ils veuillent ? lança une voix venue de nulle part.

Kara se tourna dans la direction de la voix, éraillée par le poids des années et de la fatigue, mais elle ne vit personne, seulement un gros tas de chiffons dans un coin de la pièce. Soudain, le tas se mit à bouger et elle vit apparaître le visage tuméfié d'un vieillard qui gisait par terre.

– Ils veulent des crédits, reprit-il. Ce n'est qu'une question d'argent. Comme toujours.

– Exactement, Diac, acquiesça Imogen. D'ailleurs, c'est un peu l'histoire de ta vie. Enfin, de ta vie d'avant.

Diac. Kara devina que le vieil homme était l'inventeur

du réécriveur. Il était pourtant censé être mort. Kara fut soudain convaincue d'avoir été envoyée là pour le retrouver.

Mais ils étaient prisonniers. Lui aussi avait les mains ligotées.

– Pour qui travaillez-vous ? demanda Kara à Imogen.

Une horrible pensée lui traversa l'esprit : et si sa sœur avait commandité son enlèvement ?

– Aucune idée et aucune envie de le savoir, répondit Kaï en arborant un sourire repoussant. En tout cas, la récompense est bien plus généreuse que celle offerte par l'impératrice de Kalu.

– D'ailleurs, il est temps d'aller conclure l'affaire, lança Imogen en sortant de la pièce avec ses complices. Kaï, tu restes ici pour surveiller nos invités.

Il se posta à la porte pour guetter le retour de ses acolytes. Il semblait nerveux. Kara, en revanche, ne ressentait pas une once de peur, et elle avait presque oublié sa migraine. Mais elle était accaparée par une douloureuse sensation de vide qui la creusait tout entière.

Elle réalisait qu'elle avait échoué.

– Désolé de t'avoir fait venir ici, dit Diac à voix basse après un long silence. On n'avait pas prévu ce scénario.

Kara voulut lui dire que cela ne servait à rien d'être désolé.

– J'ai encodé le message pour que tu sois la seule à pouvoir le lire, poursuivit-il. Une grande partie de ton ADN était restée inchangée malgré les brouilleurs que tu prenais. J'ai remis le cylindre au Lancier dans l'espoir que Lydia te mettrait sur sa piste. Il était programmé pour te donner ma position. Mais je ne pensais pas qu'elle serait ici, dans cette geôle.

– Lydia pensait que vous étiez mort.

– Je sais, dit-il dans un soupir. Maintenant que je t'ai attirée ici, on n'a plus besoin de moi. Ils vont me tuer.

Kara se tut un instant, consciente du sort qui attendait le scientifique.

– Donc, le réécriveur n'a jamais été sur Ralire ? Il n'a pas bougé de Wraeta ?

– À ma connaissance, non. La capitale de Wraeta a été complètement rasée lors de la Grande Guerre. Avant ça, Lydia avait une serre, là-bas… En se tenant au pôle Sud au printemps, on pouvait la situer au croisement d'Etra le Loup, de Rilirinas la Gardienne et de Samba la Matrone.

Il sourit et Kara comprit qu'il venait de lui donner des coordonnées stellaires.

Lydia lui avait appris à se repérer grâce aux étoiles. Kara se revit en train de l'écouter, luttant contre un ennui mortel, se répétant que cela ne lui servirait jamais à rien.

– Ta mère était quelqu'un de brillant, ajouta-t-il, comme s'il avait lu dans ses pensées.

– Ce n'était pas ma mère, répondit-elle avec tristesse.

Elle ferma les yeux, comme pour effacer la mort de Lydia de sa mémoire. Plus elle en apprenait sur sa mère adoptive, plus elle se posait de questions sur ses intentions. Qu'attendait-elle vraiment de Kara ? « Ton histoire, c'est la réponse », lui avait-elle dit avant de mourir.

– Sais-tu que Lydia et moi avons rencontré ta mère ? demanda-t-il d'une voix douce. L'impératrice.

Kara fit « non » de la tête, de peur de pleurer si elle ouvrait la bouche.

– Lydia était très impressionnée. Cette femme avait une telle présence ! dit-il avant de tourner le regard vers un mur, comme s'il pouvait voir l'horizon à travers. Devine de quoi elles ont parlé…

Il reposa brusquement les yeux sur Kara et n'attendit pas sa réponse.

– De jardinage.

– Je l'aurais parié, articula-t-elle en souriant, la gorge serrée.

– Lydia était passionnée par le cycle de la vie et de la mort, par la pousse et la repousse des végétaux. La nature n'a pas de mémoire. Elle ne connaît pas le passé, le présent ou le futur. Elle n'est qu'instinct – celui de croître vers le soleil.

Était-ce ce que Lydia avait à l'esprit lorsqu'elle avait conçu le réécriveur ? Entendait-elle réconcilier passé, présent et futur sous l'impulsion d'une histoire réécrite ?

– *Erzel*. Tu connais ce mot ? demanda-t-il en se mettant à parler fontisian.

Son accent était parfait, ce qui surprit Kara. Il dut le voir sur son visage.

– Oui, je suis à moitié fontisian. Ma mère m'a caché l'identité de mon père pendant de longues années. Je ne lui en veux pas. Ça aurait été mal vu par beaucoup, y compris moi.

Kara ne décelait aucun trait fontisian sur son visage, tant

il était abîmé par le grand âge. À part ses yeux, qui étaient d'un bleu glacial.

– *Erzel* signifie « racine », dit-elle.

– Pour les adeptes de Vodhan, ça signifie aussi « cœur », expliqua-t-il dans un sourire qui détonnait avec son regard triste. J'ai toujours raisonné en scientifique, mais je comprends à présent que tout est vrai dans ce précepte religieux. Le cœur est la racine. Nos souvenirs, nos pensées et nos idées sont comme des fleurs qui se flétrissent, meurent et se régénèrent, mais notre cœur renferme l'étincelle de la vie.

Kara se demanda s'il s'agissait d'une énigme. Peut-être Diac essayait-il juste de lui dire que Lydia l'aimait. Mais quelle importance, maintenant qu'elle était morte ?

– Vous embellissez la réalité, murmura-t-elle férocement. Vous avez conçu le réécriveur pour le défi scientifique que cela représentait.

– Nous l'avons construit pour que les gens oublient les horreurs de la guerre et retrouvent leur élan vital... S'il a été détourné de cet usage, c'est parce que l'homme est corrompu, pas la machine.

Kara était envahie par la honte. Elle comprenait ce que Diac et Lydia avaient vu dans le réécriveur : un outil capable d'effacer un passé trop lourd à porter. L'empereur avait dû y voir la même chose, aussi avait-il pris la difficile et discutable décision d'effacer tout souvenir de la Grande Guerre.

Mais la Grande Guerre était encore dans les mémoires. Avait-il changé d'avis ? Ou était-il mort avant de pouvoir passer à l'acte ?

Des bruits étouffés annoncèrent le retour des ravisseurs. Kaï, perdu dans ses pensées, ne semblait pas avoir écouté leur conversation. Il partit à la rencontre de ses acolytes, laissant Kara et Diac seuls dans la pièce.

– Comment fonctionne le réécriveur ? demanda-t-elle avec empressement.

Il se pencha vers elle.

– Il faut commencer par préparer le cube.

– Avec une mise à jour ? Comme celle qui a été lancée ?

– Exactement.

Diac regarda vers la porte et baissa un peu plus la voix.

– Ensuite, le réécriveur doit être relié à un hôte, un être vivant doté de raison qui sera capable de l'activer. Un arbre ne pourra pas le faire fonctionner, par exemple, mais il pourra le garder en vie.

– Il était relié à Lydia quand on l'a utilisé sur moi ?

Il hocha la tête et un léger trait de lumière tomba sur les crevasses de son visage.

– Il faut que tu saches une chose : Lydia a dû effacer sa propre mémoire pour effacer la tienne. C'est le sacrifice qu'elle a fait pour toi. Pour te sauver.

– Non !

Sous le choc, Kara fut prise d'un vertige. Sa migraine s'intensifia.

– Tu étais jeune. Elle voulait t'épargner des dangers. Et on avait besoin de toi au cas où ta petite sœur…

–… mourrait, compléta Kara.

Tout avait été pensé pour qu'une Ta'an monte sur le trône.

Encore une fois, des gens avaient joué avec la vie des autres, envisageant chaque scénario possible.

– Donc, si je veux me servir du réécriveur, il faut que je dise adieu à mes souvenirs ?

– Et dans quel but l'utiliserais-tu ? demanda-t-il. Je ne sais pas exactement à quoi tu penses, mais c'est trop dangereux. Si le réécriveur est encore en état de marche, il doit être détruit.

– Alors pourquoi ne pas l'avoir fait quand vous en aviez l'occasion ?

– Je… commença l'homme en cherchant quelque chose dans sa poche. J'étais trop lâche pour ça.

– Bienvenue au club, dit Kara amèrement.

Il sortit la main de sa poche et tendit une pilule à Kara.

– C'est un neurobloquant, lança-t-il rapidement. Si quelqu'un tente de lancer une mise à jour sur ton cube, cette pilule la bloquera.

Kara prit la pilule au moment où la porte s'ouvrit d'un coup. Imogen apparut et, d'un mouvement de la main, libéra son câble argenté sur Diac. Le fouet s'enroula autour du cou du vieillard, transformant son cri d'effroi en un gémissement sourd.

Kara vit son regard paniqué s'obscurcir. Un instant plus tard, son âme l'avait quitté.

Kaï s'avança aussitôt vers elle pour lui remettre le sac de toile sur la tête.

– En route, dit-il en serrant le tissu autour de son cou. On va voir ce que l'UniForce est prête à payer pour une princesse.

QUINZE

RHIANNON

PARTOUT DANS LE PALAIS, Rhi sentait la présence de Julian. Il pesait sur chacune de ses pensées, dictait chacune de ses décisions. Celui qui avait voulu la tuer, et qui le voulait sûrement encore, se trouvait quelques étages plus bas, au sous-sol. C'était comme s'il avait pris la place de Dahlen dans son cœur. Elle voulait regagner son amitié, mais il la haïssait.

Et pourquoi Julian ne l'aurait-elle pas haïe ? Elle détruisait tout ce qu'elle touchait.

Lahna lui avait raconté comment Veyron avait été l'un des premiers à s'opposer à Nero, étant le seul membre de la résistance qui évoluait dans le cercle rapproché de l'ambassadeur si médiatique. Depuis sa mort, la résistance se désagrégeait chaque jour un peu plus.

Rhi n'en finissait plus de revivre ce moment. Sans cube, elle ne pouvait que se fier à sa mémoire organique, et le souvenir n'en était que plus vivace. Elle pouvait presque sentir la main de Veyron se refermer sur sa gorge, respirer le parfum d'encens qui flottait dans la salle de prière.

Jusqu'à… l'arrivée de Dahlen.

Veyron s'était donc assuré que Rhi soit secourue. Il avait suivi les ordres de Nero pour éviter une vendetta contre sa famille et ses proches, pour éviter de compromettre la résistance, mais il avait organisé l'intervention du Fontisian – à l'insu de ce dernier.

Il n'avait jamais cessé d'être dans son camp.

Et elle l'avait tué.

– Tu apparaîtras exactement… là, dit le Pêcheur en tirant Rhi de ses pensées.

Un holo de l'aile ouest du palais venait de surgir devant eux. Le Pêcheur avait des mains énormes. Il enfonça son index plusieurs fois dans l'image, la faisant ondoyer.

– Zoome ici. Ici ! s'emporta-t-il en s'adressant au droïde qui émettait le holo.

Le robot était presque aussi grand que Rhi. Cylindrique et chromé, il était monté sur quatre petites roues. L'image grossit, si vite que Rhi eut la vertigineuse impression de plonger à l'intérieur. Le holo se réduisit en un instant à des points blancs et devint illisible.

– Pas autant ! Non mais quel incapable, ce droïde ! beugla le Pêcheur.

– Zoome à soixante-quinze pour cent, ordonna calmement Rhi au robot.

– Bon, ça suffit ! s'écria le Pêcheur en postillonnant une salive mêlée de tabac. Débarrassez-moi de cette machine qui ne comprend rien à rien.

Lorsqu'il était en colère – c'est-à-dire à peu près tout le temps –, ses yeux se réduisaient à des fentes qui lui donnaient un air amphibien.

– Ce n'est pas un droïde militaire, intervint Taï Reyanna. Il n'a pas été programmé pour ce genre de tâche.

Lahna adressa un sourire complice à Rhi : la Taï et le Pêcheur se chamaillaient à longueur de journée.

– Il pourrait peut-être dégager quelques minutes dans son emploi du temps d'aspirateur pour une petite reprogrammation ! cria-t-il en se baissant devant ce qui constituait le visage du droïde.

Le robot recula, comme apeuré, et roula sur la robe de Rhi.

– Vous lui faites faire des bêtises ! lança sèchement Taï Reyanna, avec un accent kalusian qui ressortait depuis son retour au palais.

– Inutile de vous énerver, répliqua le Pêcheur. Cette fille a traversé la moitié de la galaxie. Je pense qu'elle est capable de supporter une trace de pneu sur sa robe.

La Taï lui lança un regard noir et libéra la robe de Rhi en poussant le droïde d'un coup de pied totalement dénué d'élégance. Lahna toussa pour dissimuler un petit rire.

Depuis son arrivée au palais, Taï Reyanna était maternante, et le Pêcheur, énervé. Rhi s'en accommodait d'autant plus qu'elle était consciente de sa chance. Sa Taï avait pris de grands risques en revenant ici, et le Pêcheur avait accepté de s'occuper de sa sécurité après le départ de Dahlen.

« Je ferai tout ce que je peux pour te garder en vie, mais pas pour bien me tenir », avait-il dit avec son accent guttural. Cette fois-là, Taï Reyanna avait hoché la tête avec satisfaction. Ces deux-là savaient s'unir quand la sécurité de Rhi était en jeu.

Le droïde ajusta l'image – correctement, cette fois –, et Rhi contourna l'hologramme pour examiner le balcon où elle se tiendrait bientôt.

– J'ai posté des archers sur l'aile ouest. Ils surveilleront ta position et les alentours. Le danger pourrait venir de la tour est. Nero y a installé sa cellule de sécurité dans les derniers étages. C'est du lourd, plus lourd que l'arrière-train d'un Derkatzian.

– Ici, c'est quoi ? demanda Lahna en désignant des icônes éparpillées au pied du palais.

– Les Tasinns, la garde royale déloyale. Ils sont à la botte de Nero, donc ils attaqueront peut-être. Si ça devait arriver – mais j'en doute –, nous serons en position de se regrouper pour les arroser d'en haut et vous sortir de là par cette passerelle…

Rhi peinait à se concentrer, même si c'était elle qui avait demandé ce briefing. Sa robe, conçue spécialement pour cette apparition publique, était dotée d'un corset qui lui rentrait dans les côtes et lui serrait horriblement la taille. Il était fait d'ossements, dans le style kalusian deuxième génération. Pour ne rien arranger, le tissu grattait. La coupe dessinait, du col à la traîne, une silhouette en forme de A. Au plus grand dam de Rhi, il n'y avait pas une seule poche, ce qui l'obligeait à garder sa pièce dans la main depuis qu'elle avait enfilé la robe dans la matinée.

Elle pensait que Joss, elle, aurait été à la hauteur. Gracieuse et vive d'esprit, c'était pourtant elle qui était perdue quelque part dans la galaxie, loin du trône qu'elle aurait dû occuper, pendant que Rhi la remplaçait dans une robe d'apparat qui cachait mal l'impératrice déplorable qu'elle faisait.

Dans moins d'une heure, Nero et elle apparaîtraient côte à côte pour annoncer le cessez-le-feu en direct sur DroneVision. C'était l'objectif que Rhi s'était fixé en acceptant de s'allier à lui malgré une condition : Fontis devait autoriser Kalu à accéder à Wraeta.

Elle était persuadée que si Nero avait accepté le cessez-le-feu, ce n'était pas, comme on le disait, pour restaurer sa crédibilité aux yeux des Planètes-Unies. C'était pour mettre la main sur le réécriveur et pouvoir prendre le contrôle de chacun en lui murmurant « non pas à l'oreille, mais directement dans la tête », selon ses propres mots. Elle devait découvrir ce que Nero manigançait, mais comment ? S'allier à lui ne lui avait rien apporté de ce côté-là.

Coïncidence ironique, la voix de Nero retentit.

« Je vous invite à nous retrouver dans moins d'une heure. L'impératrice Rhiannon Ta'an va faire une annonce importante… »

Immédiatement, le droïde se mit à traduire les paroles de Nero en derkatzian.

– Foutez-moi ce tas de ferraille à la casse ! lâcha le Pêcheur en donnant un grand coup de pied dans le droïde.

La projection holographique faiblit soudain au point de devenir presque transparente. Rhi soupira.

– Il est comme ça ; ce n'est pas sa faute.

C'était un modèle conçu pour les Derkatzians, dont les yeux capturaient environ sept fois plus de lumière que ceux des autres. Pour l'occasion, il avait été réglé en mode humanoïde. Mais en lui mettant un coup de pied, le Pêcheur venait de le faire passer en mode derkatzian, modifiant l'intensité de l'image.

Le Pêcheur continua de grommeler. Rhi commençait à avoir mal à la tête.

– Chut, dit-elle. J'essaie de réfléchir.

Elle se demandait toujours ce que Nero mijotait. Elle s'était montrée courtoise, s'obligeant même à passer du temps en sa détestable compagnie, mais elle n'avait pas avancé sur la question.

Le droïde se mit à parler en derkatzian au Pêcheur, qui lui répondit par une pluie d'insultes.

Tout à coup, Rhi fut frappée par un éclair de génie. Humanoïde ou derkatzian. Deux modes. Deux visages.

Rhi avait besoin d'un agent double.

Et elle savait précisément qui recruter : Julian.

Lahna l'avait installé dans les sous-sols du palais. Nero avait insisté pour que les œillets suivent Rhi presque en permanence – une présence pesante, pour ne pas dire malsaine –, mais elle avait exigé que les sous-sols soient sanctuarisés pour la prière. Là-bas, elle n'était pas sous l'objectif des caméras. Cependant, Taï Reyanna ne la quittait presque jamais. Elle se montrait plus gentille, moins austère qu'auparavant, mais n'en était pas pour autant devenue chaleureuse, en tout cas pas autant que Rhi l'aurait espéré. Elle réalisait que rien n'était jamais figé, qu'on pouvait revenir chez soi et ne plus rien reconnaître, qu'il ne fallait pas se fier à ses souvenirs.

Arrivée dans la salle de culte, Rhi vit ses ancêtres projetés en holo le long des murs. Devant chacun d'eux, des offrandes étaient disposées sur une table basse faisant office d'autel. Il y avait des céréales, des fruits, des bonbons. Là, dans cet endroit peu éclairé, Rhi avait l'impression de mieux respirer.

Julian ne lui avait pas parlé depuis la nuit où il s'était introduit dans sa chambre. Elle lui rendait visite tous les jours et tous les jours elle affrontait son regard foudroyant. Il ne voulait pas être là, mais il n'avait nulle part où aller.

En la voyant entrer, il tourna la tête en prenant un air dégoûté. Il avait l'air plus vieux avec ses cheveux coupés court, à la mode Nouvelle Vague.

– J'imagine que tu regrettes toujours de ne pas m'avoir tuée, déclara Rhi.

Elle serrait les poings pour empêcher ses mains de trembler.

– Sans doute autant que tu regrettes d'avoir tué mon père, répliqua-t-il.

Ses yeux étaient d'un bleu plus intense, plus perçant que

jamais. Elle y lut toute la haine qu'il lui vouait. En tuant son père, Rhi avait commis plus qu'une trahison.

Elle n'arrivait pas à oublier ce que Julian et elle avaient été l'un pour l'autre. Le lendemain du jour où elle était arrivée à Nau Fruma, à son réveil, elle avait découvert une peau de serpent sur le rebord de sa fenêtre. Le deuxième jour, une pierre en forme de cœur. Puis un morceau de tissu vermillon, un éclat de vitrail, une brindille de lavande séchée. De petits objets déposés par Julian et destinés à la rattacher au monde extérieur.

Là, les rôles étaient inversés. Cette fois, c'était lui qui était prisonnier d'un palais, et non elle. Julian dépendait de Rhi, ce qui le faisait bouillir de rage. De son côté, elle était heureuse de pouvoir l'aider, tout en espérant qu'il finirait par lui pardonner.

– Je suis venue te demander ton aide, dit-elle.

Du coin de l'œil, elle sentit que Lahna se tenait prête à intervenir.

Julian lâcha un petit rire.

– Tu t'imagines que je vais t'aider ?

– C'est dans notre intérêt.

Elle avait choisi de lui faire confiance. De croire en lui.

– Nero cherche le réécriveur, ajouta-t-elle.

Lahna leva un sourcil.

– Tu sais pour le réécriveur ? demanda la Fontisiane.

Visiblement, Dahlen lui en avait parlé.

– J'ignore s'il existe vraiment et si Nero sait où il se trouve. Mais, en tout cas, je suis sûre qu'il le cherche.

– *Choirtoi*, lâcha Julian dans un souffle.

– Il faut découvrir ce que Nero prépare, déclara Rhi avant de prendre une grande inspiration. Ce que j'ai fait est impardonnable, je le sais, mais c'est Nero le responsable.

Elle s'attendait à ce que Julian la reprenne sur ce point mais il n'intervint pas.

– Veyron savait qu'il fallait s'opposer à Nero. Il est mort pour ça. Je suppose que Nero n'a jamais remis en doute sa loyauté. Je me trompe ?

Julian acquiesça. Son visage ne laissait rien paraître.

Lahna arrêta son regard sur elle.

– Tu veux dire que… ?

– Que Julian doit prendre la place de son père, compléta Nero avant de s'adresser à lui. Rejoins Rhi. Offre-lui ta loyauté. Ensemble, on peut découvrir ce qu'il manigance et l'arrêter avant qu'il ne soit trop tard. Si nous réussissons, tu pourras venger ton père.

– Tu fais confiance à un garçon qui a essayé de te tuer ? lança Lahna, incrédule. Tu n'as pas peur qu'il te trahisse ?

Julian s'approcha de Rhi avec un regard assassin. Un court instant, elle crut qu'il allait la tuer. Lahna était aux aguets, prête à lever son arc.

– Je vais t'aider, dit-il doucement, si proche que Rhi sentait son souffle lui caresser le visage. Et ensuite je prendrai ta vie.

– D'accord. À moins que je ne prenne la tienne avant, répliqua-t-elle.

Elle aurait pu se noyer dans son chagrin.

Ils restèrent face à face pendant quelques secondes. Dans la pénombre, les yeux bleus de Julian étaient sombres, presque noirs. Finalement, il hocha la tête.

– Une dernière chose, ajouta Rhi. Comment as-tu réussi à t'introduire dans ma chambre ?

Elle se posait la question depuis des jours. Même en l'absence de Dahlen, elle était protégée par une garde redoutable – des Fontisians de l'ordre et des Kalusians loyaux qui surveillaient chaque accès.

Julian leva les yeux au ciel.

– J'ai volé un uniforme. Le mot de passe était facile à deviner : « Honneur. Courage. Loyauté ».

Le code secret qui permettait de circuler dans le palais était le *ma'tan sarili* de Rhi. Ces mots avaient été choisis lors d'un rituel familial privé. À part elle, seuls son père et sa mère les connaissaient. Et Julian, bien entendu. Il savait tout d'elle.

Le passé ne faisait pas que mourir. Il tuait aussi.

Soudain, les murs se mirent à vibrer. Dehors, des milliers de cloches annonçaient l'allocution de l'impératrice à travers la ville.

Julian regarda Rhi sans un sourire.

– Je crois que c'est le moment, impératrice.

Taï Reyanna avait insisté pour qu'on l'autorise à rester, et Rhi était contente que sa gouvernante soit là, en plus de sa garde personnelle. Elle sortit sur le balcon. Assaillie par la lumière éblouissante du soleil, une bourrasque de vent et les cris de la foule, elle faillit perdre l'équilibre. Sa Taï la retint par le bras.

Appuyé à la balustrade, Nero saluait un groupe de nationalistes qui l'acclamaient en bas. Rhi veilla à se mettre hors de portée de voix de son ennemi.

Elle était consciente que la foule impatiente et bruyante était venue pour écouter Nero, et pas elle, car elle dépendait entièrement de lui dans l'exercice du pouvoir.

Elle s'efforça de sourire, même si ça ne servait à rien. Tant de gens avaient déjà fait de lui leur champion. On se méfiait de cette Ta'an qui était jeune, inexpérimentée et dénuée d'envergure.

– Un sang royal coule dans ces veines, affirma Taï Reyanna en lui serrant le poignet.

Envahie d'une infinie gratitude, Rhi se tourna vers sa gouvernante et la regarda dans les yeux.

– Plus important encore, reprit celle-ci, bonté et droiture battent dans ton cœur.

Pouvait-on vraiment parler de droiture ? Rhi avait tué un homme et provoqué la mort d'un autre.

– Je ne sais pas où je vais, dit-elle avec honnêteté.

– C'est en faisant qu'on apprend.

C'était depuis toujours la rengaine de Taï Reyanna, qui le lui rabâchait dès qu'elle perdait sa concentration au cours d'une leçon. Cette phrase était source de frustration, mais aussi de motivation. Dans les mots et dans le regard de sa gouvernante, Rhi voyait quelqu'un qui croyait en elle.

Elle aurait voulu la prendre dans ses bras mais elle se contenta de presser sa main dans la sienne.

– *Ma'tan sarili,* dit-elle.

– Quel joli moment de tendresse ! lança Nero, brisant brutalement cet instant fugace. C'est précisément pour capturer ça que je vous fais suivre par des œillets. Les gens ont besoin de sentir une connexion avec vous.

Il souriait. Rhi discerna dans son cou la forme triangulaire qu'elle avait déjà vue, partiellement masquée par une couche de maquillage.

– Le public a besoin de voir la personne qui est en vous pour s'identifier. Un moment comme celui-ci lui permet d'entrer dans votre story-telling.

Rhi était écœurée. Dire que les gens pensaient que Nero était un être merveilleux alors qu'il ne faisait que les manipuler.

– Je m'occuperai de mon… « story-telling » moi-même, répliqua-t-elle calmement.

– Ah oui, la paix dans la galaxie… Bon, ce n'est pas si mal. Vous vous débrouillez plutôt bien.

Sa remarque était condescendante, mais pas cynique. Rhi remarqua que sa main tremblait, ce qui lui parut surprenant chez quelqu'un qui était toujours dans le contrôle.

– Si ça ne vous dérange pas, j'aimerais m'entretenir en privé avec Nero, dit-elle ; et, avant que Lahna et sa Taï s'y opposent, elle ajouta : Tout ira bien.

L'air indigné, sa gouvernante quitta le balcon en fusillant Nero du regard, puis en adressant un signe de tête à Rhi. Lahna ne se donna même pas la peine de le regarder et se contenta de faire tournoyer son arc tranquillement dans sa main en lançant :

– Si tu as besoin de moi, je ne serai pas loin…

– Vous êtes bien aimable, depuis quelques jours, fit remarquer Rhi à Nero dans le vacarme de la foule.

– N'est-ce pas ce que l'impératrice attend de moi ?

Il tira sur sa chemise en soie noire pour en ôter les plis. Il ne portait jamais d'autre couleur et ajoutait toujours une fioriture pour attirer l'attention. Ce jour-là, c'était un petit bouton de cuivre en plein milieu du col. Chez lui, tout était d'une précision chirurgicale, ce qui faisait honneur à sa présence glaçante.

– Je dois admettre que je suis impressionné de vous voir encore en vie après ces dernières semaines, poursuivit-il. Pour autant, nous ne jouons pas dans la même catégorie, loin de là. Nous allons voir si Kalu veut bien de vous comme dirigeante. Et si votre histoire de paix parvient à séduire.

– Donc, vous attendez de me voir échouer ?

– Ça, c'est l'erreur commise par Seotra : attendre. Le monde n'attend personne, il récompense ceux qui agissent, ceux qui incarnent la nouveauté et le non-conformisme. Le monde a besoin de quelqu'un qui…

Il s'interrompit, comme pour mesurer ses paroles.

– Les gens veulent quelqu'un qui leur dise ce qu'ils doivent croire… et qui le leur fait croire.

Un sourire se dessina sur son visage.

– De ce point de vue, c'est réussi, lança Rhi.

– Pas complètement, répondit-il dans un haussement d'épaules. Les gens ne voulaient pas de vous sur le trône quand votre accession était encore légitime, reprit-il. Maintenant que vous êtes réapparue, des théories circulent. Il se dit que vous avez orchestré votre kidnapping et que vous avez un amant fontisian.

Rhi se redressa en frémissant.

– Je suppose qu'un abject personnage est à l'origine de ces rumeurs.

C'était tout à fait le genre de choses auxquelles Nero était capable de s'abaisser.

– Rassurez-vous, je ne suis pas cet abject personnage, répliqua-t-il avec un sourire qui disait l'inverse. Cela dit… si j'avais voulu l'établir comme une vérité, j'aurais pu le faire. C'est ça, le vrai pouvoir.

Il se mit à arpenter le balcon.

– Rhiannon, savez-vous comment naît une rumeur ? Il suffit de semer le doute. D'éveiller un soupçon. Une simple image prise sous un certain angle, puis diffusée sur les holos… et voilà que les gens se posent des milliers de questions ! Inutile de leur suggérer le pire, ils l'imaginent d'eux-mêmes. Parce que le plus grand pouvoir, c'est le pouvoir de l'esprit, impératrice.

À l'aide d'un projecteur portatif, il fit apparaître une image de Dahlen. Le Fontisian tenait la main de Rhi – vraisemblablement pour l'aider à se relever –, et elle le regardait avec un air irrité. Étrangement, sous cet angle, son visage semblait dire tout autre chose.

À cet instant, elle aurait aimé faire perdre à Nero le sourire serein qui ne le quittait pas.

– Maintenant, allons saluer cette foule qui nous adule, conclut-il en désignant la balustrade.

Rhi souleva l'ourlet de sa robe et passa devant lui en lui donnant un petit coup d'épaule. Il se laissa bousculer, avec un air amusé. C'était un geste indigne d'une impératrice, mais à cet instant, elle s'en contrefichait.

Puis elle rejoignit la balustrade en rassemblant tout son courage. Nero se plaça à côté d'elle. D'en haut, chaque personne était si minuscule que l'ensemble évoquait un organisme vivant, un monstre. Rhi l'imagina se cabrer pour l'avaler tout entière.

– Veuillez applaudir l'extraordinaire impératrice Rhiannon Ta'an ! À travers elle, Kalu s'assure l'ascension d'un digne successeur ! tonna Nero.

On aurait pu croire qu'il était en train de lui faire allégeance devant toute la galaxie, mais c'était faux. Rhi l'avait déjà entendu dire la même chose après la mort de ses parents, dix ans auparavant. En réalité, lorsqu'il évoquait un « digne successeur », il pensait à lui. Il lui adressa un grand sourire. Sa bouche s'ouvrit démesurément, grotesquement même. Puis il ajouta, sur un ton exagérément solennel :

– Et je joins mes prières aux siennes pour que la princesse Josselyn nous revienne rapidement saine et sauve.

Rhi sentit une bouffée de colère monter en elle. Elle faisait le jeu de Nero. Une nouvelle fois. Il lui parut évident qu'il s'était servi d'elle pour attirer Josselyn, la poussant à offrir une récompense pour son retour, en projetant de les tuer toutes les deux une fois réunies.

Après tout, pourquoi se débarrasser d'une Ta'an tant que l'autre était encore dans la nature ? Voilà qui expliquait pourquoi elle était toujours vivante.

Rhi lui prit la main, révulsée. Cet homme avait tué sa famille. Elle se demanda ce qui la retenait de le révéler devant toute cette foule.

Mais elle était consciente du message qu'elle envoyait : Nero et elle se tenant la main, bras tendus comme des vainqueurs. N'avait-elle pas gagné ? Elle était à quelques secondes d'annoncer le cessez-le-feu. De son côté, Nero participerait au sommet des Planètes-Unies le lendemain. Il retirerait même les troupes de l'UniForce de tous les territoires fontisians – un accord qui allait dans le sens de la paix.

Rhi s'adressa à la foule pour annoncer ces mesures. Elle avait la tête qui tournait. La présence de Nero la dégoûtait. Son corset lui comprimait la cage thoracique comme un étau. Le soleil reflété au sommet des tours de l'Éternel Présent l'éblouissait. Elle baissa la tête et son cœur tressaillit lorsque, sur un balcon deux étages plus bas, elle aperçut une silhouette adossée à un pilier.

Dahlen ?

Non. La lumière, ou peut-être son esprit, lui jouait forcément un tour. Elle cligna des yeux et vit qu'il s'agissait de Julian. Elle ne pouvait pas voir l'expression de son visage, mais elle sentait le regard noir qu'il posait sur elle. Il se retira et disparut.

Rhi se sentait mal, dévastée, se demandant quels dangers elle lui faisait courir . Elle termina son allocution, puis quitta le balcon avec précipitation et se laissa tomber à genoux.

Nero arriva derrière elle un instant plus tard.

– Vous vous êtes très bien débrouillée, à part un petit couac à la fin. Mais on coupera ça au montage.

– Je croyais qu'on était en direct.

– On ne diffuse jamais rien en direct, répliqua-t-il avec un air de contentement.

Rhi serra les poings.

– Vous manipulez la réalité, vous la tordez pour… pour…

Nero s'agenouilla à son tour pour la regarder droit dans les yeux.

– La réalité est fade et ennuyeuse, impératrice. Elle n'intéresse personne. Reposez-vous bien. Vous devez offrir votre plus beau visage au public.

Il se releva et sortit de la pièce. Rhi se baissa jusqu'à ce que son front touche le sol.

Elle se rendit compte qu'elle devait lutter pour respirer. Elle essaya de déchirer sa robe, mais ne parvint qu'à la vriller autour de son corps. Elle avait oublié qu'il lui était impossible de la retirer – en tout cas pas sans aide.

SEIZE

KARA

KARA NAGEAIT. Devant elle, sa mère, Lydia, fendait l'eau bleu-vert, tout habillée… « Toi aussi, tu as perdu tes souvenirs », essaya de dire Kara, mais lorsqu'elle ouvrit la bouche, elle avala de l'eau de mer. Lydia la distançait… elle avait les mains ligotées…

Plus Kara se débattait, plus la corde sciait ses poignets. Elle prit une grande bouffée d'air mais le sol tanguait et elle avait la nausée. Elle se rappelait vaguement avoir été jetée dans un wagon de marchandises. Les parois empestaient le plastique et l'huile – il y avait une autre odeur, particulièrement écœurante, qu'elle ne parvenait pas à identifier. Elle ouvrit les yeux. Le wagon était grand, rectangulaire, et l'un des côtés était fermé par une simple bâche. Le retour à la réalité se fit par vagues successives, et ces vagues la frappaient de plein fouet.

Ses ravisseurs avaient l'intention de la livrer à Nero. Elle s'était crue proche du but, mais elle avait échoué. Elle se demanda comment Rhiannon avait fait pour survivre dans la clandestinité, échappant plusieurs fois à la mort. Elle essaya de se relever en se hissant sur un coude, mais le wagon tanguait. Elle retomba sur le sol. Elle était épuisée.

– C'est vraiment elle ? demanda Kaï sur un ton sceptique.

Kara s'aperçut que la pilule que lui avait donnée Diac était à deux doigts de glisser de sa poche. Elle se tourna, comme si elle avait honte de son état et la repoussa au fond. Elle sentait que l'ADN de Josselyn se réveillait en elle. Sa mâchoire lui faisait mal et sa peau lui paraissait plus tendue. Elle se demanda si elle avait beaucoup changé physiquement

– Oui, regarde, elle ressemble vraiment à une Ta'an, sous cette lumière, dit Imogen.

Il y avait de la tension dans sa voix. Elle doutait. Elle avait besoin de se rassurer.

– Et si je n'étais pas une Ta'an ? murmura Kara. Dommage pour la récompense.

– Tais-toi ! lança Imogen. Et toi, Kaï, ne fais pas attention à elle.

Kara avait mal aux jambes. Ses cheveux collés par la sueur lui tombaient sur le visage. Elle sentit qu'ils étaient plus épais qu'avant, et plus sombres.

– Vous allez faire quoi ? Me déposer sur le pas de sa porte ? C'est ça, votre plan génial ? demanda-t-elle.

Imogen et Kaï étaient seuls. Leurs deux complices avaient disparu.

– En tout cas, il a très bien fonctionné jusqu'ici, répliqua Imogen. On a enlevé Diac, on a attendu que tu le retrouves, et te voilà…

– Vous l'avez assassiné.

– Crois-moi, ce n'était pas le premier.

Kara réalisa que l'eau de mer de son rêve était, en fait, du vomi et qu'elle en était recouverte. Elle réalisa aussi qu'elle n'effacerait jamais Josselyn de l'histoire. Pour cela, il lui faudrait s'échapper, trouver le réécriveur et, pour le faire fonctionner, effacer sa propre mémoire. C'était impossible, désormais.

Elle ferma les yeux, envahie par un sentiment d'humiliation, et se demanda si Nero la tuerait ou, pire, se servirait d'elle. « Etra, Rilirinas, Samba », se répéta-t-elle. Le Loup, la Gardienne, la Matrone. Elle s'interdit d'oublier les coordonnées stellaires que Diac lui avait confiées et d'abandonner tout espoir d'accomplir sa mission. Elle préférait n'être personne que redevenir Josselyn Ta'an.

Soudain, un grand bruit résonna dans le wagon. Ça venait du toit. Par réflexe, Kara leva les yeux.

Après un moment de silence, Imogen fit signe à Kaï d'aller voir ce qui se passait. Kara se dit aussitôt que quelqu'un venait la sauver, mais ne put s'empêcher de penser qu'il s'agissait peut-être d'un chasseur de primes encore moins recommandable que ces deux-là…

Kaï tira brusquement sur la bâche, et le sang de Kara ne fit qu'un tour. Mais il n'y avait personne, seulement un paysage de champs parsemés de fleurs sauvages rouges qui indiquèrent à Kara qu'elle était toujours sur Ralire. Kaï jeta un coup d'œil à droite, puis à gauche, il leva la tête et finalement se retourna avec un sourire débile sur le visage. Visiblement, c'était une fausse alerte.

Tout à coup, il fit un vol plané et s'écroula entre Kara et Imogen, percuté par deux jambes qui venaient de descendre du toit dans un mouvement de balancier.

– Ça a l'air super simple, comme ça, mais ça demande beaucoup de souplesse ! lança Issa en retombant sur ses pieds.

Kaï et Imogen se précipitèrent vers elle. Issa évita Kaï avec agilité et lui donna un coup dans le dos pour le projeter vers l'ouverture. Il disparut aussitôt en poussant un cri.

Imogen se jeta sur Issa, mais celle-ci l'esquiva au dernier moment. Elles se lancèrent dans une véritable chorégraphie guerrière tandis que le paysage défilait à toute vitesse derrière elles.

Kara vit quelque chose briller sur le sol. C'était un objet en forme de spirale : le fouet d'Imogen.

Elles se rendaient coup pour coup, luttant sans relâche. Imogen était une véritable anguille qui réussissait invariablement à échapper aux prises d'Issa. Finalement, elle plaqua Issa sur le ventre et, juchée sur elle, commença à l'étrangler de toutes ses forces tandis que son adversaire battait frénétiquement des jambes.

La rage et la peur s'emparèrent aussitôt de Kara ; son cœur s'emballa. Elle attrapa le fouet fermement malgré ses mains tremblantes. Puis elle parvint à se relever avec peine et s'approcha d'Imogen, qui lui tournait le dos.

Kara n'arrivait plus à respirer. La peur était trop écrasante. Issa allait mourir si elle n'arrivait pas à rassembler son courage. *Vas-y, vas-y, vas-y,* s'exhorta-t-elle intérieurement.

D'un coup sec, elle enroula le fouet autour du cou d'Imogen et tira dessus. Imogen se mit à essayer désespérément de desserrer le câble qui l'étouffait, donnant des coups de poing à l'aveuglette. Certains l'atteignaient, mais Kara ne flanchait pas, surprise de se découvrir aussi forte.

Issa se redressa et, empoignant le fouet, se mit à serrer à son tour, encore plus fort que Kara. La gorge d'Imogen résonna de gargouillis, puis son corps se relâcha entièrement. Issa maintint prudemment le fouet pendant quelques secondes qui parurent interminables, puis laissa doucement retomber le corps de sa victime.

Kara observa un instant le paysage sans rien dire.

– Comment tu m'as retrouvée ? Qu'est-ce qui s'est passé ? articula-t-elle finalement.

– J'ai suivi ta piste jusqu'à l'usine où ils te gardaient prisonnière. Quand ils t'ont sortie de là, je vous ai suivis et j'ai décidé de m'inviter à bord.

Elles s'étaient rencontrées au marché en fin de journée et, à en juger par la position du soleil, on était au milieu de la matinée. Une douzaine d'heures s'étaient écoulées, peut-être plus. Le vaisseau de Médecins au Front était donc parti depuis longtemps.

– Tu es venue me sauver, une fois de plus, murmura Kara.

Kara savait maintenant qu'elle pouvait compter sur Issa. Même si elle ne pensait pas mériter sa loyauté. Même si cela avait un prix. Elle était convaincue que se lier avec quelqu'un, c'était risquer de souffrir. Depuis le départ d'Aly, elle était bien décidée à s'épargner cela pour le restant de sa vie. Et pourtant, Issa était là.

– Je n'avais rien de mieux à faire, plaisanta la militaire avec une modestie feinte. Oh là, qu'est-ce que tu as ?

Kara avait les larmes aux yeux. Elle les essuya du revers de la main.

– C'est juste que… tu es revenue uniquement pour moi… Je ne suis pas habituée…

Issa posa sa main sur son bras.

– Si ça ne va pas, tu peux m'en parler.

– Pas maintenant, répondit Kara en se demandant si elle aurait un jour envie de le faire.

– Alors on va dire que quand tu seras prête, je serai là, OK ? dit Issa. On ferait mieux de ne pas traîner. Avec un peu de chance, on devrait pouvoir trouver un appareil qui nous conduira au vaisseau…

Kara prit une grande inspiration.

– Je dois aller sur Wraeta.

Tout était incroyablement limpide dans sa tête : le réécriveur était là-bas, et elle le trouverait.

Issa la regarda bizarrement.

– Il n'y a rien sur Wraeta.

– Si, il y a une arme que je dois récupérer avant l'UniForce.

– Quel genre d'arme ? demanda Issa en plissant les yeux.

Kara hésita une seconde, puis elle décida de faire confiance à celle qui venait de lui sauver la vie.

– Tu avais peur que ton cube soit surveillé à cause de la mise à jour ? Et si je te disais que ça va beaucoup plus loin que ça ? Que l'idée est non seulement de surveiller les cubes, mais aussi de les modifier…

– Je le savais ! lança Issa en crachant par terre. Je n'étais pas la seule mais on nous prenait pour des dingues. J'imagine que c'est pour ça que tu t'es fait enlever. Et tu es en train de me dire que ce truc est sur Wraeta ?

Kara acquiesça.

– Oui, et j'ai l'intention de le détruire. En revanche, je ne sais pas comment on va faire pour débarquer là-bas.

– Ce sera facile, si on en croit les holos. La princesse Rhiannon a annoncé un cessez-le-feu. En échange, Fontis n'interdit plus l'accès à Wraeta. On est libres d'y aller quand on veut.

– Alors Nero aussi…

Était-ce une coïncidence ? C'était comme si Rhiannon savait où Kara se rendait. Comme si elle savait qu'elles devaient toutes deux se libérer de Josselyn, la princesse disparue – pour toujours.

Sauf si Rhiannon ne faisait cela que pour aider Nero…

Non. Kara écarta cette idée. C'était impossible.

Quoi qu'il en soit, elle devait mettre la main sur le réécriveur avant lui.

– Si tu comptes t'opposer à Nero, la Coalition voudra forcément en être, dit Issa. Je lancerai un signal de détresse dès qu'on aura retrouvé la civilisation.

Elle prit la main de Kara. Son contact lui parut extrêmement réconfortant.

Kara lui avait avoué qu'elle voulait détruire le réécriveur, pas qu'elle comptait s'en servir avant. Elle ferait disparaître Josselyn Ta'an à tout jamais. Elle perdrait tous ses souvenirs, mais une autre vie s'ouvrirait à elle. Une vie dans laquelle elle serait libre de faire ses propres choix, sans personne pour lui dire qui elle devait être.

– Au fait, ajouta Issa, avec un ton pince-sans-rire, tu as déjà sauté d'un train en marche ?

DIX-SEPT

ALYOSHA

ALY ÉTAIT GONFLÉ À BLOC. Lui et son équipe allaient éliminer Nero, et il y voyait quelque chose d'à la fois poétique, juste et ironique : tout se jouerait sur la ruine céleste qui avait été sa planète natale.

Nero viendrait chercher le réécriveur, et Aly serait là, en embuscade.

Ils fonçaient vers Wraeta à bord d'un des vaisseaux les plus petits et furtifs de la Coalition. Il fallait faire vite. L'espace aérien wraetan était désormais ouvert, et il n'était pas question que Nero arrive avant eux.

On aurait dit que Pavel se tenait au garde-à-vous tandis qu'il projetait un hologramme de Wraeta depuis son panneau frontal. Dahlen tournait autour du holo, l'analysant en détail. La lueur bleu-vert de l'image accentuait les reliefs de son visage.

Une petite voix soufflait à Aly qu'il était redevenu un pion, au service des Fontisians cette fois. Il faisait ce qu'il pouvait pour l'étouffer, mais le souvenir de la mort de Kara la ravivait à chaque seconde un peu plus. Il décida que, cette fois, il serait le pion qui remporterait la partie.

– Alyosha, ta tension artérielle et ta température corporelle sont élevées, remarqua Pavel. Souhaites-tu recourir à des techniques de méditation ?

Avant sa mort, Vinz avait demandé à Aly de programmer son droïde pour lancer des alertes santé. Aly eut un pincement au cœur en pensant à son coéquipier.

– Je vais bien, Pav. Fais-nous plutôt un topo.

Le robot fit clignoter les deux diodes qu'il avait à la place des yeux et dézooma l'image pour faire apparaître la localisation de cinq vaisseaux de l'UniForce – cinq vaisseaux de Nero, donc. Il s'agissait d'appareils de forage, ce qui signifiait que le réécriveur était sous terre.

La bonne nouvelle, c'était que les vaisseaux se dirigeaient vers cinq zones différentes de Wraeta. Nero ignorait donc où le réécriveur était enfoui. Aly était soulagé, mais sa mission n'en demeurait pas moins délicate.

– Comment on va faire pour éviter tous ces chercheurs de trésor ? demanda-t-il. Si vous avez développé une technologie d'invisibilité, c'est le moment de faire un essai grandeur nature.

– Nous n'allons pas éviter ces vaisseaux, répondit Dahlen sans prêter attention au sarcasme. Nous allons prendre le contrôle de l'un d'entre eux.

– C'est risqué.

Aly était réticent, mais il réfléchissait déjà à la manière dont ils allaient s'y prendre. Il aurait aimé le faire avec Vinz.

Son ex-coéquipier était un bon pilote, déterminé et tête brûlée. Ils avaient leur langage bien à eux, leurs blagues. Il lui manquait. Mais Aly n'était pas avec Vinz. Il était avec Dahlen.

Il fallait passer à l'action avant que les vaisseaux n'atteignent le champ électromagnétique qui empêchait les fragments de Wraeta d'errer dans l'espace. Une fois là-bas, il serait impossible de détourner l'appareil sans apparaître sur les radars. Aly examina le holo de plus près.

– Compte tenu de leur poussée et de leurs plans de vol, dit Pavel, il est peu probable que ces vaisseaux fassent escale entre ici et Wraeta.

Aly hocha la tête.

– Dans ce cas, on va devoir s'inviter en cours de route.

Aly et Dahlen avaient passé la nuit à peaufiner leur plan. Le *Nanac* était leur cible. C'était un vaisseau équipé de deux énormes foreuses capables de trouer le sol de n'importe quelle planète. Ils avaient commencé par envoyer une petite équipe percer ses réservoirs. Quand l'équipage s'était aperçu que le vaisseau perdait du carburant, il avait aussitôt demandé l'intervention d'un dépanneur.

Maintenant, Aly et Dahlen étaient à bord d'un vaisseau-dépanneur en compagnie de Pavel et de deux soldats de la Coalition, Hesi et Darris, ainsi que d'un Fontisian maigrichon prénommé Rahmal. La Coalition avait mis la main sur ce vaisseau à la suite d'un assaut sur un territoire kalusian lors de la Grande Guerre. C'était un appareil d'un autre âge – en comparaison, le *Révolution* aurait eu l'air ultrasophistiqué –, mais il avait l'avantage d'être quasiment indétectable. De plus la Coalition avait pu compter sur son réseau d'agents infiltrés, grâce auquel ils s'étaient procuré le code nécessaire pour communiquer avec le *Nanac.*

Phase un : s'arrimer au *Nanac,* se lancer à l'abordage comme des pirates, neutraliser l'équipage.

Phase deux : poser le *Nanac* sur Wraeta et intercepter Nero.

Phase trois : tuer Nero.

C'était risqué, mais une fois à bord du vaisseau kalusian, ils voyageraient sous couverture.

Aly s'agrippa aux accoudoirs tandis qu'ils fonçaient vers le *Nanac,* s'obligeant à être positif et sûr de lui comme au bon vieux temps avec Vinz. Le dépanneur se mit à vibrer de partout, comme si chaque boulon se dévissait. Le Wraetan eut un haut-le-cœur.

Dahlen se pencha vers lui.

– Ce ne sont pas vraiment les soldats que j'aurais choisis, dit le Fontisian.

Il avait parlé avec aisance, comme s'il ne sentait pas le harnais qui lui compressait l'abdomen. *Frimeur,* pensa Aly. Au fond, il lui était reconnaissant d'être aussi détestable et de faire ainsi diversion dans la mesure où cela lui permettait de chasser Vinz de ses pensées.

Aly se tourna vers Hesi et Darris, qui étaient attachés sur leurs sièges, autour de la console centrale. Ils portaient des combinaisons spatiales assorties, mais c'était leur seul point commun. Hesi, un Chram encore plus large que Jeth, agonisait en serrant les dents, tant l'accélération devait peser sur son corps massif. En revanche, Darris, un Uustralien aux multiples tentacules, avait l'air d'adorer ça. Pavel s'était compacté au maximum et ne formait plus qu'un dôme qui rebondissait sur place. Aly se félicita de l'avoir équipé de suspensions hydrauliques.

– J'ai vu ce qu'ils valent sur le terrain, répondit Aly en haussant les épaules. C'est plutôt ton choix qui est surprenant, dit-il en faisant un signe de tête vers Rahmal.

– Me passer de lui n'était pas envisageable, répliqua Dahlen sèchement.

Au cours des douze dernières heures, Rahmal n'avait pas cessé de manger dans la main de Dahlen – et si celui-ci lui avait demandé de lui laver les pieds, il l'aurait sûrement fait. Il paraissait entièrement dévoué à son maître. Apparemment, les Fontisians l'avaient envoyé pour protéger Dahlen, ce qui paraissait incongru, vu que ce dernier aurait pu lui briser la colonne vertébrale avec un seul doigt. Rahmal était grand mais extrêmement maigre et, en dehors d'un talent pour transmettre des messages avec une voix plaintive, Aly ne voyait pas en quoi il pourrait leur être utile.

À l'approche du *Nanac*, le vaisseau ralentit et la pression diminua. Aly poussa un soupir de soulagement et Darris laissa échapper un bruit guttural, quelque chose entre un grognement et un gargouillis intestinal. Rahmal posa un index et un majeur sous chacun de ses yeux pour remercier Vodhan de sa clémence. Aly avait vu ses parents faire ce geste des milliers de fois, dans une autre vie, avant le Wraexode.

Il remarqua que Dahlen s'était contenté de serrer les poings.

– On a un visuel, lança Hesi, ses yeux d'un blanc laiteux rivés sur le tableau de bord. Il devrait apparaître dans dix, neuf, huit…

Aly aurait pu décrire le *Nanac* comme le vaisseau le plus laid jamais construit, mais après tout, on ne lui demandait rien de plus que de casser de la pierre, creuser le sol et extraire des métaux précieux.

Une lumière rouge se mit à clignoter sur la console.

– *Nanac*, ici *Yavou*, dit Hesi en exagérant son accent chram.

En l'entendant, Aly eut une pensée pour Jeth. Il lui manquait. À bord du vaisseau, Hesi était le seul natif d'un territoire allié de Kalu. Darris pouvait passer pour un Uustralien du Nord ou, avec un peu de chance, pour un sympathisant, mais il valait mieux ne pas prendre de risque. Ils avaient convenu qu'Hesi irait saluer l'équipage pendant que les autres se mettraient en position.

– Prêts à s'arrimer pour le dépannage. On attend votre feu vert. Terminé.

– *Yavou*, ici *Nanac*. Divins ancêtres, vous voilà enfin ! répondit une voix masculine. On lance la procédure dès qu'on a reçu votre code de confirmation. Terminé.

Aly s'aperçut qu'il s'agrippait de toutes ses forces aux accoudoirs. Ses doigts avaient viré au blanc.

– Le code est « lame de rasoir », dit Hesi. Terminé.

Cinq secondes s'écoulèrent. Pas de réponse. Puis dix secondes, puis quinze.

– *Choirtoi,* marmonna Aly.

Si le code s'avérait faux, ils seraient aussitôt considérés comme des ennemis et l'UniForce les pulvériserait sans se poser de question.

Les yeux du Chram s'écarquillèrent.

– Je fais quoi ?

– Tu ne fais rien, dit Dahlen. On attend.

– Tu l'as eu où, ce code ? chuchota Aly, même si le *Nanac* ne pouvait pas l'entendre.

– D'une source fiable, répondit le Chram.

– Ça ne me plaît pas.

Rahmal venait de s'adresser à Dahlen dans un admirable mélange de détresse et de souffrance. *On dirait qu'il a une envie pressante,* pensa Aly. Mais à lui non plus, ça ne lui plaisait pas : l'espion de la Coalition qui leur avait fourni le code pouvait très bien être un agent double à la solde de Nero. Les secondes s'écoulèrent dans un silence pesant, interminable. Tous observaient la console d'un œil pénétrant, comme s'ils essayaient d'étrangler celui qui, de l'autre côté de la ligne, rechignait à accepter le code.

– Désolé pour l'attente, *Yavou.* Code confirmé. Autorisation de vous arrimer pour le dépannage. Terminé.

Aly souffla. Il regarda l'équipage, puis ses yeux se posèrent sur Dahlen.

– Phase deux ?

– Phase deux, acquiesça Dahlen, avant de s'adresser à l'Uustralien. Manœuvre d'arrimage.

Darris actionna l'accélérateur avec l'un de ses tentacules

et se mit à barrer pour aligner le sas du vaisseau avec celui du *Nanac*.

– Ça ne me plaît pas, répéta Rahmal.

Dahlen le fusilla du regard.

– Tu discutes mes ordres ?

– Jamais de la vie, répondit Rahmal en baissant les yeux. Mais nous ne pouvons pas prendre le risque de vous perdre.

Dahlen posa brièvement son regard froid sur Aly avant de revenir à Rahmal.

– Ma vie ne regarde plus que moi. Elle ne vaut pas plus que celle de n'importe quel soldat de la Coalition.

– Tu es un authentique héros, lança Aly ironiquement.

– Je ne joue pas au héros. Ça, c'est ton boulot.

Aly chercha une bonne repartie en se mordant la joue. Dahlen n'avait pas tort. Il avait voulu être un héros, avant, s'élever au-dessus de sa condition de réfugié, trouver Rhiannon, aider Kara – et peut-être conquérir son cœur au passage. Mais ce n'était pas le moment de ressasser. Ils étaient en mission pour assassiner l'homme qui avait déclenché la guerre, et il n'était pas question d'échouer. Plus que tout, Aly avait besoin d'assouvir sa soif de vengeance.

Lui n'était pas lié à un ordre, ni à qui que ce soit. Il n'avait personne pour le supplier de faire demi-tour.

Dans le vaisseau, le silence était palpable. Tout le monde était en position : Aly était caché à droite du sas, Dahlen et Rahmal à gauche. Ils seraient invisibles quand l'équipage du *Nanac* apparaîtrait à l'autre bout. Hesi et Darris étaient en plein milieu, chacun muni d'une trousse à outils.

Le sas s'ouvrit d'un coup. À sa grande surprise, Aly et ses coéquipiers décollèrent aussitôt du sol et se mirent à flotter, tournant sur eux-mêmes pour se rattraper à une paroi. Des cris étouffés se firent entendre. Le Wraetan sentit qu'il avait la chair de poule.

Le plan ne se déroulait pas comme prévu.

Hesi dégaina son étourdisseur tandis qu'un soldat s'élançait vers lui en courant à travers le sas. Le Chram reçut un coup de couteau dans le ventre et son sang se répandit dans l'air en décrivant un arc de cercle. Dans la lumière fluorescente, la giclée rouge était presque transparente.

D'autres claquements de bottes retentirent dans le sas. Comme celui qui venait de poignarder Hesi, les soldats portaient des bottes magnétiques. Aly comprit avec un peu de retard qu'ils s'étaient fait avoir. D'un grand coup de pied dans le mur, il se propulsa vers le soldat et le souleva du sol malgré ses bottes. Ils traversèrent la flaque de sang en suspension au ralenti. Aly maîtrisa le soldat avec une clé d'étranglement, mais l'autre parvint à reposer une botte sur le sol et le projeta en arrière.

Darris déplia un tentacule à la vitesse de la lumière et rattrapa Aly par la taille pour freiner son vol, puis il entoura un tentacule encore plus gros autour du cou du soldat. Lorsqu'il relâcha sa prise, le corps inerte de ce dernier se dirigea vers un autre soldat à qui l'Uustralien avait fait subir le même sort.

Aly se propulsa aussitôt vers Hesi, qui semblait mal en point – de grosses bulles de sang continuaient à s'échapper de sa blessure. Il voulut comprimer la plaie, mais Hesi secoua la tête.

– Va l'aider ! lui lança Darris en désignant Dahlen, aux prises avec deux autres soldats, dont l'un lui maintenait les mains dans le dos.

L'Uustralien appuya un tentacule sur la blessure d'Hesi et Aly s'élança vers Dahlen au moment où celui-ci recevait un coup de poing si puissant que son nez craqua sous l'impact. Aly remarqua que le Fontisian souriait malgré le sang en apesanteur qui s'écoulait de sa bouche.

Dahlen jeta la tête en arrière pour frapper le soldat qui le maintenait, puis en avant pour donner un coup de tête à l'autre. Aly voulut en profiter pour frapper ce dernier, mais même s'il avait été formé dans l'UniForce, il avait visiblement moins d'expérience en gravité zéro que ces soldats.

Le soldat esquiva le coup et lui envoya un coup de poing en pleine figure. Le Wraetan eut l'impression qu'une partie de son cerveau venait d'exploser et comprit que le soldat portait des gants lestés. Il ramena un bras devant son visage pour se protéger, mais le soldat le frappa en pleine poitrine. Puisant dans ses dernières forces, Aly réussit à asséner un coup de coude dans le visage de son adversaire, puis lui décocha un grand coup de pied entre les jambes. Ancré au sol par ses bottes magnétiques, le soldat sentit le choc se propager jusque dans ses globes oculaires, et Aly fut propulsé en arrière, en direction de Dahlen.

Pendant ce temps, un soldat armé d'un couteau avait plaqué le Fontisian contre un mur et lui enfonçait la lame dans l'épaule. Dahlen lui agrippait la main si fort que ses articulations étaient blanches. Sur son cou, ses veines paraissaient plus gonflées que jamais, et ses dents claquaient.

Aly réalisa que son état n'était pas dû à la peur ou à la douleur, mais à la colère, et il remarqua que c'était la première fois qu'il le voyait se mettre en colère. Dahlen avait le regard intense et fixe, comme les dévots qui atteignaient l'extase en communiant avec Vodhan, se prétendant guidés par quelque chose de grand, de puissant et d'inexplicable.

Dahlen poussa un cri et, d'un geste vif, sortit le couteau de son épaule et l'enfonça dans la gorge du soldat.

Soudain, le sas se referma et tout le monde – mort ou vivant – s'effondra sur le sol du dépanneur dans un bruit sourd. La gravité avait été rétablie. À travers le hublot, Aly vit que Rahmal était toujours à l'intérieur du sas.

– Ouvre ! cria Aly en titubant à cause de la gravité qui s'équilibrait.

– Ouvre ! répéta Dahlen.

Son bras blessé pendait, inerte, et sa blessure était humide et brillante, laissant apparaître une bouillie de tendons.

– Non, répondit Rahmal d'une voix tremblante. Nous avons été découverts. Ils nous attendent sans doute à l'intérieur.

– Ne me désobéis pas ! cria Dahlen. Ouvre !

– Je me soumets aux ordres de l'Ancien. Je dois m'assurer qu'il ne t'arrivera rien. Tu es d'une importance suprême.

Dahlen frappa des deux poings contre le hublot.

– Si je ne peux pas vivre avec honneur, ajouta Rahmal, je suis prêt à mourir pour le reconquérir !

– Allez, s'il te plaît, ouvre, dit Aly en changeant de ton. On doit tous veiller les uns sur les autres.

Rahmal fit « non » de la tête, inflexible.

– Puis-je ? demanda Pavel poliment.

Le droïde ouvrit un compartiment latéral et déballa une guirlande d'outils – lecteur de signaux, pinces coupantes, ampli à surtension.

– Vas-y, Pav, lui répondit Aly. Ouvre-moi cette fichue porte.

– Je suis désolé, dit Rahmal.

Aly pâlit en le voyant appuyer sur un bouton.

– Non, ne fais pas ça ! cria-t-il.

Trop tard. Les deux vaisseaux se séparèrent brusquement et Aly fut projeté au sol. Lorsqu'il se redressa, Wraeta, ou du moins ce qu'il en restait, donnait l'impression de s'éloigner en tournant sur elle-même.

DIX-HUIT

KARA

DEPUIS L'ANNONCE DU CESSEZ-LE-FEU, toutes sortes de vaisseaux affluaient dans l'atmosphère wraetane, se frayant un chemin au milieu des gigantesques éclats de planète qui voletaient de-ci de-là dans le filet électromagnétique. Kara n'avait pas de visuel sur leurs immatriculations, mais elle savait que le gros du trafic était composé de vaisseaux de l'UniForce et d'appareils battant pavillon kalusian.

Kara et Issa s'étaient posées trois heures plus tôt. Le jour tombait. L'obscurité qui les enveloppait n'était semblable à rien de ce que Kara avait connu sur Sibu, ou sur n'importe quelle autre planète. Ici, l'absence de lumière était profonde, totale, terrifiante. La nuit enlaçait les chevilles, s'enroulait autour des corps comme une créature vivante faite de poussière et de débris. Kara avait peur qu'elle se cabre et l'attaque.

Ou peut-être était-ce son avenir qui se réveillerait pour l'attaquer, l'avenir qui l'attendait, quelque part sur ce fragment de planète.

La moindre trace témoignant que des gens avaient vécu ici – une poupée à moitié fondue, par exemple – la mettait mal à l'aise. Avant le bombardement de Wraeta, avant que l'atmosphère ne devienne inhospitalière, le sol – riche en fer – était coloré de rouges et d'oranges flamboyants. « Le soleil donnait l'impression d'avoir fusionné avec la terre », lui avait raconté Aly, qui disait toujours les choses exactement comme elle voulait les entendre. Elle n'avait pas su voir qui se cachait derrière ces promesses, ce charme, ce sourire : Alyosha l'opportuniste, l'acteur.

Tandis qu'elle avançait sur la terre froide et morte, Kara essayait de s'imaginer le sol autrefois coloré. Elle se trouvait sur l'un des plus gros fragments de Wraeta. En levant les yeux vers le ciel obscur, on pouvait apercevoir les autres morceaux de la planète détruite.

L'unité d'Issa les avait déposées sur une station spatiale, non loin de là. Elles avaient ensuite pris un pod – prétextant vouloir récupérer quelque chose qui flottait en orbite – qu'Issa avait piloté jusqu'à Wraeta. Puis, pour être sûres de ne pas être repérées, elles s'étaient posées sur une morne étendue rocailleuse, à deux journées de marche de leur destination. Si la Coalition avait su ce qu'elles comptaient y faire, on leur aurait alloué une escorte, voire l'armée tout entière.

Elles avaient bien fait de mentir car un pod pour deux

passagers risquait peu d'attirer l'attention de l'UniForce – il pouvait même être confondu avec un fragment échappé du filet électromagnétique. En outre, Kara n'avait pas besoin d'un appui militaire ni de l'aide de qui que ce soit pour trouver le réécriveur.

Pour se calmer, elle se répétait les coordonnées stellaires qui devaient les mener au laboratoire de sa mère : *Etra, Rilirinas, Samba. Le Loup, le Gardien, la Matrone.* Selon ses calculs, le site était à quelques dizaines de kilomètres de l'endroit où elles s'étaient posées. Il leur faudrait camper quelque part pour la nuit, sous un abri portatif qu'Issa avait pris la précaution d'emporter.

Leurs combinaisons spatiales étaient deux fois trop grandes pour elles, ce qui entravait leurs mouvements. En plus de cela, elles ne possédaient qu'un équipement d'un autre âge : une jauge d'oxygène et une boussole, laquelle leur permettrait néanmoins de faire un relevé géographique. Pire : il leur était impossible de se parler. Le système de com était si vieux qu'il ne devait plus fonctionner depuis la Grande Guerre. Leurs combinaisons leur permettaient au moins de protéger leur organisme de l'atmosphère mortelle et empêchaient toute lecture de leur signature thermique. Les soldats de Nero devaient grouiller sur les différents fragments de Wraeta, mais ils ne pouvaient pas les repérer – à moins de les voir en direct.

Le sol était gelé, glissant comme la peau d'une anguille, et il fallait faire attention à ne pas perdre pied, au risque de se faire happer dans l'espace à cause de la faible gravité.

Issa s'était équipée d'un fusil à harpon. Au pire,

elle n'aurait qu'à tirer pour s'ancrer au sol, et éventuellement rattraper Kara. La survie de cette dernière reposait donc sur un fusil qui ne devait pas s'enrayer et sur sa confiance totale en la Wrateane.

« Je reste avec toi », lui avait dit Aly lorsqu'ils étaient arrivés sur Nau Fruma. Elle chassa cette pensée. Les souvenirs étaient un poison qui s'infiltrait sous sa peau, se répandait jusqu'à son cœur.

Le passé était un poison. Et Kara l'extrairait, se libérant en même temps que toute la galaxie.

Elle marchait derrière Issa, mettant ses pas dans les siens. Elles avançaient prudemment, posant leurs bottes bien à plat pour avoir le maximum de contact avec la surface. Leur progression était lente, périlleuse. Kara ne pouvait s'empêcher de ressasser : quel futur pouvait-elle espérer bâtir en tant que Josselyn ? Que pouvait-elle espérer offrir à Rhiannon si elle était découverte ?

Plus de responsabilité, plus de passé douloureux, plus d'impératrice prodigue à incarner à la perfection. Kara pouvait faire disparaître tout cela. Elle pouvait redevenir entière. Dans l'opération, elle aiderait Rhiannon en faisant d'elle la seule héritière légitime du trône. Au moins, pour une fois, elle se rendrait utile.

En atteignant le sommet d'un cratère, elles aperçurent un dôme à l'horizon, et des soldats de l'UniForce qui visiblement s'y étaient installés pour la nuit. Issa serra le poing. Le signal pour s'arrêter et s'accroupir. Kara s'exécuta, le cœur tambourinant. Issa se tourna vers elle. À travers sa visière,

Kara vit qu'elle avait le regard enflammé et se demanda si c'était de la peur ou de l'excitation.

Au loin, le dôme en métal étincelait. C'était la première structure en dur qu'elles croisaient depuis qu'elles avaient quitté le pod. Il y avait quelque chose d'étrange à voir l'Uni-Force ici, sur cette planète affreusement meurtrie.

Issa sortit la boussole. Le relevé géographique indiquait qu'elles se trouvaient à une dizaine de kilomètres de leur lieu d'atterrissage. À en juger par la position des constellations, il leur restait encore le double à parcourir avant d'arriver au laboratoire.

Elles continuèrent à progresser dans leurs combinaisons encombrantes en contournant le campement de l'Uniforce. Chaque foulée leur demandait un effort surhumain. Longtemps après que les lumières du camp eurent disparu à l'horizon, Kara s'arrêta. Elle ne pouvait plus faire un pas. Elles décidèrent de s'octroyer quatre heures de sommeil pour reprendre des forces.

L'abri portatif était assez petit pour tenir dans une main. Issa pressa un bouton et le dôme se déploya autour d'elles, provoquant un souffle qui faillit projeter Kara en arrière. L'air se pressurisa, puis les jauges des combinaisons se mirent à clignoter en vert : quatre-vingts pour cent d'oxygène. Pour des humanoïdes, c'était suffisant.

Issa ôta immédiatement son casque. Constatant qu'elle ne suffoquait pas, Kara tira sur la solide fermeture qui connectait son casque à sa combinaison pour les désolidariser.

L'air était si froid que le gel semblait tapisser ses poumons à chaque inspiration. Kara prit quand même de grandes bouffées d'oxygène, même si la tête lui tournait. Elle se sentit rapidement plus alerte.

À l'intérieur, elles n'étaient que faiblement éclairées par leurs jauges d'oxygène, qui émettaient une faible lumière verte révélant leurs souffles blanchis par le froid.

– On utilisait ces dômes sur Wraeta quand la poussière a commencé à s'accumuler dans l'atmosphère, avant les évacuations, dit Issa. Évidemment, ce n'est pas le genre de gadget qu'on trouve sur Kalu…

Il y avait de la rancœur dans sa voix. Et c'était bien normal. Kara s'en voulut d'avoir été à ce point rivée à son propre vide. Elle n'avait pas pensé à celui qui habitait Issa. Elle se demanda ce que la Wraetane avait vu d'autre dans sa vie, ce que cela avait été de grandir ici avant la bombe, quand la planète était intacte. Elle avait envie de le lui demander, mais elle ne savait pas par où commencer.

– Non, j'imagine que non, dit-elle.

Kara s'assit en tailleur en face d'Issa. Elle avait bien compris qu'elle n'avait pas l'habitude de s'ouvrir, et pourtant elle avait envie de la connaître – de la comprendre, de découvrir ses secrets. Elle avait risqué sa vie pour la sauver.

– Tu veux bien me raconter… l'évacuation ? Comment c'était… ?

Issa soupira en s'inclinant en arrière, bras tendus, mains bien à plat sur le sol.

– Je n'ai pas grandi sur Wraeta. Mon grand-père maternel

a émigré sur Kalu quand ma mère était petite, expliqua-t-elle. Je suis née là-bas, donc techniquement je suis kalusiane.

Elle éteignit sa jauge et son visage disparut dans le noir. Kara en fit autant, et elles se retrouvèrent plongées dans l'obscurité la plus totale. Kara eut l'impression que la nuit était une créature vivante. Elle était mal à l'aise, mais elle ne protesta pas. Elle avait compris qu'Issa ne voulait pas qu'elle la regarde.

– Et ?

– Il était marchand de fruits et légumes. Il a commencé avec un étal, qui est devenu un magasin, qui est devenu un réseau de distributeurs automatiques disséminés sur toute la lune.

– Ces distributeurs appartenaient à ta famille ? demanda Kara en s'enveloppant de ses bras pour s'empêcher de grelotter.

Il y en avait un dans la gare d'hyperloop à côté du module où Lydia et elle vivaient. Il était vieux, rouillé et perpétuellement vide.

– On n'était pas propriétaires des machines, mais notre compagnie les approvisionnait. Quand ma mère a hérité de l'entreprise, elle a mis en place le réseau que tu connais. On a noué des partenariats avec des fermes proches des grandes villes, et chacune de leurs récoltes était distribuée dans le réseau. Les affaires marchaient bien. Plus que bien, même.

Puis, comme si elle était embarrassée, Issa ajouta :

– Jusqu'à ce que l'ordre exécutif soit signé.

Kara se mit à faire la bascule d'avant en arrière – pour se

réchauffer, mais aussi par nervosité. Elle connaissait les prémices de la Grande Guerre : l'ordre d'expulsion qui avait obligé tous les Wraetans à quitter le sol kalusian. Elle fouilla sa mémoire à la recherche d'un souvenir organique de cet événement, avant de réaliser qu'elle n'en avait aucun. Son ignorance lui parut ouvrir un fossé entre elle et Issa. Un ravin.

– Un jour, un homme et une femme sont venus chez nous, poursuivit Issa. Un banquier kalusian vêtu d'un costume trop grand pour lui et une militaire en treillis qui marchait comme si elle avait un balai coincé tu sais où. Elle devait être là pour le protéger, j'imagine.

Kara entendit Issa cracher, avant de continuer.

– Ce monsieur nous a expliqué qu'en vertu de l'ordre exécutif 23-41B, toute personne d'origine wraetane ou fontisiane se voyait confisquer son patrimoine, avec obligation de relogement dans un camp. C'était « pour notre sécurité », si je me souviens bien. Je ne sais plus quelle excuse pourrie ils nous ont sortie.

– Le coup de la sécurité, on me l'a déjà fait, intervint Kara. Et vous êtes partis dans un camp ?

Elle ne pouvait pas le voir, à cause de l'obscurité, mais elle sentit qu'Issa la fixait. Elle rougit en pensant à la question stupide qu'elle venait de poser.

– On n'avait pas le choix. On a été extradés vers Fontis et j'ai fini dans un Wraexode. La plupart des autres Wraetans détestaient tout ce que j'incarnais. Ils se moquaient de mon accent, me traitaient d'enfant gâtée, disaient que je me croyais supérieure mais que même les Kalusians ne voulaient plus de moi.

– Personne ne mérite ça… dit Kara.

Dehors, elle entendit une brise passagère souffler sur le dôme.

– Je n'avais personne à qui parler. C'était très dur. Des années plus tard, j'ai découvert que le banquier Kalusian s'était approprié notre patrimoine et notre entreprise – la sueur et les larmes de ma famille. Et il n'avait même pas été capable de maintenir la boîte à flot. Je rêvais de le retrouver, de lui faire payer ça…

– C'est terrible, murmura Kara.

Une fois encore, elle eut honte d'elle, honte d'avoir cru que sa vie avait été si difficile.

– Et tu l'as revu ? demanda-t-elle.

– Ouais, sur Nau Fruma, juste avant de te rencontrer. Il était là-bas. En le voyant, j'ai tout de suite pensé au serment de la Coalition : « Si on s'en prend à vous ou aux vôtres, sans tarder, justice sera faite. »

– « Si on s'en prend à vous ou aux vôtres, sans tarder, justice sera faite », répéta Kara.

C'était incroyablement direct et impitoyable. Voilà pourquoi Kara ne serait jamais un soldat, elle se sentait incapable d'honorer une telle promesse.

– Alors tu lui as réglé son compte ? demanda-t-elle.

Elle eut soudain peur d'entendre la réponse, de découvrir comment cette histoire s'était terminée.

– Non, j'ai laissé tomber.

– Après tout ce qu'il t'avait fait ?

– Qu'est-ce que ça aurait changé ? Sa mort ne m'aurait pas rendu ce que j'ai perdu. Ça n'aurait pas donné un nouveau sens à ma vie.

– Un nouveau sens à ma vie, répéta Kara.

Kara eut soudain de l'appréhension. Et si donner un nouveau sens à sa vie – se libérer de Josselyn – ne la sauvait pas ? Elle ignorait comment être Josselyn, mais saurait-elle être Kara après ça ?

– Sais-tu comment les perles se forment dans les océans d'Hesphion ? demanda Issa. Quand un grain de sable ou de roche s'infiltre dans une huître, l'huître l'entoure de nacre pour se protéger de ce corps étranger. Les couches de nacre se superposent jusqu'à ce que le petit grain de sable devienne une perle. Mais à quel moment le grain de sable devient-il perle ? Quand l'un disparaît-il pour se transformer en l'autre ?

Kara sentit une émotion profonde monter en elle.

– Peut-être qu'ils ont toujours été l'un et l'autre, avança Issa d'une voix aussi étouffée qu'éraillée. Comme toi, Kara.

Kara secoua la tête en se demandant s'il était aussi facile de lire en elle que dans un livre ouvert.

– Si tu penses être insondable, tu te trompes, reprit Issa. Je le vois bien quand tu fixes l'horizon avec tristesse ou quand tu regardes cette pièce de monnaie en fronçant les sourcils. Oui, j'ai remarqué ta pièce. La discrétion, c'est pas ton fort, au fait. Alors qui es-tu, Kara ?

La vie de Kara était une pièce en deux actes, et le premier s'était terminé par l'explosion de l'*Eliedio*. Il y avait eu Rhiannon, puis il y avait eu Aly, et chacun la reliait à une vie, une identité différentes. Rhiannon avait pris son trône, Aly son innocence. Mais aucun des deux n'avait besoin d'elle. Personne n'avait besoin d'elle. Elle posa sa pièce porte-bonheur dans le creux de sa main et la tendit à Issa.

– Je ne m'en souviens pas, répondit-elle.

Kara ralluma sa jauge d'oxygène et aperçut Issa qui prenait la pièce avec un sourire. Il y avait quelque chose de rassurant dans son visage illuminé, dans sa main chaude qui effleurait la sienne.

– De toute façon, ça n'a plus aucune importance, dit Issa en faisant sauter la pièce pour la soupeser, avant de mordre dedans avec une grimace. Le passé est comme cette pièce : personne ne sait ce qu'il y a sous la rouille. Il ne tient qu'à toi de le réécrire.

Aly lui avait dit sensiblement la même chose : « Pour éviter de vivre dans le mensonge, il ne tient qu'à nous de réécrire les choses. »

– Je n'aime aucune version de mon passé, déplora Kara. Pas même celles que je m'invente.

Elle se posa certaines questions pour la première fois : si elle parvenait à effacer Josselyn avec le réécriveur, serait-ce suffisant ? Et s'il s'avérait que c'était elle – Kara, pas Josselyn – le vrai problème ? Et si faire table rase de son passé ne résolvait rien mais créait de nouveaux problèmes ?

Kara vivait avec un sentiment de malaise, parce que son passé n'existait pas, parce que son avenir était sombre, soumis aux décisions qu'on prenait pour elle. Faisait-elle fausse route ? Y avait-il quelque chose à puiser dans sa famille, une vérité supérieure qui valait toutes ces souffrances ?

Elle sentit Issa lui presser la main. Elle s'essuya les yeux, s'apercevant soudain qu'ils étaient embués.

– Je sais qui tu es, Kara.

Issa avait parlé d'une voix basse et ferme. Kara se sentait à découvert. Elle ne put répondre, seulement déglutir.

– Tu as demandé aux chirurgiens d'interrompre l'opération pour respecter ma décision. Tu as vu en moi plus qu'une patiente, plus qu'une soldate de la Coalition. Tu m'as vue comme une personne.

Elle relâcha la main de Kara, l'offrant à l'air froid dont elle l'avait abritée.

– J'essaie de bien faire, mais on m'abandonne toujours, tôt ou tard.

Issa ne répondit pas, attendant peut-être que Kara ajoute quelque chose. Mais elle n'ajouta rien. Elle en était incapable. Elle n'avait pas les mots pour exprimer son sentiment d'inutilité et son besoin de repousser les gens. Elle ne pourrait jamais l'exprimer.

Heureusement, Issa le fit à sa place.

– C'est dur, quand les gens sortent de ta vie. Je ne vais pas te raconter qu'il faut juste passer à autre chose. Ce serait stupide, et si c'était si facile, personne ne pleurerait jamais…

Issa soupira.

– Je ne sais pas comment le formuler, reprit-elle. Parfois, quand les gens s'en vont, c'est pour une raison bien à eux. Ce n'est pas de ta faute ni de ta responsabilité. Si tu te comportes bien avec quelqu'un et qu'il part, c'est son problème, pas le tien.

Issa se redressa avant de continuer :

– Ce que j'essaie de te dire, c'est que tu as beaucoup à offrir, même si tu ne sais pas toujours comment. Tu as le pouvoir de faire le bien. Cette galaxie a besoin de toi, Josselyn Ta'an.

En entendant son véritable nom, Kara fut parcourue d'un frisson. Alors Issa savait tout.

– Je ne sais même pas qui est Josselyn Ta'an, dit-elle d'une voix si basse qu'elle s'entendit à peine.

Issa reposa la pièce dans la main de Kara.

– Elle sera qui tu voudras qu'elle soit.

Kara se réveilla quelques heures avant le lever du soleil. Le froid était si intense que ses joues étaient recouvertes de larmes. Issa et elle avaient dormi plus longtemps que prévu. Elles enfilèrent leur combinaison et en vérifièrent l'étanchéité. Kara fit apparaître la carte sur la boussole, puis ouvrit la marche en direction de l'horizon. À chaque pas, elles se rapprochaient du réécriveur, tout en s'éloignant du campement de l'UniForce qu'elles avaient croisé la veille.

Le jour se levait et les constellations s'estompaient. Au loin, elles aperçurent une lumière blanche et rose, et se demandèrent si ce n'était pas une autre unité de l'UniForce.

Bien plus tard, alors qu'elles arrivaient enfin à destination, Kara aperçut des ruines. Diac s'était-il trompé dans les coordonnées ? Lui avait-il menti ? Elle faillit oublier toute prudence et dut se maîtriser pour ne pas rejoindre le site en courant. Enfin, elle arriva devant les vestiges d'un mur bas et incurvé. On aurait dit un coquillage énorme qui dépassait du sable, cassé et érodé par le temps. C'était tout ce qui restait de la serre et du laboratoire.

Le réécriveur était tout proche.

L'endroit donnait une impression de vide total. Le sol était ponctué de creux, et çà et là des tuyaux émergeaient du sol, comme si la structure avait été démantelée morceau par morceau.

– Kara.

Elle sentit Issa l'attraper par l'épaule. Absorbée par le spectacle des ruines, elle n'avait pas perçu les vibrations qui secouaient l'air. Elle se retourna et vit, à l'horizon, un vaisseau qui éclipsait le soleil levant, se déployant dans l'immensité du ciel. Il était gigantesque, étrangement silencieux à cause de l'absence d'atmosphère, et fonçait vers elles avec ses deux énormes foreuses sous le ventre. Ses moteurs tournaient à plein régime, crachant des flammes bleues. Kara entendait seulement sa respiration dans son casque, ainsi que son cœur qui battait à tout rompre. Elle transpirait dans sa combinaison. Quand le vaisseau fut assez proche, elle aperçut un visage familier qui la regardait derrière la vitre du pont d'observation.

Nero.

Instinctivement, Kara se mit à courir aussi vite qu'elle le put vers son but. Elle ne savait pas si Issa la suivait. Elle n'était sûre de rien, si ce n'était qu'elle devait atteindre le réécriveur avant ce monstre, l'homme qui avait piégé Aly, qui avait déclenché cette guerre, qui avait – forcément – obligé Rhiannon à s'allier à lui. S'il mettait la main sur le réécriveur, il n'y aurait plus d'espoir pour sa sœur, ni pour Aly, ni pour personne.

Kara voulait utiliser le réécriveur pour effacer son identité, mais quelles atrocités Nero entendait-il perpétrer ? Elle courut aussi vite que possible en veillant à ne pas s'envoler. Dix mètres. Cinq mètres. Et elle se retrouva devant le vestige d'une barrière qui entourait une souche d'arbre… Elle escalada la barrière avec précaution, se précipita au centre de l'enclos et tomba à genoux devant la souche. Tout était absolument silencieux.

Lorsqu'elle toucha l'écorce, la souche se désagrégea instantanément. Elle creusa autour pour mettre au jour le réseau de racines et remua la terre, mais elle ne trouva rien d'autre que de la cendre. Désespoir et hystérie se transformèrent en larmes qui lui piquaient les yeux. Elle avait tout perdu, mais elle n'abandonnerait pas. Elle devait détruire le réécriveur de ses propres mains. Et soudain elle aperçut quelque chose de vert. D'un vert éclatant. Quelque chose de vivant.

Des racines. Il y avait des racines sur ce morceau de planète aride et sans atmosphère.

– Où est-il ? articula-t-elle d'une voix éraillée.

Elle ne s'adressait à personne, car personne ne pouvait l'entendre. Elle plongea les mains dans la terre et les referma autour de la racine. Elle tira. Le réécriveur ne pouvait être que là, dans le sol. Il ne faisait qu'un avec la planète.

Tout à coup, elle fut éjectée en arrière et vit qu'Issa était maintenue à terre par un homme en combinaison. Debout au-dessus d'elle se tenait Nero, arborant un grand sourire derrière la vitre de son scaphandre.

Il fit un geste du doigt et, immédiatement, une machine descendit du vaisseau et se positionna pour creuser.

DIX-NEUF

RHIANNON

– NERO A QUITTÉ SIBU.

Rhi se retourna d'un bond en reconnaissant la voix de Julian. C'était la deuxième fois qu'il atterrissait en douce sur son balcon. Il ne réussissait pourtant jamais à la surprendre sur Nau Fruma. Même Lahna ne l'avait pas vu venir.

– Quoi ? Quand ? Où est-il parti ?

Le conseil des Planètes-Unies s'apprêtait à définir les termes d'un nouveau traité de paix, et l'assemblée devait se tenir dans la capitale le lendemain matin.

– Je ne sais pas. Il a décollé à bord d'un croiseur interstellaire de l'UniForce à seize heures.

Si Nero s'était embarqué sur un croiseur, c'était mauvais signe. Il préparait quelque chose. Rhi devait agir, et vite.

– Les hommes de Nero préparent la venue des membres des Planètes-Unies, dit-elle. Tous les habitants de Kalu ne pensent plus qu'à leur arrivée.

– Une bonne partie de la sécurité a dû déserter les tours de l'Éternel Présent, en déduisit Lahna.

Le regard de Julian changea. Rhi crut y voir l'étincelle qui l'animait autrefois, mais elle disparut aussitôt, remplacée par une haine foudroyante. Elle se demanda si cette haine serait là pour toujours.

Il hocha la tête.

– Allons voir ce que notre cher Nero manigance quand il n'est pas devant les caméras.

Techniquement, les tours de l'Éternel Présent étaient le siège de DroneVision, mais en s'y installant, Nero en avait fait le siège officieux du pouvoir.

Rhi et ses deux compagnons se rendirent au pied des tours sans difficulté. Elle avait dérobé un petit émetteur électromagnétique au Pêcheur, ce qui lui permettait de désactiver les œillets qui habituellement la suivaient partout. Malgré cela, il fallait faire profil bas. Le Pêcheur aurait pu les aider, mais Rhi avait préféré ne pas le mettre dans la confidence. Il en aurait parlé à Taï Reyanna, qui aurait tenté de la dissuader. N'y parvenant pas, elle se serait fait un sang d'encre.

Julian ouvrit la main pour révéler une petite capsule ronde qu'il orienta vers la façade en faisant tourner ses deux hémisphères. Un rectangle de lumière bleu et blanc apparut aussitôt sur le mur. *Un plan,* comprit Rhi même si elle n'arrivait pas à déchiffrer le labyrinthe de lignes blanches.

– La salle de contrôle est ici, chuchota-t-il en désignant un petit rectangle au milieu d'autres rectangles.

Ils escaladèrent une canalisation, puis pénétrèrent dans un conduit d'aération qui, selon Julian, n'était plus utilisé. Entre la mission impromptue de Nero et l'arrivée des émissaires des Planètes-Unies, les équipes de sécurité étaient effectivement trop occupées pour les repérer. La tour était donc peu surveillée, et jusqu'alors ils n'avaient croisé que deux robots patrouilleurs.

Ils arrivèrent enfin en vue du couloir menant à la salle de contrôle. Rhi allait s'y ruer, mais Lahna la retint par le bras et s'avança lentement en faisant signe de la suivre. Tout en jetant un coup d'œil dans le couloir, elle attrapa la main de Rhi et la serra. Le cœur de Rhi se mit à battre plus fort.

– Deux soldats et un droïde devant une porte blindée, chuchota Lahna.

– OK, on a nos chances. Trois contre trois, dit Rhi.

– Tu n'es pas sérieuse, répliqua Lahna. Il faudrait une unité entière pour combattre ce robot.

La salle de contrôle était donc sous haute surveillance. Apparemment, Nero avait quelque chose à cacher. Ou à protéger.

Ils n'avaient pas le temps de rassembler une unité pour mener l'assaut. De toute manière, personne ne les aurait suivis dans cette folie.

– On n'a pas le choix, intervint Julian. Lahna, tu te charges du garde sur la droite et toi, Rhi, tu t'occupes de l'autre. Pour le droïde… je trouverai bien un truc.

Il jeta un bref regard à Rhi, et cette fois elle vit un éclair malicieux dans ses yeux. Elle reconnut le Julian qu'elle connaissait, celui avec qui elle adorait s'entraîner au dojo, celui qui trouvait toujours une solution dans le feu de l'action. Avec lui à ses côtés, elle se sentait à sa place. Même si la mort les attendait au tournant.

– Un truc ? Je n'aime pas trop ton idée, dit Lahna.

Mais ce n'était plus le moment de se poser des questions. Rhi tendit la main pour que Julian lui donne son couteau. Il était équipé d'un système électromagnétique conçu non pour tuer, mais pour envoyer une décharge paralysante dans un cube.

Julian hésita.

– Allez, donne, insista Rhi.

Ils savaient tous deux qu'elle visait mieux que lui, mais il aurait préféré mourir que de l'admettre. Ils se regardèrent sans bouger. Il était toujours aussi têtu. Elle aussi.

Finalement, il poussa un soupir et lui tendit le couteau. Rhi débordait d'adrénaline. Tous ses muscles étaient contractés.

– On y va à trois, annonça Julian. Un, deux...

– Trois.

Rhi arma son bras et, déboulant à l'angle du couloir, lança le couteau vers sa cible avec une précision millimétrique. Il ne fit que frôler le soldat, un Chram imposant qui, pourtant, se contracta et s'effondra contre le mur.

Lahna décocha deux flèches. La première se logea dans l'épaule du deuxième garde, le faisant tourner sur lui-même. Lorsqu'il termina sa pirouette, il reçut la deuxième flèche en plein cœur et s'écroula par terre.

Sans attendre, le droïde s'accroupit et, d'un bond agile, s'élança vers le trio d'intrus comme un missile, propulsé par les vérins hydrauliques de ses jambes.

– Tu veux tenter le coup ? demanda Julian.

Rhi hocha la tête. Julian lui posait souvent cette question dans le dojo, lorsqu'ils s'entraînaient avec un droïde.

Ils attendirent que le droïde fut assez proche, et Julian s'élança en criant :

– Maintenant !

La charge requérait un synchronisme parfait. Il suffisait de refermer le piège, comme les deux lames d'une paire de ciseaux. Julian sauta un quart de seconde avant Rhi, lançant son pied contre la tempe du droïde, tandis qu'elle lui assénait un coup de pied dans la hanche, le déséquilibrant. Il s'écrasa contre le mur dans un grand bruit, fissurant le béton.

Julian se précipita pour lui arracher son module de communication et le mettre hors service. Il leva les yeux vers Rhi, qui lui attrapa la main par réflexe. Il avait la paume calleuse et chaude, la peau électrique. Il la retira brusquement.

– Sacrée attaque ! s'exclama Lahna derrière eux. J'avoue que je n'ai rien vu venir.

– C'était le but, répondit Julian.

Lahna sortit aussitôt une petite trousse de sa poche.

L'accès à la salle de contrôle se faisait grâce à un pavé numérique. Lahna alluma sa lampe frontale et ouvrit la trousse, qui contenait plusieurs dizaines d'instruments minuscules, tous en métal. Puis elle tourna la bague qu'elle portait au doigt, révélant une petite excroissance noire, comme sur celle de Dahlen. C'était là que l'énergie dans l'air était happée, puis concentrée en décharges électriques.

– Tu te bats à l'ancienne avec un arc et des flèches, tu refuses d'utiliser ton cube, mais tu es une hackeuse ? demanda Julian.

Il avait passé toute sa vie sur Nau Fruma, où la culture fontisiane était peu connue.

Lahna esquissa un sourire ou un rictus irrité, Rhi n'aurait su le dire.

– Les Fontisians développent des technologies plus pointues que les vôtres, mais ne les utilisent pas à tort et à travers, expliqua Lahna avant de revenir à son travail. Je vais ajuster les courants électriques pour faire croire à un pic de surtension plutôt qu'à une effraction.

Un instant plus tard, la porte s'ouvrait en coulissant. Lahna entra la première en bandant son arc. Curieusement, la salle était vide, occupée uniquement par une console qui formait un grand dôme au centre. La console avait l'air éteinte.

Lahna s'en approcha et sortit une petite boule de mousse. Comme personne ne devait ou ne pouvait utiliser son cube, Lahna avait emporté un instrument de stockage fontisian qui absorbait les données dans sa structure moléculaire.

– Comment ça marche ? demanda Julian, fasciné.

– On fusionne du polymère avec les chloroplastes de la plante, expliqua-t-elle en plaçant délicatement la boule sur la console. Ça permet d'absorber le spectre lumineux des données – c'est le même mécanisme que dans la photosynthèse. Les données sont ensuite stockées dans le polymère pour être lues plus tard.

Julian se pencha vers la boule de mousse et, avec hésitation, tendit un doigt pour la toucher. Lahna lui adressa un sourire. Rhi sentit une pointe de jalousie lui transpercer le cœur. Puis Lahna pianota sur la console, saisissant des codes basiques pour tout utilisateur de lecteur holo.

La console s'alluma, et des centaines de milliers d'hologrammes apparurent dans la salle, formant comme un épais brouillard. Rhi recula d'un bond en poussant un cri de surprise. Elle avait l'impression d'être dans un puits de souvenirs, de pensées et d'images fixes. Un puits de vies recueillies dans toute la galaxie.

– C'est quoi, cet endroit ? dit Julian avec un tremblement dans la voix.

L'un des hologrammes – deux femmes qui riaient ensemble – attira l'attention de Rhi, qui toucha l'image pour en lancer la lecture. Les femmes entrelacèrent leurs doigts ; l'une enfouit son visage dans les cheveux de l'autre. La scène était touchante.

C'était un moment intime, un moment d'ordre *privé*.

Nero avait volé ce souvenir à quelqu'un. Pourquoi ?

Lahna navigua à travers plusieurs couches d'images en les balayant du doigt. Elle s'arrêta sur un holo qui était en cours de lecture.

– Regardez. Celui-là est différent, lança-t-elle. On dirait que c'est… du direct.

– Comment ça ? s'exclama Rhi.

L'image tremblait, comme à travers les yeux de quelqu'un en mouvement. Une douzaine de soldats avançaient dans un désert de rocaille, dans une atmosphère jaunâtre et poussiéreuse. Lahna sélectionna l'audio ; le son d'une respiration haletante résonna dans toute la salle.

– Ça vous dit quelque chose ? demanda Julian en désignant un corps céleste bleu qui brillait à l'horizon, dans le champ de vision de l'observateur.

Rhi regarda de plus près.

– Tu reconnais cette planète ?

– C'est Fontis, intervint Lahna. Ce qui signifie que ça se passe sur…

– Wraeta, compléta Rhi.

– Éteins ça, dit Julian en secouant la tête comme s'il essayait de se réveiller d'un mauvais rêve. On ne devrait pas y avoir accès.

« Mais lâchez-moi ! » cria une fille qui était hors du champ de vision de l'observateur.

Rhi connaissait cette voix. Une décharge la traversa d'un coup, comme un électrochoc, réveillant chaque parcelle de son corps pour finalement se loger dans son cœur et y exploser. Elle ouvrit la bouche, pour crier ou pleurer, mais aucun son n'en sortit.

Elle l'avait entendue tant de fois dans ses souvenirs artificiels. Elle réalisa à quel point la mémoire du cube n'était pas fidèle à la réalité. Immersive mais imparfaite. En entendant la véritable voix de Joss, elle avait eu l'impression de mourir et de renaître dans la foulée.

Lahna ramassa la boule de mousse et la rangea.

– Il ne faut pas rester ici, lança-t-elle.

– Non ! s'écria Rhi en se penchant vers le holo, comme si elle avait pu y pénétrer pour rejoindre sa sœur sur Wraeta.

À cet instant, elle ne se souciait plus de Nero ni du piège qu'il lui tendait. Elle était consumée par une peur presque animale : la crainte de perdre Joss une deuxième fois.

– Elle a raison, on doit partir. On ne peut pas s'éterniser ici, dit Julian en la poussant vers la porte.

Rhi se laissa faire tout en continuant à regarder le holo. Elle voulait voir si Joss allait apparaître.

Et puis…

Elle se cogna contre une sorte de mur invisible.

– Divins ancêtres ! pesta-t-elle en titubant.

– Je ne sais pas ce que les ancêtres viennent faire ici, lança une voix traînante. Sauf si tu penses vraiment qu'ils peuvent t'aider.

Le Chram que Rhi avait neutralisé en arrivant émergea de l'obscurité et s'appuya contre la paroi invisible.

Rhi tomba à genoux, découragée. Ils étaient pris au piège.

– On se calme, reprit le Chram. Vous avez déclenché l'alarme silencieuse. Nous avons une minute devant nous. Peut-être une minute et demie… Vous avez de la chance que Nero soit parti avec une bonne moitié de l'UniForce.

Il posa la main sur le pavé numérique. Rhi s'appuya contre le champ magnétique, qu'elle sentit vibrer sous sa paume.

– Qu'est-ce que tu fais ?

– Je vous libère, répondit-il simplement. Je vais éteindre le champ magnétique, et tout va bien se passer, OK ?

Il s'adressait à Lahna, qui le menaçait avec son arc.

– Pourquoi devrions-nous te faire confiance ? demanda-t-elle.

– Parce que je suis dans votre camp. Je fais partie de la résistance, répondit-il en baissant les yeux vers Rhi. Toute l'UniForce n'est pas à la botte de Nero. Certains d'entre nous ont été témoins de ça, ajouta-t-il en faisant un signe de tête vers les holos.

Rhi ne détourna pas les yeux du soldat. Comment pouvait-elle être sûre de quelqu'un qui portait cet uniforme ? Il dut percevoir son hésitation.

– J'ai aidé Alyosha Myraz à prouver son innocence. Non pas que ça lui ait rendu service, expliqua-t-il en grimaçant. J'ai tous les codes d'accès de cette tour.

– Qui es-tu ? demanda Rhi.

– Je m'appelle Jethezar, mais tu peux m'appeler Jeth. À ton service, impératrice.

Il pianota enfin sur le pavé numérique et le champ magnétique s'éteignit. Jeth offrit sa main à Rhi.

– Maintenant, disparaissons avant que des gardes nous tombent dessus. Ils ne sont pas tous aussi sympathiques que moi.

Rhi fut prise d'un vent de panique en repensant à sa sœur. Ils étaient venus ici pour devancer Nero, mais c'était lui qui avait de l'avance, et ils auraient du mal à le rattraper. Rhi était anéantie. Qui allait les aider ? Qui allait les croire ?

Pour sauver Joss, elle avait besoin de renforts. Beaucoup de renforts.

– On doit prévenir l'assemblée des Planètes-Unies, lâcha-t-elle. Est-ce que tu peux nous aider ?

Sentant que Lahna allait objecter, elle ajouta :

– Techniquement, les émissaires des Planètes-Unies soutiennent toujours les Ta'an.

– Techniquement, Nero aussi, ironisa Lahna.

Rhi posa son regard sur Julian, qui n'avait pas encore parlé.

– C'est ce qu'on a de mieux à faire, reconnut-il finalement.

Jeth sourit.

– Allons chercher des loyalistes, impératrice.

Elle acquiesça et, dans sa tête, compléta la phrase de Jeth : *Et allons chercher ma sœur.*

VINGT
KARA

KARA ÉTAIT EMPRISONNÉE dans une pièce immaculée et agrémentée de meubles élégants de style Nouvelle Vague – revêtements peints en acrylique grise, design anguleux inconfortable. La vue donnait sur les immeubles de Sibu.

L'endroit aurait pu apaiser Kara, la soulager de son horrible migraine. Mais comme tout ce qui avait trait à Nero, la pièce, la vue et le mobilier n'étaient qu'illusions. Kara écrasa le poing contre la « fenêtre », un écran plasma qui se creusa sous le choc avant de se réparer de lui-même. La vue de Sibu se transforma aussitôt en un paysage de plage. Là, elle réalisa à quel point sa cellule était petite – elle pouvait tout juste écarter les bras. Elle tapa de nouveau sur l'écran, plus fort cette fois. La surface ondula et un sommet montagneux perdu dans le brouillard apparut. L'air se fit plus frais, saisissant. Au loin, un oiseau croassa.

– Assez ! cria Kara en tambourinant sur l'écran.

Plusieurs vues défilèrent – panoramas grandioses, nature paisible, des paysages à l'exact opposé du mélange de fureur et d'impuissance qui montait en elle.

Elle était à bord du vaisseau de Nero, dans une cellule identique à celle qu'elle avait connue sur Houl. On l'avait séparée d'Issa, qui peut-être n'était plus en vie. Kara espérait pourtant qu'elle l'entendrait, qu'elle parviendrait à casser les murs pour la retrouver. Elles avaient parcouru tellement de chemin ensemble.

Elle arrêta de tambouriner. Elle avait mal aux poings. L'écran diffusait une vue de Kalu depuis l'espace. Une masse orange et blanche incroyablement réaliste, si réaliste que Kara se demanda si le vaisseau dans lequel elle se trouvait n'était pas vraiment au-dessus de Kalu.

Illusion ou réalité, peu importait. Nero avait mis la main sur le réécriveur, et ce n'était pas pour faire le bien dans la galaxie. Kara glissa sa main dans sa poche, effleura sa pièce porte-bonheur et sentit qu'elle avait toujours la pilule que Diac lui avait donnée. Le neurobloquant pouvait la protéger du réécriveur, si Nero décidait de l'utiliser.

– Heureux de voir que tu t'es calmée, dit une voix.

Kara sentit la pilule glisser dans sa gorge tandis que quelqu'un entrait dans la cellule.

C'était Yendit, le Tasinn borgne. La vue de l'espace était toujours diffusée sur les écrans plasma, si bien que la porte ouverte avait des airs de portail vers un autre monde.

– On y va.

Kara s'imagina lui fausser compagnie, courir dans les couloirs jusqu'au premier pod et s'enfuir dans l'espace. Mais elle n'en avait pas fini avec Nero.

– Où est mon amie ?

– Tu es mal placée pour poser des questions.

Ils sortirent dans un couloir sombre qui donnait au vaisseau l'aspect d'une prison. Yendit la poussa dans une pièce plongée dans le noir. Une lumière s'alluma au-dessus de deux fauteuils disposés face à face. Sur l'un d'eux, il y avait des câbles et des électrodes le long du dossier et des accoudoirs. Un petit droïde tenait un plateau recouvert d'un drap blanc. Elle frissonna en pensant à ce qui se cachait dessous.

– Assieds-toi, ordonna Yendit en désignant le fauteuil qui visiblement lui était destiné.

Kara s'exécuta en serrant les poings et passa en revue l'équipement médical. Où était le réécriveur ? Nero allait-il l'utiliser sur elle ? En serait-elle de nouveau victime ? Non, impossible. Si une mise à jour du cube était requise, elle était sauve. Et le neurobloquant la protégeait pour le moment. Et si ce n'était pas suffisant…

– Impératrice !

Nero surgit de l'obscurité avec un grand sourire sur le visage, comme s'il était sincèrement heureux de la voir. Kara remarqua immédiatement la marque en forme de triangle qu'il avait dans le cou et repensa aux scientifiques Ravagés sur le zeppelin. Une vague de dégoût la submergea.

– Qu' allez-vous me faire ?

– Vous êtes d'une impatience ! répondit-il avant d'ajouter : Pourquoi le dire alors que je peux tout simplement vous le montrer ?

Soudain, toute la pièce s'éclaira. Kara retint un cri de surprise. L'endroit était gigantesque et abritait un pan entier de paysage wraetan. Nero avait emporté toute la partie qui entourait la souche. Kara fut prise de vertiges.

Nero emprunta une passerelle suspendue au-dessus de ce paysage. Il marcha jusqu'à la souche et en retira quelque chose avec difficulté. C'était une sorte de puce électronique. On aurait dit qu'elle pulsait.

C'était un composant organique. C'était vivant.

Le réécriveur.

Kara se plaqua la main sur la bouche en retenant son souffle. L'objet ne lui inspirait que de la répulsion. Il paraissait luisant et gluant, vert vif comme une feuille fraîchement sortie de son bourgeon.

Kara se releva instinctivement, mais Yendit la tira en arrière pour la faire rasseoir.

– Inutile de la malmener, dit Nero. Quant à vous, Josselyn, un peu de tenue, je vous prie.

Elle se crispa en entendant ce nom, son nom. Que lui voulait-il ?

– Vous ne quitterez pas ce siège tant que je ne l'aurai pas décidé, poursuivit-il avant de s'adresser au droïde : Allez, allez, au travail…

Le robot avait une barre de lumière en travers du torse, qui vira du rouge au bleu. Deux entraves sortirent de l'accoudoir pour menotter Kara aux poignets, et une troisième surgit du dossier, lui enserrant le front. Elle eut beau se débattre, elle ne pouvait plus bouger.

– Je vous déteste !

Elle était impuissante alors qu'un fou dangereux manipulait cette arme si puissante comme un simple jouet.

Nero examina le réécriveur à la lumière. Une substance visqueuse semblait lui coller aux doigts. Il arborait un sourire que Kara ne lui connaissait pas.

– Le sol est très riche en minéraux, sur Wraeta. C'est pour cette raison que le réécriveur y a été planté, dit-il en revenant sur ses pas.

– Que comptez-vous en faire ? demanda Kara tandis qu'il la rejoignait.

– Sachez que c'est un véritable petit bijou. Ses composants organiques vont me permettre de développer ma conscience de manière démesurée. Quant aux pièces mécaniques – vous ne pouvez pas les voir, elles sont à l'intérieur –, elles remplaceront mon cube dès qu'on me l'aura retiré. Comme une terminaison nerveuse.

– Retiré ?

– Oui, évidemment. Le réécriveur supplantera mon cube. C'est une faille à laquelle Lydia et Diac n'avaient pas pensé.

Nero avait donc trouvé le moyen de conserver ses souvenirs tout en utilisant le réécriveur au maximum de ses capacités.

Le droïde ôta le drap qui recouvrait le plateau, révélant

une seringue. L'aiguille avait été remplacée par un embout à injection en forme de triangle. Kara laissa échapper un cri d'effroi.

– Ne vous inquiétez pas, celle-ci ne vous est pas destinée, dit Nero sans pour autant être rassurant.

Le droïde prépara la seringue et la porta au cou de son maître. Nero tressaillit au moment de l'injection. Ce n'était pas la première, à en juger par sa cicatrice.

– Vous vous droguez ? demanda Kara.

– Je ne me drogue pas, rétorqua-t-il.

Il tenait toujours le réécriveur dans la main. Quand le droïde retira la seringue, Nero fut pris d'un tremblement.

– Ce droïde vient de m'injecter un cocktail de produits chimiques auto-structurants. Ils vont former une sorte de racine qui se connectera directement aux nerfs liés à mon cerveau, remplaçant les voies neuronales normalement utilisées par le cube. Ce n'est pas un traitement des plus agréables, mais il est nécessaire. Et voici le résultat du mariage entre organique et inorganique, ajouta-t-il en lui montrant le réécriveur. Regarde comme il est magnifique. La relation cube-humain miniaturisée dans un outil technologique.

– Qu'arrivera-t-il à votre cube une fois retiré ? Vous allez le laisser mourir ?

– J'ai trouvé le moyen de le garder en vie.

– Et maintenant ? Vous allez installer le réécriveur ?

Kara pensa à ce que son père avait voulu accomplir avec cet objet, mais elle imaginait bien que Nero n'était pas habité d'intentions aussi nobles.

– Vous allez effacer des souvenirs, ou les remplacer, ou…

– Que feriez-vous, à ma place ? l'interrompit-il.

Il posa un regard intense sur Kara, comme pour la sonder. Elle était plus terrifiée que jamais.

– Vous avez toujours des opposants politiques, lança-t-elle. Vous n'êtes pas intouchable.

– Mais j'ai notre alliance…

– Notre alliance ? répéta-t-elle. Vous pensez vraiment que ça vous aidera ?

– Mais oui, répondit-il en riant. Bien sûr, je le crois sincèrement.

Soudain, Kara sentit une piqûre dans son cou. Son sang se glaça dans ses veines. Elle se débattit, en vain, tant ses entraves étaient serrées.

– Qu'est-ce que vous m'avez injecté ?

– De quoi m'assurer votre coopération. Il me semble que ce sera plus facile ainsi.

Kara sentit comme un violent poison déferler dans sa tête. Il lui scinda le cerveau en deux, puis se propagea partout dans son corps, jusque dans ses mains et dans ses pieds. Elle comprit que l'injection avait déclenché la mise à jour et que le neurobloquant avait immédiatement réagi.

– Vous avez fait la même chose à Rhiannon ? demanda-t-elle.

Nero lui adressa un sourire bienveillant, ce qui la fit encore plus enrager.

– Je vous tuerai avant que vous ne preniez possession de mon esprit.

– Franchement, ça m'étonnerait beaucoup. Tous les esprits que je réécris sont connectés au mien. Me tuer, c'est risquer la vie de nombreux innocents. Presque un million de personnes ont mis leur cube à jour, et ce dans plus d'une vingtaine de territoires. Et ceux qui ne l'ont pas encore fait ne tarderont pas à le faire. Êtes-vous prête à les mettre en danger ? À compromettre le tissu même de leur conscience juste pour me voir mourir ?

Elle le fixa du regard, sous le choc.

Affichant un petit sourire, Nero leva le réécriveur comme pour porter un toast.

– À nous !

VINGT ET UN

RHIANNON

RHI SUIVAIT JETH D'UN PAS PRESSÉ à travers les couloirs labyrinthiques du Capitole de Sibu. Julian et Lahna étaient juste derrière elle. Elle n'avait pas eu le temps de prévenir le Pêcheur et Taï Reyanna, mais elle comptait le faire dès qu'elle aurait rencontré les représentants des Planètes-Unies.

Elle n'avait toujours pas digéré ce qu'elle venait de découvrir. Les preuves étaient stockées dans la mousse de culture de Lahna, et elle s'attendait presque à ce que ces horreurs aient réduit la boule à l'état de pourriture.

Rhi aurait dû se concentrer sur ce qu'elle allait révéler aux Planètes-Unies : Nero piratait les cubes, contrôlait les gens, détruisait des vies… Mais elle ne pensait plus qu'à une chose : la voix entendue dans la salle des holos. La voix de Joss.

« Lâche-moi », avait-elle crié.

Rhi n'avait jamais vu d'individu aussi imposant que ce Chram, et sa large carrure remplissait presque entièrement l'étroit couloir. Ils passèrent devant des miroirs, des tables, des plateaux de fruits importés de Nau Fruma et de Fontis. Elle aperçut une coupelle remplie de doms, les baies d'une plante douée de conscience capable de percevoir, ressentir et, selon certains, penser. Elle refusa d'y voir un signe.

– Vous êtes sûrs que c'est le couloir de service, ça ? demanda Julian, surpris.

L'endroit était effectivement opulent, ce qui n'était pas pour rassurer Rhi. Combien d'émissaires des Planètes-Unies Nero avait-il soudoyés en échange de leur soutien ? Combien de diplomates avaient accepté de fermer les yeux ? Le porte-monnaie de Kalu était bien rempli, garni à hauteur de la cupidité des gens qu'il fallait convaincre.

Lahna était tout aussi méfiante que Rhi.

– Jethezar, est-ce que le conseil a été averti de l'arrivée de l'impératrice ?

– Quelques membres clés – des représentants de Derkatz et des principaux astéroïdes du quadrant Desuco. Il valait mieux ne pas prévenir tout le monde, pour des raisons de sécurité. Et au fait : appelez-moi Jeth, plutôt.

– Depuis combien de temps tu travailles pour la résistance… Jeth ?

Lahna devait se faire violence pour utiliser le diminutif de Jethezar, autant que Dahlen la première fois qu'il avait prononcé celui de Rhiannon. Les Fontisians ne se débarrassaient pas des formalités aussi facilement. Ni de leur méfiance.

Le Chram en avait bien conscience.

– Depuis peu. En fait, ça fait moins d'une semaine. Mais je suis un véritable résistant.

– Pourquoi as-tu abandonné l'UniForce ? demanda Julian.

– Quand Nero a accusé Aly de l'avoir tuée, dit-il en faisant un signe de tête vers Rhi, c'est devenu bizarre.

– Tu connais bien Alyosha ? demanda Rhi.

Dans le regard de Jeth, elle lut qu'il y avait un lien entre lui et le bouc émissaire choisi par Nero.

– Si je le connais ? On a fait nos classes ensemble à l'école militaire. J'étais là, sur Rhesto, quand il a diffusé ses souvenirs pour prouver son innocence. Je l'ai même aidé.

– Où est-il, maintenant ? Il va bien ?

Jeth secoua la tête.

– On a été séparés après la diffusion, et je suis resté dans l'UniForce en devenant informateur pour la résistance. Et puis on m'a réaffecté ici. Tout ce que je sais, c'est qu'il s'est échappé d'un camp d'internement sur Nau Fruma. Mais depuis, il a disparu dans la nature.

Le couloir déboucha sur un grand espace faiblement éclairé avec des rideaux de part et d'autre. Ils étaient dans les coulisses de l'amphithéâtre. Rhi était désorientée. Elle entendit le murmure d'une assemblée, et pourtant l'endroit semblait désert. Où étaient les membres du conseil ?

Tout à coup, ils furent éblouis par une lumière vive et Rhi fit un pas en arrière. Ils étaient arrivés par l'arrière-scène, derrière un gigantesque hologramme qui diffusait un compte rendu de la situation. Elle se sentit soudain désespérément minuscule face à ces images de la guerre qui faisait rage dans le système solaire. Inversée, l'horreur était tout aussi absolue qu'à l'endroit.

Rhi eut soudain des sueurs froides. La projection holographique n'était pas totalement opaque et, au travers, elle discerna les représentants de toutes les principales planètes de la galaxie assis dans l'hémicycle. Pouvaient-ils la voir ? Elle espéra que la lumière et les couleurs étaient plus intenses de l'autre côté, la dissimulant complètement.

Elle ne cessait de se demander comment elle allait pouvoir convaincre l'assemblée. Il fallait non seulement que le conseil la croie, mais aussi qu'il croie en elle. De plus, certains politiciens étaient sans doute à la botte de Nero. On lui avait enseigné la diplomatie pour qu'elle sache se faire des alliés, et c'était précisément ce qu'elle n'avait jamais réussi à faire. Il y avait plus de cinquante émissaires aux Planètes-Unies, chacun représentant une nation ou un astéroïde souverain.

0088-A, Abernath, Bazorl, Bbiy… Rhi se mit à réciter dans sa tête les territoires par ordre alphabétique. Son père lui avait appris à le faire quand elle n'était encore qu'une enfant, mais elle s'emmêlait toujours les pinceaux. Joss, elle, les connaissait à la perfection, car la perfection était ce qu'on attendait de l'impératrice qu'elle allait devenir. Rhi avait finalement hérité du trône, mais, une fois de plus, elle n'était pas à la hauteur.

Elle aurait tout donné pour retrouver sa grande sœur. Joss aurait su quoi faire. Joss savait commander avec autorité.

Dans sa poche, la pièce porte-bonheur était lestée de mille regrets.

Honneur. Courage. Loyauté.

Rhi n'avait pas pensé à son *ma'tan sarili* depuis le départ de Dahlen. Elle prit Lahna par la main, entrelaçant ses doigts dans les siens. Elle fut surprise quand Julian lui prit l'autre main. Surprise et reconnaissante.

Une voix grave tonna au milieu des travées.

– La guerre a déjà fait beaucoup trop de victimes. C'est pour cette raison que Nero réclame un cessez-le-feu.

Les œillets localisèrent la personne qui avait pris la parole, et son visage apparut en gros plan sur le holo. Rhi fut parcourue d'un frisson en l'identifiant. C'était l'homme au cache-œil. Le bras droit de Nero. Yendit.

Tout à coup, elle ne se sentit plus capable de convaincre les Planètes-Unies que Nero était un danger. Pas en présence de Yendit, qui était ses yeux et ses oreilles. Elle eut l'impression qu'il était là, présent dans la salle.

– Son cessez-le-feu est une belle foutaise ! cria quelqu'un. La galaxie est envahie par l'UniForce sous couvert du « maintien de la paix ». Et tout ça, c'est à cause du nouveau traité de Nero.

– Nero fait peut-être du zèle, mais les Fontisians sont derrière la disparition de l'impératrice, intervint une femme.

– Les Fontisians ? Est-ce qu'on pourrait en finir avec ces théories complotistes ? lança un autre représentant. Ils ont escorté l'impératrice Rhiannon jusqu'ici pour qu'elle monte sur le trône.

– Je n'en crois pas mes oreilles, ajouta l'émissaire fontisian en se levant, visiblement offensé.

En quelques secondes, l'hémicycle croula sous les invectives.

Rhi prit une grande inspiration. C'était maintenant ou jamais. Elle fit un pas en avant, mais Jeth la retint par le bras.

– Pas maintenant, dit-il. Pas tant qu'ils se disputent.

– Parce que tu t'imagines qu'ils vont l'arrêter ? répliqua-t-elle sèchement en se dégageant. J'en ai assez d'attendre.

Lahna la retint à son tour. Rhi se tourna vers elle. À la vue du visage tendu de la Fontisiane, elle comprit ce qui se passait : on venait les capturer. Elle vit un premier Tasinn apparaître à sa gauche, puis un second à sa droite.

Avant que Lahna puisse décocher une flèche, Yendit émergea de l'obscurité. Rhi pâlit.

En un instant, une vingtaine de gardes les encerclèrent. Il était inutile de tenter quoi que ce soit. Un droïde militaire apparut à son tour et cassa l'arc de Lahna en deux tout en la plaquant au sol. Jeth et Julian connurent le même sort. Rhi voulut tirer son couteau mais un garde lui ramena les mains dans le dos.

Yendit s'avança jusqu'à elle et approcha son visage à quelques centimètres du sien. Dans son œil unique, elle vit qu'il n'y avait qu'une étrange obscurité, un vide terrifiant.

– Rhiannon Ta'an, chuchota-t-il. Nous nous retrouvons enfin.

Le holo vacilla avant de s'éteindre comme un rideau qui tombe, et l'assemblée tout entière put les voir. Des cris de surprise parcoururent l'hémicycle, réclamant des renforts et exigeant la libération immédiate de l'impératrice.

Mais les Tassins ne bougèrent pas.

– Maintiens-la pour qu'elle puisse voir l'amphithéâtre, ordonna Yendit à celui qui tenait Rhi.

Elle lutta mais c'était peine perdue. L'homme faisait deux fois sa taille et lui serrait atrocement les poignets.

– Lâchez-moi. J'ai le pouvoir de vous faire exécuter.

Yendit secoua la tête avec un air amusé.

– Le plus grand pouvoir, c'est le pouvoir de l'esprit.

Elle se figea de terreur. Nero lui avait dit exactement la même chose avant leur allocution commune.

– Que voulez-vous dire ?

Yendit sourit, et son regard changea.

– Être un grand esprit, c'est bien. Être un esprit sans limite, c'est mieux.

Comme au ralenti, les Tasinns se tournèrent vers eux.

– Sans limite, répétèrent-ils à l'unisson.

Rhi comprit intuitivement ce qui se passait : Nero avait pris le contrôle de leurs cubes, et il n'était même pas présent.

Comme un seul, les Tasinns se tournèrent vers l'hémicycle. Comme un seul, ils s'élancèrent dans les travées. Rhi vit un premier émissaire se faire trancher la gorge d'un coup de couteau. Son sang se déversa dans un silence stupéfié.

Puis vinrent les cris.

Des cris peu à peu noyés sous le sang, sous un immense flot de sang.

VINGT-DEUX

RHIANNON

NON.

Quelque chose se réveilla en Rhiannon : l'essence même de celle qu'elle était. C'était de la fierté, de l'obstination, ou alors c'était son âme. Une force s'empara d'elle, la sortit de son cauchemar, lui assura qu'il n'était pas trop tard pour se battre.

Les Tasinns maîtrisaient toutes les techniques d'arts martiaux que Veyron lui avait apprises. Dès qu'elle tentait de se défaire du garde qui la retenait, il faisait exactement ce qu'il fallait pour la neutraliser. Yendit la regardait avec un sourire en coin.

Ce visage, les cris et la peur ne seraient pas la dernière chose qu'elle connaîtrait avant de mourir.

Parce qu'elle ne mourrait pas.

Elle pensa à ce que Veyron lui avait toujours enseigné : avoir trois coups d'avance sur son adversaire.

Trois coups, c'était tout ce dont elle avait besoin.

Elle avait toujours les mains liées dans le dos. Elle inspira profondément et prit appui sur sa cuisse avec un pied, puis sur son torse avec l'autre, ramena ses jambes en arrière et les tendit brusquement, assénant un violent coup de talons au visage de Yendit. Dans le même mouvement, elle bascula violemment la tête en arrière pour attaquer le garde posté derrière elle.

Elle entendit avec satisfaction le nez du Tasinn craquer. Il recula sous l'impact et desserra son emprise.

Rhi sentit que Yendit était déséquilibré et lui adressa un coup de pied retourné en pleine mâchoire. Celle-ci était dure comme du fer et elle eut l'impression de se broyer les os du pied. Quand elle le reposa à terre, la douleur irradia jusqu'en haut de sa colonne vertébrale.

Yendit éclata de rire en mâchant dans le vide.

– Renforcement en alu, dit-il en se frottant la mâchoire.

Il fit un grand pas vers elle et lui donna un coup de poing en pleine poitrine. Rhi vola en arrière, le souffle coupé, incapable de distinguer le haut du bas. Lorsqu'elle retomba au sol, la douleur éclata dans son corps en imitant mille détonations dans un champ de mines. Puis tout devint silencieux ; elle se souvint de la paix qui régnait dans le désert de Nau Fruma et des étoiles qui, là-bas, brillaient dans le ciel nocturne comme nulle part ailleurs.

Julian disait que c'était l'endroit le plus calme au monde. La vie était facile à l'époque. En cet instant, Rhi ne percevait plus que deux choses : les ténèbres et la voix de Yendit.

Puis l'obscurité s'effilocha, laissant quelques lueurs percer. Elle entendait toujours Yendit mais, désormais, il poussait des cris de douleur.

Quelqu'un était en train de s'occuper de lui. Un homme ? Non, pas un humain. Le Pêcheur.

– Un petit coup de main ? tonna-t-il en frappant Yendit au visage, encore et encore.

Il portait son fusil à harpon à la ceinture, mais il n'en avait pas besoin. Le visage du Tasinn était déjà tout gonflé et rouge de sang.

Rhi roula sur le côté et s'agenouilla, incapable de se relever à cause de son pied douloureux. Elle avait encore du mal à respirer. Yendit attrapa le Pêcheur par le cou pour l'étrangler et le plaqua contre un mur, mais il lui enfonça les pouces dans les yeux, et le Tasinn se mit à hurler sans pour autant relâcher son étreinte. Rhi entreprit de ramper vers eux.

Pendant ce temps, Julian et Lahna étaient aux prises avec deux autres gardes. Les cris qui montaient dans l'hémicycle se faisaient chaque seconde moins nombreux, signifiant que le massacre touchait à sa fin. L'endroit baignait dans une odeur de mort – un relent qui pesait dans l'air et compliquait la respiration. Rhi attrapa le couteau que Julian avait laissé tomber par terre et eut l'impression que le sol était inondé de sang.

Julian le lui prit aussitôt des mains et elle ne protesta pas, incapable d'émettre un son. Le Tasinn qu'il avait combattu était allongé par terre. Seule Lahna luttait encore, plaquée au sol par son adversaire.

Rhi savait que Julian maniait le couteau comme si c'était une extension de son bras et qu'il allait faire couler le sang, mais elle ne détourna pas les yeux lorsqu'il planta sa lame dans la nuque du dernier Tasinn. Le garde mourut sur-le-champ, s'effondrant de tout son poids sur Lahna, qui se releva en adressant un rapide merci à Julian. Elle reprit le couteau et essuya la lame sur sa tunique.

Pendant ce temps-là, le Pêcheur maintenait le corps inerte de Yendit tout en lui criant dessus, sans doute pour l'injurier, dans diverses langues.

Jeth était bien amoché, il boitait, mais il était debout, le module de communication du droïde à la main.

– C'est qui ? demanda-t-il en désignant le Pêcheur, et en haussant la voix pour couvrir ses insultes.

– La deuxième personne la plus importante de la galaxie, lança le Pêcheur par-dessus son épaule. Mon boulot, c'est de garder cette morveuse d'impératrice en vie !

Quand il fut convaincu que Yendit était mort, il laissa tomber son cadavre par terre et se tourna vers eux.

– Ah, au fait, la prochaine fois que tu te précipites dans un bain de sang, merci d'en informer le chef de la sécurité, OK ? dit-il à Rhi en l'aidant à se relever.

Elle avait atrocement mal au pied.

– Désolée. On n'avait pas le temps.

– Pas le temps de demander une surveillance rapprochée ? demanda-t-il en levant les bras en l'air. Elle n'est pas censée être intelligente, Rhiannon ?

Il s'était adressé à Lahna, Julian et Jeth en pointant son gros doigt vers Rhi.

– Tu as failli mourir. Si je ne t'avais pas suivie ici...

Il n'eut pas l'occasion de finir sa phrase car un harpon lui traversa le torse. Rhi se serait fait embrocher si Lahna ne l'avait pas tirée en arrière.

– Non ! cria-t-elle à s'en déchirer la gorge.

Julian donna un coup de pied dans la tête de Yendit, dont le cou s'inclina selon un angle improbable, avant qu'il ne retombe inconscient, en s'affalant sur le fusil à harpon du Pêcheur.

Celui-ci s'écroula. Rhi tomba à genoux en lui prenant la main.

– Je te demande pardon, répéta-t-elle tandis qu'il luttait pour garder les yeux ouverts.

– Dans la Ceinture extérieure, on ne s'embarrasse pas avec ce genre de chose, impératrice.

– Je n'aurais pas dû venir ici...

– Peu importe ce que tu as fait ou pas, articula-t-il en crachant du sang. La politique, c'était pas pour moi. Toi, rien ne te fait peur et rien ne t'arrête. Tu vas faire ce qui faut pour la Ceinture extérieure, hein ? Tu vas nous défendre ?

Rhi hocha la tête, résolue. En réponse, il lui serra la main.

– Alors je mise tout sur toi.

Il porta la main à sa ceinture. Il n'en sortit pas une arme, mais le télescope de Julian, qu'elle lui avait donné en échange de son aide, sur Tinoppa.

– Reprends ça. Là où je vais, j'en aurai pas besoin.

Rhi se saisit du télescope et le Pêcheur s'effondra. Elle réalisa l'effort qu'il avait dû faire pour, dans ses derniers instants, se tenir droit et accomplir ce geste de générosité et de pardon. Elle glissa l'objet dans sa poche et éclata en sanglots. Il y avait eu trop de victimes. Trop de victimes en son nom.

Lahna s'agenouilla à côté d'elle et posa ses index sous ses yeux, puis sur les paupières du Pêcheur pour les lui fermer. Julian était plongé dans ce qui ressemblait à une prière.

À côté d'eux, les deux gardes inconscients se contentaient de bredouiller et de tressaillir. Rhi se demanda si Nero passait par un serveur pour infiltrer les esprits. Les Tasinns semblaient incapables de parler ou de communiquer quand ils recevaient un flux de données trop important.

– Je connais une sortie, dit Jeth. Ne restons pas là.

Rhi ne pouvait pas détacher son regard de Yendit, l'homme qui avait tué le Pêcheur. Derrière elle, les Tasinns terminaient leur carnage, continuant à égorger les ambassadeurs un par un, les vidant de leurs entrailles d'un simple coup de sabre. Elle se coupa de cette image morbide et revint à bord du vaisseau de Dahlen lorsqu'ils voyageaient aux frontières du quadrant Desuco. À ce moment-là, l'espace lui avait paru si vaste, elle s'était sentie si insignifiante, elle avait trouvé cela si paisible.

Elle pensa au Pêcheur, qui avait fait sa vie là-bas, capturant des créatures capables de survivre sans lumière ni atmosphère. Elle pensa aussi qu'il ne retrouverait jamais cette solitude, cette paix. Yendit lui avait tout pris.

Elle s'approcha du Tasinn borgne et ramassa le fusil à harpon. Voyant que Yendit était encore vivant, elle arma le fusil et visa le cœur.

– Rhi, intervint Julian en posant une main sur son épaule.

Lahna la rejoignit également. Elle n'arrivait pas à détacher son regard du meurtrier allongé devant elle.

– Si tu le tues de cette manière, il n'y aura rien de noble dans ton geste, dit Lahna.

Rhi se mit à trembler. Son doigt appuyait sur la gâchette, jouant avec la résistance de la détente.

– Bon, la compagnie, faut vraiment y aller ! lança Jeth. Notre ennemi, c'est pas ce mec !

Rhi se rappela que Nero était en liberté. C'était lui l'ennemi, et elle l'avait laissé vivre. Elle ne ferait pas la même erreur une deuxième fois.

Elle baissa son arme. Elle trouverait bien une autre occasion de se charger de Yendit. La priorité, c'était Nero…

QUATRIÈME PARTIE

COURONNEMENT

« Le long et illustre règne de la dynastie Ta'an ne doit pas faire oublier sa tumultueuse accession au pouvoir, il y a douze générations, ainsi que l'affrontement sanglant pour conserver le trône en l'an 928. »

Extrait de *L'Étoile de fer, édition révisée : une histoire de la dynastie Ta'an.*

VINGT-TROIS

KARA

KARA AVAIT LE PLUS GRAND MAL à dormir dans les appartements qui, plusieurs années auparavant, avaient été occupés par ses parents. Elle aurait dû s'y sentir comme chez elle, mais c'était tout l'inverse. La chambre était le sanctuaire d'une vie qu'elle était censée avoir vécue, et le lit avait des airs de lit mortuaire. Deux jours plus tôt, Nero l'avait installée là, dans le palais de Sibu, et depuis elle passait ses journées à suivre une femme dans des pièces vaguement familières, voyageant en terre inconnue, errant comme un fantôme dans une vie passée. Tout cela sous l'œil des gardes.

À la robe de soie qui l'habillait, à l'écharpe élaborée qui lui couvrait la tête, Kara avait deviné que la femme était une Taï. Celle-ci s'appliquait à se mouvoir lentement, à se comporter posément, passant en revue les objets anciens qui décoraient le palais en parlant d'une voix monotone – lui délivrant un cours d'histoire sans passion. Il y avait quelque chose de familier en elle, comme si Kara l'avait déjà rencontrée. Peut-être l'avait-elle connue, mais il était trop tard pour le lui demander. À en juger par l'aspect vitreux de ses yeux, par la qualité assoupie de ses gestes, il était évident qu'elle était sous l'influence du réécriveur.

Intérieurement, Kara n'en finissait plus de remercier Diac pour le neurobloquant – grâce à cette pilule, elle avait l'esprit clair. Nero s'était emparé du réécriveur, mais il n'était pas entré dans sa tête. En tout cas, pas encore.

Prisonnière de ce palais qu'elle ne connaissait plus, Kara rêvait de parler à des gens maîtres de leurs pensées et de leurs idées, et pas à des coquilles vides manipulées par Nero.

Elle passait le plus clair de son temps à pleurer sa sœur. Rhiannon était morte, il ne pouvait en être autrement. Dans leurs derniers instants, les ambassadeurs des Planètes-Unies avaient envoyé des appels à l'aide désespérés : l'impératrice Rhi était en danger, ils étaient tous en danger, les Tasinns s'étaient retournés contre eux.

Morts, ils étaient tous morts.

Il était évident pour elle que Nero était derrière ce carnage, qu'il avait utilisé le réécriveur pour contrôler les Tasinns, les poussant à perpétrer ce massacre abominable.

Ce soir-là, il comptait se servir d'elle. Elle devrait faire une allocution en holo dans laquelle elle mettrait tout sur le dos de Rhiannon. Les Tasinns étaient ses gardes et son corps n'avait pas été retrouvé parmi les cadavres.

Kara n'avait pas d'allié, personne à qui parler – elle était de nouveau seule. Nero lui avait avoué qu'Issa était vivante et qu'elle avait été emprisonnée dans les sous-sols, où elle était sous étroite surveillance.

Son plan était de la libérer et de partir le plus loin possible du palais. Mais que ferait-elle ensuite ? Partout, elle risquerait de tomber sur des gens qui, ayant mis à jour leur cube, seraient sous l'emprise de Nero.

Il fallait trouver la faille dans la sécurité du palais – le moyen de s'échapper sans être vue – et les faiblesses de Nero. Il n'avait pas pu se prémunir de tous les imprévus. Si seulement elle avait été capable de lui ouvrir le crâne pour lire dans ses pensées, se disait-elle.

Elle se souvint avoir dit sensiblement la même chose à Pavel sur Nau Fruma, le menaçant de lui ouvrir la tête pour lui bricoler le cerveau. Que lui avait-il répondu ? Une histoire de transfert de cube à cube…

Elle ne pouvait pas entrer dans la tête de Nero, mais peut-être pouvait-elle faire entrer la tête de Nero dans la sienne.

Elle était persuadée qu'il n'avait pas laissé son cube mourir et qu'il le conservait dans un hôte. Kara se rappela les paroles de Diac : le réécriveur pouvait être préservé dans un organisme vivant, dans un arbre par exemple. Et c'était tout aussi valable pour un cube. Celui de Nero était probablement conservé dans le système racinaire qui avait abrité le réécriveur. Et quel meilleur endroit pour entreposer des racines que la serre du palais ?

Mais où était cette serre ? *Écoute,* se dit Kara. *Utilise ta tête.*

Elle ne se faisait pas d'illusions. Elle ne retrouverait jamais tous ses souvenirs, et certainement pas en haute définition comme avec les souvenirs artificiels. Mais elle espérait qu'un pan de sa mémoire organique était malgré tout inscrit en elle, dans les tréfonds de son cerveau. Lydia lui avait effacé la mémoire avec le réécriveur, mais tout n'avait pas disparu. Elle avait gardé son sens de l'orientation, par exemple, tout comme elle n'avait pas oublié comment faire les choses du quotidien. Peut-être lui restait-il aussi quelques souvenirs du palais de son enfance.

Kara attrapa un presse-papiers sur le bureau de son père – un lourd bibelot qui représentait Kalu – et se faufila dans le couloir. Son arme était des plus basiques, mais elle n'aurait pas à s'en servir si elle passait inaperçue. Et si elle tombait sur un garde, elle pourrait commencer par lui raconter n'importe quoi.

La voie était étrangement libre, comme si tous les gardes avaient été appelés ailleurs. Elle remercia Vodhan, le dieu d'Aly, et s'en voulut de penser à ce dernier. Elle progressa dans les ombres du palais et descendit d'un étage, le bruit de ses pas étouffé par les épais tapis. Elle traversa la cuisine en rasant les murs. Un Tasinn passa dans le couloir, mais elle eut largement le temps de se cacher.

Quand il fut assez loin, elle se glissa dans un garde-manger qui sentait le renfermé. Les étagères étaient vides et la lumière ne fonctionnait plus. Il n'y avait pas de fenêtre, mais il y avait une deuxième porte. Elle l'ouvrit.

De l'autre côté, elle découvrit un escalier sombre et humide qui descendait vers une cave.

En bas des marches, elle sentit qu'un vaste sous-sol s'ouvrait à elle. Un monde parallèle qu'elle avait sûrement exploré dans son enfance. Elle tendit l'oreille, immobile dans le noir. Il y avait un lointain bruit de gouttes qui tombaient – un son qui aurait été apaisant s'il n'y avait pas eu des dizaines de Tasinns prêts à se déployer sur ordre de Nero pour la capturer, lui laver le cerveau, lui ôter son libre arbitre et tout ce qui faisait d'elle un être humain.

Cela ne se finirait pas comme cela. Kara ne se laisserait pas déposséder d'elle-même.

Elle écouta encore. Elle savait qu'elle trouverait un moyen de s'en sortir. Elle devait juste réfléchir. Que savait-elle sur les serres ? Une serre était pourvue d'une toiture en verre pour laisser passer la lumière du soleil, d'une bonne isolation pour conserver la chaleur et d'une bonne exposition – au sud du palais, par exemple. Quoi d'autre ? Il fallait une source d'eau. Les plantes avaient besoin d'eau.

Les gouttes d'eau ! Elle se dirigea vers le son, dans le noir total. Plus elle avançait dans cette direction, plus la mousse sur le sol et les murs s'épaississait, lui rappelant celle, humide et douce, qui recouvrait les pierres sur Luris, dans la forêt, loin du rivage.

Kara progressait à tâtons dans le sous-sol labyrinthique. Lorsque la mousse devenait plus fine au toucher, elle rebroussait chemin.

Le temps pressait. À droite. À gauche. À droite. Encore à droite, puis tout de suite à gauche. L'obscurité se transforma en pénombre. Elle se réjouit, mais la peur refit immédiatement surface. Était-elle revenue à son point de départ ? Elle avança vers la lueur et, levant les yeux, aperçut un filet de lumière encadrant une porte. Elle gravit des marches usées, poussa la porte dans un craquement et découvrit un tapis d'herbes hautes. Un peu plus loin, il y avait la serre.

Le soleil était éclatant, et Kara se demanda comment il pouvait encore briller après les horreurs des derniers jours. L'allée du jardin n'était plus entretenue et était recouverte de verdure. Sans crier gare, un souvenir – ou la réminiscence d'un souvenir – surgit : le parfum sucré des roses. Kara avait gardé une trace de cette odeur, elle se rappelait même la douceur des pétales sous ses doigts, la tristesse qu'elle ressentait lorsqu'ils fanaient et tombaient à la moindre brise. Elle venait de retrouver une bribe de souvenir organique, un vestige de sa vie passée. Intérieurement, elle enragea à l'idée que ces souvenirs ne refassent plus surface que par fragments.

La serre était une gigantesque structure hexagonale tout en verre. Kara aperçut deux Tasinns qui patrouillaient dans le périmètre et se tapit dans la végétation jusqu'à ce qu'ils aient disparu. Puis elle sortit de sa cachette et se précipita vers la double porte, qui s'ouvrit sans résistance.

L'air était humide. De l'extérieur, la serre paraissait bien entretenue, mais l'intérieur était envahi par une véritable forêt, dense et sauvage.

L'endroit était organisé en terrasses. Des jardins suspendus s'élevaient jusqu'au plafond, déversant des cascades de feuilles vers le sol. Kara était déjà venue ici, elle en était certaine. Il était surprenant que Nero ait toléré une végétation aussi débridée, lui qui semblait aimer tout ce qui était manucuré, poli, travaillé plutôt que brut. Peut-être cette nature luxuriante était-elle particulièrement indiquée pour maintenir le réécriveur en vie.

Kara s'aventura dans les allées étroites qui serpentaient entre les colonnes de bacs à plantes et, rapidement, ses bras se couvrirent de sueur, d'humidité et de pollen. Elle atteignit finalement le centre de la serre où, à côté de cerisiers qui levaient leurs branches vers le ciel, une souche grise trônait sur un tas de terre et de gravier semblable au sol de Wraeta.

Kara laissa tomber le presse-papiers et plongea les mains dans la terre. Des morceaux de schiste et des gravillons se plantaient sous ses ongles, la griffant jusqu'au sang. Elle aima l'idée que la terre de Wraeta se mêle à son sang. Elle creusa autour des racines et fouilla frénétiquement, consciente que quelqu'un pouvait débarquer à tout instant.

Puis elle sentit un morceau de métal sous ses doigts : le cube de Nero.

En le déterrant, elle sut qu'elle n'avait plus le choix : elle devait l'implanter dans son propre corps. Ce cube renfermait forcément quelque chose qui lui permettrait d'éliminer Nero une bonne fois pour toutes. Il le fallait.

Sinon la galaxie serait perdue.

Elle arracha complètement le cube de la terre. Ce n'était qu'un morceau de métal pas plus grand que son petit doigt. Des racines roses et blanches en sortaient – les artères conjonctives qui se greffaient au cerveau. Sans organisme auquel se rattacher, elles commencèrent à se tortiller dans tous les sens.

Kara glissa le cube dans la poche de son duhatj et se releva. Un frisson lui parcourut le dos. La pression de l'air avait légèrement changé. Une faible brise faisait bruire les feuilles jusqu'alors immobiles.

Quelqu'un avait ouvert la porte de la serre.

Kara alla se cacher derrière les cerisiers. Elle entendit un bruit de bottes – un Tasinn, cela ne faisait aucun doute – se rapprocher lentement. Les pas remontaient l'allée qui menait à la souche. Elle perçut aussi le ronflement d'un droïde – probablement un modèle militaire qui tirerait à vue avec son taser.

Le son était proche, toujours plus proche. À quelques mètres d'elle…

Dans l'urgence, Kara prit la décision de quitter sa cachette. Elle se mit à courir, bouscula le soldat et continua vers la sortie. Elle eut tout juste le temps de voir qu'il était grand et vêtu d'un uniforme. Elle entendit les bips du robot quelque part devant elle. Ce n'était pas un bruit de droïde militaire, mais elle n'avait pas spécialement envie de le vérifier, alors elle quitta l'allée principale et se retrouva dans d'étroits méandres de verdure qu'elle traversa à toute allure. Elle n'était plus qu'à quelques foulées de la porte lorsqu'un deuxième soldat lui bloqua le passage et la plaqua au sol, sur le dos.

Elle roula sur le côté avant qu'il ne l'immobilise, mais il parvint à lui attraper les jambes. Elle se débattit sauvagement, donnant des coups de pied pour se libérer. Cela ne pouvait pas s'arrêter là. Elle avait le cube de Nero. Elle était à deux doigts de se sauver, elle, et de sauver la galaxie.

– Kara ? C'est toi ? C'est bien toi ?! s'exclama le garde.

Kara connaissait cette voix.

– Aly ?

VINGT-QUATRE

ALYOSHA

– JE… JE PENSAIS QUE TU ÉTAIS MORTE, Aly, qui se croyait presque dans un rêve – la serre, l'humidité, le paysage luxuriant, Kara qui se tenait devant lui, vivante, plus belle que jamais. J'ai vu ton… cadavre, ajouta-t-il.

Il remarqua qu'elle avait changé. Ce n'était pas uniquement ses yeux, sa peau, ses cheveux et son parfum, mais aussi son essence même. Et en même temps, il la reconnaissait parfaitement. Il fut frappé par une évidence déchirante : il l'aimait. Il l'aimait et il l'avait abandonnée…

– Eh bien ce n'était pas moi, dit-elle.

Pavel s'avança lentement et ouvrit son compartiment de stockage pour en sortir une rose fraîchement cueillie.

– Saviez-vous que les roses des jardins du palais n'appartiennent pas à une variété indigène de Kalu ?

Kara esquissa un petit sourire, mais Aly vit tout de suite qu'elle se forçait.

– Merci, Pavel.

Elle prit la rose et la porta à son nez distraitement.

– S'il te plaît, dit Aly en lui prenant les mains.

Il avait les paumes glissantes de sueur. Tout ce qu'il voulait, c'était que Kara le regarde. Là, elle comprendrait que jamais il ne l'aurait abandonnée.

– S'il te plaît, Kara. Il faut me croire. Si je… si j'avais su, je ne serais jamais parti de Nau Fruma. Demande à Pavel, je…

– Ça n'a plus aucune importance.

Aly fut soulagé de voir qu'elle ne retirait pas ses mains.

– Qui es-tu ? demanda-t-elle au soldat qui accompagnait le Wraetan.

– Mon nom est Dahlen, répondit celui-ci simplement. Et toi ?

Elle eut un moment d'hésitation.

– Kara, répondit-elle.

– Princesse Josselyn, dit Aly au même moment.

– Les deux, intervint Pavel.

Dahlen leva un sourcil.

– Maintenant que les présentations sont faites, peut-être pourrions-nous garder cette scène de retrouvailles pour plus tard. Nous sommes venus pour tuer Nero.

– OK, mais c'est pas toi qui vas nous guider jusqu'à lui, répliqua Aly. Pavel l'a localisé ici.

Kara regarda Dahlen et Aly.

– Vous êtes venus tuer Nero ?

– N'est-ce pas ce que je viens de dire ? répliqua Dahlen avec irritation.

L'amabilité personnifiée, celui-là… pensa Aly.

– Il y a quelques jours, intervint Aly, la Coalition a détecté le signal du cube de Nero, alors qu'il était protégé par un firewall depuis des années. On l'a suivi jusqu'ici.

– Combien de Tasinns avez-vous tués ?

– Neuf, répondit Dahlen. Tous ceux qu'on a croisés. Nous avons remonté la piste de Nero jusqu'à cette serre.

Il regarda autour de lui comme si Nero allait se matérialiser dans l'air. Kara prit une grande inspiration avant de parler.

– Vous n'avez pas remonté la piste de Nero, mais celle de son cube.

Aly la fixa d'un air interloqué.

– Nero s'est implanté le réécriveur, reprit-elle. Il l'a échangé contre son cube. Il saura bientôt. Il sait peut-être déjà.

– Il sait quoi ? demanda Aly.

Kara esquissa le petit sourire qu'elle faisait quand elle comprenait quelque chose avant les autres. Aly était soulagé de reconnaître ce sourire. Voilà une chose qui n'avait pas changé chez elle. Il fut vite rappelé à la réalité lorsque Kara leur montra ce qu'elle avait dans sa poche.

– Que j'ai volé son cube.

Tous trois – quatre avec Pavel –, traversaient les couloirs du palais, librement car Dahlen et Aly avaient dégagé le terrain. Les Tasinns qui gardaient l'aile résidentielle du palais étaient désormais entre les mains de Vodhan.

Gauche, droite, gauche, Aly ne distinguait plus le nord du sud, tant les dédales du palais étaient sans fin, s'efforçant de suivre tout ce que Kara était en train de raconter : le message qui l'avait menée sur Ralire, sa conversation avec Diac, Nero qui déterrait le réécriveur sur Wraeta. Son cœur se serra quand elle évoqua le massacre des représentants des Planètes-Unies.

– N'es-tu pas inquiète de savoir que Rhiannon a disparu ? s'enquit Dahlen.

– Bien sûr que je suis inquiète.

Elle ouvrit une porte et les guida en bas d'un nouvel escalier.

– Je ne sais pas si elle a réussi à s'échapper, si elle est morte ou si elle a décidé de fuir loin de tout ça… continua-t-elle.

– Non, soutint Dahlen avec force . Rhi ne ferait jamais une chose pareille.

Aly fut surpris de l'entendre utiliser ce diminutif.

Ils avaient atteint un sous-sol sombre et lugubre. Partout, il y avait des meubles passés de mode depuis la Grande Guerre. L'atmosphère était oppressante. Instinctivement, Aly se mit à marcher sur la pointe des pieds.

Kara baissa la voix, chuchotant presque :

– Nero veut que je fasse une allocution holo dans laquelle je l'accuserais d'avoir perpétré le massacre. Je ne peux pas faire ça.

Kara inspectait chaque pièce, manifestement à la recherche de quelque chose. Derrière les portes, il y avait des caveaux inutilisés, des chambres vides visiblement destinées aux domestiques et aux prisonniers.

– Si, tu peux le faire, dit Aly, qui échafaudait un plan.

Il faut utiliser les mêmes stratégies que Nero, l'affronter sur son terrain, là où il se sent en sécurité.

– Comment ?

Elle ouvrit une porte qui donna sur une nouvelle pièce vide. Elle soupira, apparemment déçue.

– Il faut que tu fasses cette allocution, mais en envoyant un message caché à Rhi. Il faut qu'elle comprenne que tu es avec elle, que tu la crois, alors que tu lui dis le contraire.

– Même si Rhiannon revenait, qu'est-ce que cela changerait ? demanda Dahlen.

– Si ça marche, on aura deux sœurs, réunies pour dénoncer Nero d'une même voix. Il n'aura pas d'autre choix que de revenir pour réaffirmer sa toute-puissance. Là, on met Kara et Rhiannon en sécurité, et on le tue.

– Pas question, déclara Kara avec fermeté.

– Comment ça, pas question ?

Aly vit qu'elle avait des flammes dans les yeux – les mêmes que lors de leur première rencontre.

– Je suis impératrice, à présent. Je ne peux pas fuir mon trône et mes obligations. Je dois faire une croix sur le plan que j'avais en tête et sur ce que je voulais – ou croyais vouloir.

– Kara… commença-t-il.

Il sentait qu'elle avait besoin de quelqu'un à ses côtés après avoir traversé tant d'épreuves sans personne à qui parler.

– De toute façon, l'interrompit-elle, quoi qu'il arrive, Nero ne doit pas mourir.

– Personne ne mérite de mourir plus que lui, intervint Dahlen posément.

Kara poussa un soupir.

– Il a le réécriveur, ce qui signifie qu'il est connecté aux esprits d'innombrables innocents. S'il meurt, tous ces gens seront au mieux Ravagés.

– Ravagés ? Comment tu le sais ? demanda Aly.

– Il me l'a dit, répondit-elle sur la défensive.

– Il n'est pas utile de croire ce qui sort de la bouche d'un fou, objecta Dahlen.

– Mais s'il a dit la vérité ? s'inquiéta Aly.

Tout à coup, il se sentait mal à l'aise en se souvenant de tous les gens qu'il avait déçus ou abandonnés : les habitants du Wraexode, les prisonniers sur Houl, ceux sur Nau Fruma. Et Kara.

– Il faut évaluer tous les risques. La plus grande menace, c'est Nero équipé du réécriveur.

– On est d'accord, acquiesça Kara en ouvrant une autre porte.

De l'autre côté, il y avait une pièce remplie de barriques d'hydromel. Elle referma aussitôt la porte.

– S'il y a une once de vérité dans ce qu'il dit, reprit-elle, si tant de personnes courent un tel danger, il faut mettre le maximum de chances de notre côté.

– Je ne te suis pas, impératrice, dit Dahlen. Que proposes-tu ?

Ils arrivaient au bout du couloir. Kara fit volte-face pour regarder le Fontisian droit dans les yeux.

– J'ai son cube. Je vais m'y connecter.

Pendant une seconde interminable, ils restèrent silencieux. Même Pavel ne trouva rien à dire.

– C'est de la folie ! s'étrangla finalement Aly. C'est beaucoup trop dangereux. Et pourquoi tu ferais ça ? Pourquoi pas l'un de nous ?

– Parce que je peux approcher Nero, et pas vous. C'est moi qui le tuerai. Son cube, c'est ma garantie.

– Quelle garantie ? demanda Dahlen.

– La garantie qu'il ne me tuera pas tout de suite. Si je meurs, son cube mourra avec moi. Ça le fera peut-être hésiter. Suffisamment pour me donner l'avantage.

Il y eut encore quelques secondes de silence avant que Pavel n'intervienne finalement.

– Il y a un précédent dans le transfert de cube à cube, indiqua-t-il. Il existe une procédure pour léguer ses souvenirs aux membres de sa famille avant sa mort…

– C'est ça, lança Kara en se retournant vers les trois dernières portes du couloir. C'est plus ou moins la même chose.

Aly se demanda soudain ce qu'elle cherchait dans ce sous-sol. Mais il ne lui posa pas la question. Tout se bousculait dans sa tête.

– On peut aussi penser que ce n'est pas du tout la même chose, avança-t-il. Deux âmes qui transfèrent délibérément des souvenirs de cube à cube, ce n'est pas pareil que… *ça*.

Il n'arrivait même pas à qualifier une telle opération. Il sentait juste que c'était mal.

– Toi, tu l'as fait, remarqua Dahlen. Sur Uustral.

– C'était un module de NX, rétorqua Aly. Pas un cube d'humanoïde. En plus, je l'ai fait dans un bloc médical.

– Kara aura besoin d'un médecin spécialisé, observa Pavel. Vraisemblablement, la procédure nécessitera de fusionner le cube de Nero et le sien…

– Je connais quelqu'un qui saura faire ça, dit Kara en ouvrant une porte.

Aly observa par-dessus son épaule. Encore une pièce vide. Elle le poussa pour progresser dans le couloir.

– Tu « connais quelqu'un » ? Quelqu'un de qualifié pour une greffe de cube ? lança-t-il. C'est un acte de chirurgie extrêmement complexe.

– Complexe, et illégal selon les accords du G-1K, précisa Pavel en suivant Kara.

– C'est ça : illégal, dangereux et complexe, détailla Aly en énumérant sur ses doigts.

Kara enfonça la dernière porte du couloir. Une Wraetane armée d'une chaise se rua sur eux, faisant voler ses longues tresses dans tous les sens.

Instinctivement, Aly s'interposa et Dahlen s'élança vers la fille enragée, mais Kara poussa Aly sur le côté pour agripper le Fontisian.

– Dahlen, arrête ! cria-t-elle.

La fille laissa tomber la chaise et leva les mains en l'air. Elle ouvrit de grands yeux en regardant le Fontisian qui s'apprêtait à lui arracher la tête.

– Il t'en a fallu, du temps ! lança-t-elle.

Elle s'adressait à Kara, mais elle ne quittait pas Dahlen des yeux.

– Les gars, je vous présente Issa, déclara Kara.

Issa avait mis ses mains sur ses hanches au moment où Kara la présentait. Aly aperçut un écusson de médecin sur son uniforme.

– Ma chirurgienne, ajouta Kara.

VINGT-CINQ
RHIANNON

APRÈS AVOIR TUÉ VEYRON, Rhi s'était aussitôt attelée à préparer l'assassinat de Seotra, le régent qu'elle croyait responsable du complot en réalité fomenté par Nero. « Tu ne sais rien de la mort, lui avait dit Dahlen peu après, sur son ton condescendant. Tu en sais autant que la plupart des gens, c'est-à-dire pas grand-chose. »

Désormais, elle comprenait à quel point il avait raison. Prendre la vie d'un homme ne donnait pas une connaissance intime de la mort. Pas plus que perdre sa famille. Elle était passée par là. Orpheline, elle avait connu l'absence, cette sensation de vide, de tristesse accablante virant à la colère qui s'insinue en soi comme un venin.

Si elle avait appris une chose, c'était que la mort appelait la mort. Le massacre du conseil des Planètes-Unies l'avait prouvé de la plus sanglante des manières trois jours plus tôt. Rhi était profondément ébranlée par la mort du Pêcheur.

Dans les rues de Sibu, les manifestations s'intensifiaient chaque jour un peu plus. Dans certains territoires neutres de la galaxie, des émeutes éclataient. Tout le monde avait entendu parler du massacre, personne ne désignait le même responsable, mais tout le monde était d'accord : le coupable devait payer.

Rhi était en fuite. Elle se trouvait lâche, mais Jeth et Lahna avaient insisté pour qu'elle s'éloigne le plus possible de Nero. Julian, lui, n'avait pas donné son avis. Il n'avait d'ailleurs pas prononcé un mot depuis le massacre. Mais Rhi voyait bien qu'il écumait de rage, d'autant plus qu'il semblait avoir compris le véritable rôle de Nero dans la mort de Veyron. Épuisés, ils avaient foncé à travers le quadrant Bazorl pour s'éloigner de Kalu.

Quant à Nero, il ne tarderait pas à intervenir dans les holos pour montrer à quel point il était horrifié par le carnage qui avait coûté la vie aux représentants des Planètes-Unies, et surtout pour en accuser Rhi, tout comme il avait accusé Aly et Seotra d'assassinats qu'il avait lui-même orchestrés.

Rhi regrettait de ne pas avoir écouté Dahlen. « Ses promesses sont des pièges, et je pensais que tu ne tomberais pas dedans », lui avait-il dit. Le fragile cessez-le-feu n'avait été qu'une manœuvre de plus de Nero pour mettre la main sur l'outil technologique qui lui permettrait de prendre le contrôle des Tasinns.

Jeth les avait emmenés sur Elsse, un minuscule avant-poste lunaire proche de Fontis, où ils se cachaient en attendant le passage de la flotte de l'UniForce dans le quadrant.

À sa demande, Lahna avait entrepris d'apprendre à Jeth à tirer à l'arc. Du coin de l'œil, Rhi aperçut une flèche voler à travers une enfilade de cibles holographiques avant de se loger dans le tronc d'un arbre, trente mètres plus loin. Lahna adressa un hochement de tête satisfait au Chram lorsqu'il lui rendit son arc. Ils se mouvaient de la même façon, soldats dans l'âme, et chacun de leurs gestes était mesuré. L'attaque du conseil semblait les avoir rapprochés. Témoin de cette camaraderie, Rhi comprit qu'elle savait bien peu de choses de la guerre.

Elle se mit en équilibre sur les mains et, après quelques secondes d'instabilité, trouva l'équilibre parfait. Des gravillons et des touffes d'herbe lui rentraient dans les paumes, mais c'était sa manière de faire le calme en elle, de rester concentrée et de soulager son pied douloureux. Pour autant, elle ne pouvait s'empêcher de ressasser les erreurs qui l'avaient menée ici. Ses choix entraînaient la mort. Beaucoup de gens la haïssaient, mais personne ne la haïssait autant qu'elle-même.

Le sang affluait à son cerveau et ses bras commençaient à faiblir. Elle se sentit perdre l'équilibre, mais elle se redressa.

– Tu ne tenais jamais très longtemps, dit Julian.

Surprise, elle perdit l'équilibre et s'écroula dans l'herbe. Allongée par terre, elle se tourna vers la silhouette de Julian à contre-jour.

– C'est toujours le cas, répondit-elle.

Julian lui tendit la main pour l'aider à se relever, et elle l'attrapa avant qu'il ne change d'avis. Une fois debout, elle prit appui sur son pied blessé et grimaça de douleur. Autrefois, ils aimaient se défier à l'équilibre à l'extérieur du palais, dans le sable instable. Cet autrefois ne remontait qu'à quelques mois. Tant de choses avaient changé depuis.

Elle avait cependant l'impression que le Julian qu'elle connaissait refaisait surface. C'était ce qu'elle avait ressenti lorsqu'ils avaient neutralisé ensemble le droïde militaire. Dans son regard, elle crut voir qu'elle comptait encore pour lui. Personne ne la connaissait mieux.

Il prit le télescope attaché à la ceinture de Rhi.

– Je pensais ne jamais le revoir.

– Pardon de m'en être séparée. Je l'avais troqué contre l'aide du Pêcheur.

– Ce qui compte, c'est que tu l'aies récupéré, dit Julian en haussant les épaules.

Le télescope était de nouveau à elle, mais à quel prix…

– Enfin… désolé pour ton ami, reprit-il.

– Ça…

Elle laissa sa phrase en suspens en réalisant que son « ça va » n'aurait pas été sincère.

– Tu m'avais dit que tu me le prêtais jusqu'à ce qu'on se revoie, conclut-elle.

– Tu peux le garder quand même.

Julian baissait la tête. Ses cheveux auraient dissimulé entièrement son visage s'il ne les avait pas coupés. Rhi se demanda s'il pourrait un jour la regarder sans penser à Veyron. Elle avait tué le père de son meilleur ami – enfin, de son ex – meilleur ami. Elle ne savait plus qui il était pour elle.

Que lui avait-elle donné à part de la colère ? Une colère qui montait en elle, qui débordait de son cœur jusqu'à l'irradier entièrement, écrasant tout, même sa joie.

Pendant des années, Rhi n'avait vu le monde que par le prisme de sa vengeance, chaque instant la rapprochant d'un dénouement sanglant. Elle s'était choisi un destin qui l'avait menée ici, mais entre-temps elle avait perdu beaucoup de proches – ils étaient morts ou ils l'avaient abandonnée. Tout cela pour rien. Il lui faudrait demander pardon auprès de ceux qu'elle avait blessés.

Elle prit une grande inspiration.

– Je m'excuse, Julian. Je ne m'excuserai jamais assez.

Des paroles ridicules et vaines, mais que dire d'autre ?

Julian se mit à dessiner des lignes dans la terre du bout du pied, les mains dans les poches. Il faisait toujours cela quand il réfléchissait, comme si son cerveau était hyperactif et qu'il lui fallait évacuer le trop-plein d'énergie en faisant deux choses en même temps.

– Je sais, dit-il, rompant le silence.

Il croisa finalement son regard. Il était pensif, concentré – dénué de haine et de mépris. Elle voulut y voir un début de réconciliation. Peut-être ne lui pardonnerait-il jamais d'avoir tué son père, mais se pouvait-il qu'il…

– Rhiannon !

Rhi se retourna, interrompue dans sa réflexion. Jeth et Lahna couraient vers eux. Visiblement, il y avait urgence. Jeth tenait un projecteur holographique dans sa main.

La peur s'empara de nouveau de Rhi.

– Que se passe-t-il ? demanda-t-elle.

Pour seule réponse, Jeth fit apparaître un holo devant le paysage d'herbes hautes et de collines ondoyantes. Et Rhi vit sa sœur – une image aux contours flous traversée par la lumière du soleil. C'était une vision irréelle, comme si un ancêtre était revenu d'entre les morts. Josselyn était bel et bien ressuscitée. En dessous, il y avait un bandeau qui disait : L'AÎNÉE DES TA'AN BIEN VIVANTE.

Sans réfléchir, Rhi tendit la main vers sa sœur. Ses doigts traversèrent l'image.

– Joss…

Le holo sembla se dissiper au contact de Rhi, puis se reforma. On y voyait un présentateur – un élégant Kalusian de la Nouvelle Vague qui imitait Nero, jusqu'au petit bouton poli sur le col de sa chemise immaculée.

« La princesse Josselyn Ta'an est réapparue après six ans d'absence. L'annonce a été faite après un test ADN ayant confirmé son identité… »

Là, des images de Joss dans le palais défilèrent. Elle était belle. C'était la femme que sa sœur serait devenue. *Était devenue,* se corrigea Rhi.

Joss était donc vraiment vivante.

– Elle est rentrée…

Josselyn était revenue, répondant à son appel, mais le désordre politique était grand et Rhi n'était plus à Sibu. C'était le pire moment pour réapparaître.

Elle aurait pu rire et pleurer en même temps. C'était ce qu'elle avait toujours voulu sans le savoir : retrouver sa sœur, mais aussi gagner une alliée haut placée. Joss la protégerait comme elle l'avait toujours fait. Ensemble, elles vaincraient Nero.

Josselyn répondait aux questions d'un autre animateur, un humanoïde de la Ceinture extérieure à la peau bleue et aux yeux reptiliens.

« Où étiez-vous, Josselyn ? »

« À l'abri. C'est tout ce que je peux dire sans mettre des gens en danger. Ils se sont occupés de moi, et je leur en suis reconnaissante. »

Joss dégageait de l'assurance et de l'empathie.

« Vous avez traversé une période d'amnésie. Quand avez-vous retrouvé la mémoire ? Quel souvenir est revenu en premier ? »

Les pupilles de l'animateur se dilataient à chaque fois qu'il posait une question.

Joss ouvrit la bouche, avant de la refermer – son premier signe d'hésitation. Rhi avança d'un pas, impatiente d'entendre sa réponse.

« C'était un souvenir de mon père me prenant la main… »

Rhi fut déçue. Elle aurait aimé que ce soit un souvenir d'elle…

« Rhiannon demandait votre retour. Pourquoi ne pas être revenue immédiatement ? »

« Sauter dans le premier vaisseau et traverser trois zones en guerre ? »

Ton ironique et ferme, menton levé : c'était la Joss dont Rhi se souvenait. Un sentiment de fierté monta en elle.

« Où j'étais, comment je suis revenue, ça n'a pas grande importance. Ce qui compte, c'est que je suis de retour. La galaxie souffre. »

Joss cligna des yeux, fermant les paupières un quart de seconde. Ses cils noirs dessinèrent un éventail majestueux en haut de ses larges pommettes.

– Elle est si belle, lâcha Rhi. Elle l'a toujours été.

– J'ai l'impression que je la connais, dit Jeth.

– On la connaît tous, lança Lahna. C'est l'impératrice.

Rhi eut un pincement au cœur. Elle qui détestait qu'on l'appelle « impératrice » était maintenant dépossédée de son titre. Lahna dut s'en apercevoir, car elle lui serra la main.

– Excuse-moi, chuchota-t-elle en la relâchant.

– C'est pas ça, insista Jeth en observant le holo. Elle me rappelle vraiment quelqu'un…

– À moi aussi… dit Julian.

– Elle ressemble à Rhiannon ? remarqua Lahna.

– Un peu, mais il y a autre chose, répondit Jeth en fixant le holo de ses yeux blancs.

Julian s'éclaircit la voix.

– Vous pensez qu'on peut lui faire confiance ?

– Qu'est-ce que tu insinues ? demanda Rhi, étonnée. Pourquoi ne lui ferait-on pas confiance ?

Elle se tourna vers Jeth et Lahna pour qu'ils l'appuient, mais ils ne lui offrirent que deux visages impassibles.

Julian haussa les épaules.

– Son retour tombe un peu à pic, c'est tout.

– À pic ? C'est la guerre !

Rhi regarda de nouveau le holo. Joss était interviewée dans le grand foyer du palais. Tout semblait avoir été minutieusement préparé, répété, mis en scène. Maintenant qu'elle y pensait, tout était trop parfait.

« Vous avez parlé de la galaxie qui souffre, dit l'animateur. Je suppose que vous faites référence au récent massacre des représentants des Planètes-Unies, n'est-ce pas ? »

Joss hocha la tête.

« C'est une tragédie horrible et sans précédent. Je n'avais pas d'autre choix que de revenir à Sibu. »

« Pour régner aux côtés de votre sœur ? »

« Non, répondit-elle en fixant intensément la caméra. Pour régner à sa place. »

Lahna retint sa respiration et Jeth mit le holo sur pause. Joss se figea, la tête penchée sur le côté, les yeux – l'un marron, l'autre noisette – rivés sur Rhi.

– Reviens un peu en arrière, lança Julian.

– Je crois que Rhi a besoin d'un break, signala Jeth.

– Reviens en arrière ! insista Julian.

Voyant le Chram refuser, il lui arracha le projecteur des mains et se mit à repasser le moment en boucle. Rhi reçut plusieurs fois la même claque : sa sœur annonçait publiquement qu'elle allait la détrôner.

– C'est du sadisme ? intervint Lahna.

– C'est la fille du dojo ! s'écria soudain Julian. Elle a quelque chose de différent, mais je reconnais sa voix. Je croyais que c'était toi, Rhi, qui l'avais envoyée. Parce qu'elle avait ta pièce.

Rhi la sortit instinctivement, et Julian la saisit pour l'examiner.

– C'était la même, mais rouillée. C'est la fille du dojo. Elle a réussi à voler un message destiné à mon père. Ce qui veut dire qu'elle est soit avec la résistance…

– Soit contre la résistance, compléta Jeth. Les gars, je crois que c'est pas tout. J'ai trouvé à qui elle ressemble : c'est la fille qui voyageait avec Alyosha.

– Le soldat accusé de mon assassinat ? demanda Rhi.

Cela semblait impossible. Comment sa sœur pouvait évoluer dans un cercle de soldats, de réfugiés et de loyalistes alors qu'elle venait tout juste de refaire surface ?

– Julian, laisse le holo jusqu'au bout, exigea-t-elle.

« Bien que ça me peine, déclara Josselyn, j'ai des raisons de penser que les Tasinns ont mené l'attaque sur ordre de… »

Là, elle cligna des yeux.

«… ma sœur, Rhiannon Ta'an. Si c'est le cas, j'ai honte pour moi et mes ancêtres. »

Jeth lâcha un juron.

Rhi eut l'impression de recevoir un coup de poing dans le ventre.

Joss l'accusait du massacre.

Le pire était que c'était tout à fait vraisemblable. En principe, les Tasinns étaient censés être exclusivement à son service. Le piège s'était refermé sur elle sans qu'elle ait rien vu venir.

Joss croyait-elle vraiment Rhi capable d'une telle chose ? Ou travaillait-elle main dans la main avec Nero ?

L'hologramme donnait l'illusion que Joss était là, avec eux, et qu'elle fixait Rhi du regard.

« Je profite de cette opportunité pour te dire, Rhiannon, au cas où tu serais vivante, que j'entends bien faire justice aux victimes de cet horrible massacre. Le coupable, quel qu'il soit, devra rendre des comptes. »

Sa voix et son visage dégageaient une sérénité inébranlable. Elle ne montrait aucun signe d'agitation, si ce n'était qu'elle jouait avec un anneau qu'elle portait au pouce.

« Dois-je comprendre que vous accusez publiquement votre sœur ? »

« Tout à fait, répondit-elle avant de regarder droit dans l'objectif de la caméra. Rhiannon, rends-toi immédiatement ou ne reviens jamais. Il faut être prêt à emprunter le chemin le plus difficile si c'est celui de la droiture. »

Rhi sentit ses yeux s'embuer. Elle souffla, tenta de se remettre les idées en place. *Honneur. Courage. Loyauté.*

« Je ferai bientôt une nouvelle annonce qui, j'en suis sûre, redonnera espoir à la galaxie », poursuivit Josselyn en jouant toujours avec son anneau.

Tout à coup, Rhi décela un signe, un message… l'anneau.

C'était celui de Dahlen.

Joss était avec Dahlen, et Rhi réalisa que sa sœur avait distillé des messages cachés.

« J'entends faire justice. »

« Le coupable devra rendre des comptes. »

Et, surtout, la phrase que Dahlen avait dite à Rhi avant

de partir : « Il faut être prêt à emprunter le chemin le plus difficile si c'est celui de la droiture. »

Josselyn et Dahlen avaient un message pour Rhi : ils allaient tuer Nero, et ils l'invitaient à les rejoindre.

Joss se mordit la lèvre, et Rhi la reconnut enfin. C'était la sœur dont elle se souvenait, celle qui s'amusait à la torturer, à l'ignorer, celle qui l'avait incitée à trouver toute seule la sortie du souterrain, qui lui avait appris à faire la roue, à faire des avions en papier. Elle était revenue pour elle.

Loyauté. Cette qualité faisait aussi partie de son *ma'tan sarili.*

– Nero l'a forcée à donner cette interview, dit Rhi en s'adressant au groupe. C'est ce qu'elle me fait savoir en portant l'anneau de Dahlen.

– C'est bien son anneau, mais ne sommes sûrs de rien, argua Lahna. Ta sœur a voyagé avec Alyosha, un gars pas très net qui a d'ailleurs disparu dans la nature.

Issa échangea un regard avec Jeth : celui de la Wraetane était plein de férocité, celui du Chram rempli d'incertitude.

– Et elle a volé un message important, d'après Julian.

– C'est vrai, on n'est sûrs de rien, acquiesça Rhi avec fébrilité.

Elle avait d'abord douté de sa sœur. À part le trône, quelles raisons l'avaient poussée à réapparaître ? Elle s'était sans doute dit qu'elle avait peur, qu'elle avait connu l'enfer, que remonter sur le trône était la plus sage décision dans un monde en guerre.

– Mais c'est pour ça que la foi existe. Pour offrir clarté et conviction dans un monde troublé par l'incertitude.

Elle pensa à Dahlen, regrettant qu'il ne soit pas à ses côtés.

Elle se contrefichait que ses propos paraissent pleins d'innocence. Elle était sûre de son intuition, sûre d'elle comme jamais. Joss était venue pour la guider, et elle devait lui faire confiance.

Plus personne ne parlait. Rhi savait ce que les autres pensaient : retourner à Kalu était suicidaire. Mais elle ne renoncerait pas, pas maintenant. Joss avait besoin qu'on l'aide, qu'on la protège de Nero.

Elle avait besoin d'une famille.

– Alors, qu'est-ce qu'on fait ? demanda finalement Julian.

Une bouffée d'espoir monta en Rhi, et cet espoir lui donna de la force. Pour la première fois depuis ce qui semblait une éternité, elle sourit.

– Josselyn me dit de me rendre ou de ne jamais revenir à Kalu, observa-t-elle. Mais je ne l'écoutais jamais quand elle me donnait des ordres.

VINGT-SIX

KARA

KARA ET ALY ÉTAIENT ACCROUPIS dans un tunnel, prêts à accomplir quelque chose qui les dépassait et qui changerait le cours de la guerre. Mais Kara n'arrivait à se concentrer que sur Aly – son sourcil entaillé d'une coupure, sa bouche dont un coin était légèrement plus relevé que l'autre. Elle avait l'impression de se tenir à l'embouchure de ce tunnel comme à l'orée du reste de sa vie. Tout allait bientôt changer. Tout avait déjà changé.

Les parois commencèrent à se dissoudre autour d'elle. C'était soudain, irrémédiable, en réaction à quelque chose qu'elle avait fait – on la punissait pour avoir manqué de concentration sur ce qui importait. Aly lui prit la main pour l'entraîner hors du tunnel et, brusquement, le monde changea autour d'eux. Elle sentit un corset lui enceindre le buste comme un étau, comme un instrument de torture. Ils se retrouvèrent au sommet des mille marches menant au palais des Ta'an à Sibu. Elle baissa les yeux et vit sa robe de soie rouge s'étendre sur plusieurs mètres. L'habit se déployait et s'agitait dans tous les sens. Elle avait l'impression de flotter sur une mer déchaînée. Les eaux rouges l'arrachèrent à Aly, et elle s'en voulut d'avoir laissé échapper sa main.

Kara tenta de le rejoindre à la nage en se débattant dans la soie, mais le tissu devint rêche. Il la griffa jusqu'à ce qu'elle saigne de la même couleur que la mer. Elle aperçut un vaisseau en feu qui traversait le ciel au-dessus de sa tête. Il perdait des morceaux de carlingue. Elle distingua un visage derrière l'un des hublots. Son vrai visage, celui de Josselyn, le regard planté sur elle tandis que l'appareil se précipitait vers la mer.

« Non ! » tenta de hurler Kara.

Elle se réveilla en poussant un cri. Issa l'avait opérée. Son cou la brûlait et des muscles qu'elle ignorait avoir lui faisaient mal jusqu'à l'épaule. Un foret semblait lui percer le crâne ; elle réalisa, déçue, que l'intervention chirurgicale ne l'avait pas guérie de ses migraines. Elle devrait continuer à vivre avec. Il n'y avait pas de cure miracle.

Elle voyait flou, mais elle discerna une silhouette qui s'approchait de son lit. Issa. La Wraetane se pencha sur elle, ses tresses effleurèrent son visage.

– On dirait que les rôles se sont inversés, dit Issa.

Elle portait une chemise militaire dont les deux derniers boutons étaient ouverts et, en dessous, un tee-shirt blanc. Elle tenait un collier de prière dans la main, mais l'opération s'était visiblement bien déroulée.

– Combien de temps suis-je restée inconsciente ? demanda Kara en se redressant.

Elle réalisa qu'elle avait mal partout, mais s'interdit aussitôt de le montrer. Elle vit son reflet dans le miroir accroché au mur. Son cou était à vif à l'endroit où Issa avait greffé le cube de Nero au sien. Elle palpa ce cube étranger ; il semblait irradier d'une chaleur malsaine. Elle ne l'avait pas encore activé, mais il lui garantissait de demeurer en vie. Si Nero la tuait, ses souvenirs mourraient avec elle.

– Seize heures, répondit Issa.

– Seize ? répéta-t-elle, paniquée.

Elle envoya voler les draps et descendit du lit, les jambes flageolantes.

– Est-ce que Rhiannon nous a contactés ? Le couronnement est dans…

– Deux heures, intervint Aly en apparaissant dans l'encadrement de la porte. Je voulais te réveiller, mais je n'en ai pas eu le droit. Ordre du médecin.

En entendant le son de sa voix, Kara fut remplie de joie mais aussi d'incertitude. Arriverait-elle à retrouver une confiance totale en lui ?

Elle se rappela le jour où ils s'étaient rencontrés. Dans les minuscules toilettes du zeppelin où elle l'avait entraîné pour échapper à un Tasinn, elle avait eu du mal à la regarder droit dans les yeux. Elle l'avait trouvé lumineux, intense, éblouissant comme un soleil. Il l'était toujours autant. Depuis, il s'était laissé pousser les cheveux, et ils formaient un halo noir et douillet autour de sa tête.

Que se passerait-il s'ils parvenaient à faire barrage à Nero ? Que se passerait-il s'ils échouaient ?

– Comment tu te sens ? demanda Aly.

Il tendit la main pour toucher sa plaie et, se ravisant, posa la main sur sa joue.

– Je vais bien, répondit-elle en se dégageant doucement.

Elle regarda l'anneau en onyx qu'elle portait au pouce.

– Pour répondre à ta question : non, Rhiannon ne nous a pas contactés, dit Issa.

Sa sœur avait-elle compris le message qu'elle lui adressait dans le holo ? L'anneau appartenait à Dahlen, et Rhi le savait. C'était bien plus qu'un joli bijou, plus qu'un signe indiquant à quel camp elle appartenait.

C'était aussi une arme. Avec, elle éliminerait l'ennemi de la galaxie. N'était-ce pas le principal ?

Dahlen et Pavel entrèrent. La pièce était désormais pleine à craquer. La tension était palpable. Il restait deux heures avant le couronnement, à peine le temps de s'organiser.

– Ton état n'est pas aussi piteux que ce que je pressentais, dit Dahlen.

En voyant la réaction de Kara, Aly intervint.

– Ce qu'il veut dire, c'est que tu te remets bien de l'opération. Je parle le Dahlen couramment, au fait.

– J'ai eu Dahlen sur le dos pendant toute l'intervention, observa Issa, entre amusement et agacement. Apparemment, son opération à cœur ouvert a fait de lui un expert.

– Ceci ne fait-il pas de moi la personne la plus qualifiée

ici ? dit-il en tirant sur sa tunique pour révéler la grande cicatrice qui lui barrait la poitrine.

– En fait, pas du tout, objecta Pavel. Étant donné la procédure pour ce genre d'opération, il y a fort à parier que tu as été anesthésié et que tu étais donc inconscient…

– OK, tout le monde, on se recentre, l'interrompit Aly. Impératrice, êtes-vous prête à récapituler le plan ?

Cela faisait longtemps que Kara ne s'était déplacée aussi facilement dans le palais. Plus besoin du voile de la nuit et d'un itinéraire minuté pour échapper aux rondes, elle n'avait qu'à suivre l'unité de Tasinns qui l'escortait jusqu'au toit. Arrivée là-bas, elle regarda l'immense place en contrebas. De là, la foule grouillante, bruyante et survoltée paraissait presque silencieuse. Les œillets étaient en position, attendant d'immortaliser le couronnement.

La cérémonie ne débuterait pas avant l'arrivée de Nero, mais Kara s'inquiétait surtout de sa conclusion.

Avant le massacre des représentants des Planètes-Unies, seule une petite proportion des deux camps s'opposait avec virulence. Désormais, la lutte s'était étendue à tous les partisans de Nero et à tous les loyalistes. En bas, on formait des cortèges, on scandait des slogans, on exigeait que justice soit faite. D'autres Tasinns avaient été déployés pour retenir la foule qui tentait de pénétrer dans l'enceinte du palais.

Yendit attendait à côté de l'officiante. Il s'était paré d'une énorme fleur d'un rose incongru. Il avait le visage couvert de bleus, encore à vif, et il portait une minerve.

– La nuit a été difficile ? lui demanda Kara.

Il ignora sa question.

Respirant le parfum de la fleur, elle la visualisa en train d'éclore dans son crâne. C'était une technique de méditation que Lydia lui avait enseignée pour faire le calme en elle.

Mais cette fois, ça ne fonctionnait pas. Tout se bousculait à l'intérieur. Elle pensait au couronnement de Rhi, annulé suite à son assassinat supposé. On avait fait couper un champ de fleurs pour décorer le palais, on avait accroché des lanternes dans tout Sibu. Tout cela pour rien.

Kara pensait aussi au couronnement de sa mère. Elle avait regardé les rediffusions des centaines de fois. La cérémonie avait été grandiose, avec des milliers d'invités et au moins un milliard de spectateurs à travers la galaxie. Sa mère lui avait semblé taillée pour l'événement : peau de porcelaine tranchant sur sa robe rouge, bouche joliment maquillée, mains et poignets délicats, un doigt effilé où porter son alliance couleur rubis. Kara avait toujours été frappée par le sourire gracieux qu'elle arborait en toute circonstance. Elle avait compris son rôle : apparaître en public avec bienveillance.

Kara avait-elle cela en elle ?

– Vous avez froid ? lui demanda Yendit.

À son sourire – destiné aux œillets – et à la manière dont elle le rejoignit sur la plateforme, on aurait pu croire qu'ils s'appréciaient. Elle fit « non » de la tête, même si effectivement elle avait froid dans sa robe grise de style Nouvelle Vague.

– Alors décroisez vos bras et souriez.

Kara n'aimait pas qu'on lui dise quoi faire mais elle s'abstint de le montrer. Yendit scruta une petite tache noire qui grossissait à l'horizon.

– Ah, le voilà ! lança-t-il.

C'était le vaisseau de Nero, dont l'arrivée marquait le début de sa « scénographie spectaculaire », comme il l'avait appelée devant Kara.

Le vaisseau stationna au-dessus du palais. Son souffle balaya le petit comité réuni pour l'accueillir. Kara faillit en perdre l'équilibre. Lentement, l'appareil descendit. Elle eut un frisson en remarquant qu'il ressemblait à un insecte géant prêt à agripper sa proie, mais elle n'en laissa rien paraître. Aly, Dahlen et Issa n'étaient pas loin, et elle ne ferait rien tant qu'ils n'interviendraient pas. Eux avaient le beau rôle, pensa-t-elle, ils ne jouaient pas les appâts en robe de princesse et ils avaient tous reçu un entraînement militaire.

Un hayon s'ouvrit dans la carlingue du vaisseau, et un escalier se déplia jusqu'à la plateforme. Nero apparut. Sa silhouette ondoyait dans l'air chaud tandis qu'il affichait un sourire plus carnassier que jamais. Il descendit gracieusement les marches pour rejoindre Kara.

– Désolé, j'ai été retenu, dit-il en se plaçant de sorte que les œillets captent parfaitement son sourire.

– Je suis sûre que c'est faux, dit-elle.

Kara sourit et se dégagea le visage d'un geste naturel, comme si elle discutait avec un ami. Un œillet planait à proximité, mais il était trop loin pour enregistrer leur conversation.

– À mon avis, vous tourniez en rond au-dessus de Kalu pour préparer votre effet, reprit-elle.

Nero lui adressa un regard étrange, un regard voilé d'obscurité – peut-être noyé sous les ombres d'autres regards, d'autres mémoires, d'autres âmes.

– Vous me rappellez votre sœur.

Kara sourit – c'était un sourire franc, celui-là.

– Ce n'est pas un compliment, ajouta-t-il.

– Allons-y, intervint l'officiante.

C'était une petite Kalusiane. Elle tenait des feuilles de papier dans une main et un collier de prière dans l'autre.

Toujours pas le moindre signe de Rhiannon.

– Placez-vous de ce côté, dit l'officiante à Nero en lui adressant un sourire qui semblait forcé, craintif.

Nero obéit et alla se poster à côté de Yendit, qui gratifia Kara d'un grand sourire. Elle réprima un nouveau frisson.

Elle s'interdisait de penser à Nero à cause de sa peur presque superstitieuse de réveiller l'un de ses souvenirs. Même s'il n'était pas activé, son cube était quand même greffé au sien.

La tension était perceptible. Kara le sentait dans les gestes lents et hésitants de l'officiante, dans son application à ne pas croiser son regard.

– Je sais que vous serez à la hauteur, lui dit celle-ci.

Kara se demanda si elle parlait de la cérémonie elle-même ou de son règne d'impératrice. En tout cas, elle régnerait sans Nero.

Elle se souvint néanmoins de sa mise en garde : « Me tuer,

c'est risquer la vie de nombreux innocents. Es-tu prête à les mettre en danger ? À compromettre le tissu même de leur conscience juste pour me voir mourir ? »

Elle caressa la soie de sa robe, espérant dompter les tremblements de ses mains. Pour détruire le réécriveur, il fallait tuer l'homme qui le portait en lui. Ils étaient inséparables, ils formaient dorénavant un seul et même organisme.

C'était le moment de prêter serment. Kara accorda une oreille distraite aux paroles de l'officiante – une histoire de devoir et d'honneur. *Ma'tan sarili*, se souvint-elle. Elle avait oublié le sien. Elle pensa à Aly.

La peur la tétanisa progressivement. Était-elle capable de réussir ? Elle n'était plus sûre de rien. Tout cela n'était peut-être qu'une très mauvaise idée. Était-elle à la hauteur pour affronter Nero ? Pour le tuer ?

– Veuillez répéter après moi, dit l'officiante. Je servirai ma planète…

– Je servirai ma planète…

Soudain, Kara entendit un sifflement s'intensifier dans l'air, puis de nombreux autres.

Un grappin relié à un câble atterrit sur le toit, puis un deuxième, un troisième et un quatrième, et des ombres s'élancèrent du haut de la tour de l'horloge en s'agrippant aux câbles. Yendit l'attrapa aussitôt par les bras et posa un étourdisseur contre son cou.

Rhiannon apparut en haut de la tour et descendit sans un bruit, les cheveux fouettés par le vent, le regard sombre et rempli de colère.

VINGT-SEPT

KARA

RHIANNON DÉFERLA comme un tourbillon. Coups de poing, coups de coude, esquives : chacun de ses gestes était rapide, maîtrisé. Et rageur.

Elle a eu mon message, pensa Kara. Ses acolytes l'avaient rejointe sur le toit. Une Fontisiane contenait les Tasinns en décochant des flèches à une vitesse telle que Kara ne voyait de ses mains qu'un mouvement flou. Elle reconnut Julian, le fils du Lancier, croisé sur Nau Fruma, qui tournoyait et cognait presque aussi vite que Rhiannon. Le dernier combattant ne lui était pas inconnu : c'était Jethezar, l'ami d'Aly. Il était arrivé après les autres, ralenti par sa carrure, mais c'était une force de la nature, qui, d'un unique plaquage, mit à terre un rang entier de Tasinns.

Kara se débattit, mais elle ne put empêcher Yendit de l'entraîner jusqu'au bord du toit. Elle pensa que la foule rassemblée sur la place en contrebas n'en perdait pas une miette.

– Quel dommage ! lança Yendit en s'adressant à Rhi. Quel dommage que ces retrouvailles avec ta sœur soient aussi des adieux !

Kara reconnut tout de suite cet accent et ces intonations : en réalité, ce n'était pas Yendit qui parlait, c'était Nero.

– Tu aurais dû me tuer quand tu en avais l'occasion, ajouta-t-il, moqueur.

Rhi tua un assaillant d'un coup du plat de la main en pleine pomme d'Adam et se mit à courir vers eux.

– Attention ! cria Kara.

Trop tard. Rhiannon n'avait pas vu Nero, qui la plaqua au sol. Qu'est-ce que Dahlen, Julian et Issa attendaient pour intervenir ?

Kara essaya d'échapper à Yendit, mais il enfonça un peu plus l'étourdisseur dans son cou et resserra son étreinte autour de sa poitrine, lui coupant la respiration. Le peu d'air qu'elle avalait se frayait un chemin vers ses poumons en feu. Ses yeux se fermaient, sa langue était lourde. Plus rien n'avait de sens. En un instant, elle oublia qui et où elle était.

Yendit l'entraîna avec lui en desserrant un peu son emprise. Elle se débattit, mais ses pieds ne faisaient qu'effleurer le sol. Elle lui attrapa le bras et réussit à le mordre à pleines dents. Elle lutta encore plus, mais il se retourna et elle se retrouva suspendue au-dessus du vide. Elle baissa les yeux et la peur l'envahit. En bas, les Tasinns ressemblaient à une colonie de fourmis noires…

Elle s'arqua pour toucher le parapet du bout des pieds. Pour avoir une prise. Elle avait une boule dans le ventre et entendait les battements de son cœur résonner dans ses oreilles. Heureusement, Yendit la tenait fermement par les aisselles tout en se tournant vers Rhi, probablement pour l'attirer jusqu'à lui.

Kara tenta de se calmer. Si elle se débattait trop, elle risquait de lui faire perdre prise. Elle inspira profondément, réussit à prendre appui sur le parapet et se projeta en arrière. Yendit et elle tombèrent à la renverse sur le toit. Un Tasinn armé d'une matraque paralysante se rua aussitôt sur eux.

– Je m'en charge ! lança-t-il.

Son uniforme était taché de sang et déchiré au niveau de l'épaule. Il avait ramené son béret sur son visage.

Kara recula sur les fesses.

– Nero la veut vivante, sermonna-t-il Yendit.

Celui-ci se mit à sourire.

– Idiot, lâcha-t-il d'une voix qui donna la chair de poule à Kara. Nero, c'est moi. C'est nous tous.

– Alors c'est encore mieux !

Sans crier gare, le soldat posa sa matraque paralysante contre le cou de Yendit et électrocuta son cube, son cœur, son corps tout entier. Ses bras et ses jambes se contractaient en s'agitant dans tous les sens.

Lorsque le Tasinn borgne ne bougea plus, le soldat repoussa son béret en arrière.

– Alyosha ! s'écria Kara.

Il était essoufflé et avait le visage couvert de bleus. Ils se regardèrent un court instant.

Rhi était toujours aux prises avec Nero. Ils s'affrontaient sans retenir leurs coups, à distance ou au corps-à-corps. Dahlen et Issa, eux aussi en tenue de Tasinn, attaquaient les gardes en profitant de l'effet de surprise.

Kara s'avança vers Rhi, mais Aly la retint.

– Je crois qu'elle a les choses en main, dit-il à voix basse. Et qu'elle veut s'en charger toute seule.

Il avait sûrement raison, ce qui n'empêcha pas Kara d'avoir peur pour elle. Rhiannon était un concentré de violence, de rage et de chagrin. Elle tournoyait, frappait, esquivait les coups. Étrangement, elle semblait gagner en rapidité et en force au fil du combat, comme si cette lutte acharnée lui donnait toujours plus d'énergie et de puissance. Nero, quant à lui, avait l'air de fatiguer.

Kara ne savait pas s'il était un aussi bon combattant que sa sœur, mais elle imaginait qu'il était diminué par le réécriveur. Son attention était trop éparpillée. Son esprit trop *dispersé*. À chaque fois qu'il arrivait à placer un coup, Rhiannon le parait et lui en assénait trois, imperturbable.

Peu à peu, Rhi le repoussait vers le rebord du toit.

– Rends-toi, dit-elle.

Pour seule réponse, Nero lui adressa un sourire moqueur.

Il était maintenant acculé contre le parapet, qui lui arrivait à la taille. Il avait le visage à vif, recouvert de sang, et ne tenait presque plus sur ses jambes. Rhi continuait à le frapper, bien décidée à ne pas relâcher la pression tant qu'il n'aurait pas capitulé. Kara aurait aimé intervenir, mais sa sœur avait besoin de gagner ce combat seule. C'était un spectacle insoutenable pour elle. Aly posa sa main sur son épaule. Elle essaya de regarder ailleurs, mais en vain : plus que tout, elle voulait voir Nero s'écrouler.

Rhi ne parvint pas à parer un coup de poing et l'impact la fit tomber en arrière. Kara allait se précipiter vers elle, mais elle se releva d'un bond et répondit par un grand coup de pied. Nero alla heurter le parapet, le buste au-dessus du vide. Un dernier coup, et ce serait fini…

– Non ! s'écria Kara en pensant aux vies qui étaient en jeu.

« Me tuer, c'est risquer la vie de nombreux innocents. »

Instinctivement, Rhiannon se tourna vers elle, et ce moment d'inattention permit à Nero de retrouver l'équilibre et de se jeter sur son adversaire.

Mais Rhiannon le coupa dans son élan d'un coup de pied retourné et le repoussa d'un uppercut. Projeté vers le parapet, Nero bascula mais parvint à se rattraper. Son corps pendait dans le vide, mais il se retenait par les bras et les épaules.

Rhi se précipita vers lui.

– Rhiannon, non… articula Kara en les rejoignant.

– Écoute-la… dit-il, à bout de souffle. Les sœurs sont de nouveau réunies ! Tous les trois, nous serions incroyablement puissants. Plus rien ne pourrait nous arrêter.

Rhiannon se pencha lentement.

– Ça, c'est pour nos parents, lui dit-elle à voix basse.

Et elle lui fit lâcher prise.

Non ! Kara se précipita contre le parapet et regarda Nero se débattre dans l'air tandis qu'il chutait. Il entraînait tant de victimes avec lui : tous ceux qu'il contrôlait, tous ceux qui avaient mis leur cube à jour. Des millions d'âmes. Elle se sentit responsable. Fautive.

Mais elle ne détourna pas le regard lorsque son corps s'écrasa par terre.

Un étrange silence s'empara de la foule. Comme si tout le monde avait retenu son souffle au même moment. Les gens s'étaient écartés en voyant Nero tomber et, à présent, ils se rapprochaient avec méfiance, formant un cercle autour de sa dépouille. Kara scruta la masse humaine. Personne ne semblait s'effondrer.

– Peut-être qu'il bluffait quand il disait que le réécriveur était relié à des millions de cubes, lança Issa en arrivant, essoufflée.

Kara expira et réalisa qu'elle avait retenu sa respiration sans s'en rendre compte.

– On dirait.

Elle se tourna vers sa sœur. Rhi croisa son regard. Alors, en parfait synchronisme, elles se jetèrent dans les bras l'une de l'autre. Ensemble, elles tombèrent à genoux sur le sol.

– Tu as compris mon message ! dit Kara.

Elle sentit des larmes couler sur son visage. Elle serra sa sœur plus fort. La tête de Rhi se logeait parfaitement sous son menton.

– Je ne pense pas du tout ce que j'ai dit, tu le sais, n'est-ce pas ? reprit-elle.

– Je le sais, répondit Rhi, la voix étouffée sous l'étreinte.

Elles étaient réunies. Enfin.

Kara réalisa qu'elle tenait toujours sa pièce dans la main.

– Tu sais ce que ça représente ?

Rhi regarda la pièce, et son regard s'illumina. Elle avait un œil marron et l'autre noisette avec des petites taches vertes, comme Kara.

Rhiannon fouilla dans sa poche et en sortit la sienne.

– Notre père les a rapportées d'un voyage diplomatique dans le quadrant Bazorl, dit-elle.

C'était curieux. pendant longtemps ces petits morceaux de métal avaient servi de monnaie d'échange. Des civilisations entières leur avaient attribué une valeur. Cela semblait tellement arbitraire. Kara comprenait maintenant la véritable valeur de la pièce. Elle comprit ce que Lydia lui avait dit : « Ça, c'est ce qui te relie à ta famille. »

Une grande silhouette apparut. Dahlen.

Quand Rhiannon le vit arriver, son visage s'éclaira encore un peu plus. Kara posa sa main sur sa joue en lui faisant signe d'aller le rejoindre.

Rhi fit une moue de dégoût à la vue de son uniforme.

– Pourquoi tu t'habilles comme ça ? lui demanda-t-elle.

– Ne connais-tu pas une autre manière de remercier celui qui vient de te sauver la vie ?

Il ne souriait pas, mais tout en lui semblait s'être adouci.

– Il me semble que c'est moi qui ai tué Nero, pas toi.

Kara se leva à son tour et chercha Aly. Elle le vit non loin, à genoux devant une dépouille.

C'était le corps de Jeth. Il avait la nuque brisée. Aly l'installa dans une position confortable. Kara s'avança lentement tandis qu'il exécutait le rituel : il posa ses index sous les yeux de Jeth, puis sur ses paupières fermées. Issa s'agenouilla à côté de lui en posant la main sur son épaule.

– Je suis désolée, Aly.

– Regardez ! dit Lahna en se penchant vers la place.

Ils se précipitèrent tous derrière le parapet pour voir ce qui se passait. En bas, une centaine de soldats de l'UniForce levèrent la tête dans leur direction et, à l'unisson, se ruèrent vers les portes du palais.

Kara chercha des yeux le corps de Nero pour s'assurer qu'il n'avait pas survécu à la chute. Mais il baignait toujours dans une mare de sang, broyé, immobile.

– Nero les contrôle encore, dit-elle. Ils ne vont pas tarder à débarquer.

– Comment est-ce possible ? demanda Rhi, desespérée. Comment peut-il les contrôler s'il est mort ?

Julian secoua la tête, incrédule. Lahna ouvrait de grands yeux enflammés. Dahlen regardait vers le ciel comme si Vodhan allait le guider. Il semblait cacher un secret.

– Dahlen ? l'exhorta Rhi.

– Qu'il soit mort ne change rien, déclara-t-il. Il a transféré sa conscience chez les gens qu'il contrôlait. Désormais, il vit en eux…

– Même après sa mort, chuchota presque Rhi.

Kara comprit alors pourquoi Nero voulait tellement le réécriveur. L'outil offrait un pouvoir aussi démesuré qu'infini. Il était, d'une certaine manière, une promesse d'éternité.

– Nous ne sommes pas en sécurité ici, dit Dahlen. Il y a d'autres Tasinns dans le bâtiment. S'ils nous piègent sur le toit, nous n'en sortirons pas vivants.

– Qu'est-ce qu'on attend, alors ? lança Aly.

Ensemble, ils dévalèrent trois volées de marches mais entendirent aussitôt un martèlement de bottes, étrangement syncopé, venir dans leur direction.

– Par ici, lança Rhi, essoufflée, en désignant un couloir.

Au fond, Kara aperçut la Taï qui avait veillé sur elle. Rhi l'interpella avec un mélange de soulagement et de peur dans la voix.

– Non, dit Kara en agrippant sa sœur. Elle est avec eux.

Rhi bifurqua sans attendre et conduisit tout le monde dans un couloir, puis dans une pièce. Kara crut deviner qu'il s'agissait de sa chambre. Elle avait une vague réminiscence de cet endroit. Elle se souvenait notamment de la lourde porte en chêne sculpté qu'ils fermèrent à double tour derrière eux.

– Qu'est-ce qu'on va faire ? demanda Issa, fébrile.

Kara réalisa à quel point son plan lui faisait peur, à quel point elle voulait éviter de le mettre à exécution. Pendant longtemps, elle s'était mis en tête de débarrasser le galaxie du souvenir de Josselyn, pour se libérer d'elle-même de cette Ta'an dont elle avait tout oublié. Désormais, la solution apparaissait comme une évidence : elle devait accepter de devenir quelqu'un d'autre pour la bonne cause.

– Il reste un moyen de nous en sortir, dit-elle finalement.

Elle prit une grande inspiration et palpa le cube de Nero

sous sa peau, enfoui dans les tissus de son cou, greffé au sien. Elle sentit son pouls qui battait à tout rompre, comme s'il cherchait à rejeter ce corps étranger.

– Kara… intervint Aly.

– Non, le coupa-t-elle en posant un doigt sur son cube. Nero sait forcément comment arrêter tout ça. C'est notre seule chance.

– Qu'est-ce que tu fais ? demanda Rhi à l'instant où Kara appuyait sur son cube.

Aussitôt, elle fut noyée par l'ignoble raz-de-marée des souvenirs de Nero et s'écroula par terre, prise de vertiges. Elle sentit des palpitations dans sa tête, qui devinrent très vite des battements écrasants, perçant sa mémoire, ouvrant un accès vers un dangereux royaume dans lequel elle serait bientôt avalée tout entière. Elle avait vaguement conscience d'être entourée de gens qu'elle aimait, de gens qui l'aimaient, et d'inconnus qu'elle aimerait, si elle s'en sortait vivante.

Elle parvint à se faufiler jusqu'à l'œil de ce cyclone mémoriel. Là, tout était calme, elle pouvait se concentrer. Elle se mit à déambuler à travers les souvenirs, invitant son esprit à les lire, à les convoquer comme s'ils étaient les siens.

Au départ, il était presque impossible de se frayer un chemin à travers tant de compliments et de flatteries. Kara se prenait dans les souvenirs de Nero comme dans des toiles d'araignées.

Plus loin, il y avait les souvenirs organiques qu'il n'avait pas classés, ceux qu'il n'avait pas jugés dignes de sa mémoire mais qu'il avait conservés malgré lui. Au détour d'une lecture, Kara avait appris que pour se rappeler ses rêves, il fallait les attraper, s'imaginer tirer sur une corde au bout de laquelle ils étaient accrochés. Explorer le cube d'un autre ne lui paraissait pas si différent.

Elle ferma les yeux et, après quelques secondes, trouva un souvenir de Nero enfant. Il se regardait dans un miroir. Il était maigre, avec de grands yeux bleus empreints de tristesse, et il s'entraînait à sourire. Pour chaque année de sa vie, il y avait des souvenirs de lui face à ce miroir, devant lequel il pouvait sourire pendant des heures. À mesure qu'il se transformait en un jeune homme élégant, son sourire donnait l'impression d'être toujours plus authentique.

Puis elle tomba sur sa vie de famille. Son père, un Kalusian de la Première Vague, en voulait aux Ta'an. Pour lui, la dynastie impériale n'avait pas facilité la vie des classes populaires. Il assistait à des réunions dans des endroits mal éclairés où l'on se plaignait de la faim, du chômage, des loyalistes déconnectés de la réalité. À cause de la nourriture importée, les fermes disparaissaient, entraînant avec elles le travail, les richesses, la stabilité de la société, la main-d'œuvre qualifiée. L'amour de Nero pour les belles choses venait de ces artisans parmi lesquels il avait grandi.

« Nerol, vérole ! » le raillait-on à l'école primaire. C'était pour cette raison qu'il avait changé de prénom, supprimant le « l ». À la maison, la faim ; à l'école, les moqueries.

Et le voilà plus âgé, embrassant une carrière dans les

médias pour servir ses ambitions politiques – deux parcours qu'il avait rendus indissociables. Il s'y était donné corps et âme, séduisant de plus en plus d'adorateurs, faisant assassiner la famille impériale, créant son propre titre : ambassadeur du régent. Il avait dupé tout le monde. L'UniForce l'avait écouté. Il avait opéré sa propre métamorphose, sa propre renaissance.

Kara tomba sur son premier voyage diplomatique : un passage au sommet du G-1K en compagnie de Seotra. C'est là qu'il avait appris l'existence du réécriveur, qui était devenu son obsession.

Kara s'enfonçait toujours plus profondément dans la mémoire de Nero. Elle était vaguement consciente que des gens criaient autour d'elle, mais elle les ignorait, les laissant en compagnie de la personne qu'elle avait été. Désormais, elle était Nero. Elle continua de plonger dans ses souvenirs… entendit les hurlements des scientifiques quand on les avait Ravagés… sentit l'odeur du sang… perçut les cliquetis des roulettes de brancards qu'on poussait dans de longs couloirs.

Le dernier souvenir était enfoui au fin fond de sa mémoire. Elle se vit en train de brûler le cube d'Escov l'Ancien. Non, elle vit Nero le faire. L'Ancien s'adressa à Kara… à Nero : « Tu ne maîtriseras jamais toute la puissance du réécriveur ; tu n'as pas le cœur pour cela… »

Stop, pensa-t-elle. L'Ancien se figea. Elle avait mis la lecture sur pause.

Elle devait se sortir de là. Elle remonta le courant mémoriel pour se retrouver. Où était-elle ? Qui était-elle ? Elle entendait des voix qui appelaient un nom : Kara…

Elle n'était pas Nero, elle était Kara.

Elle avait l'impression qu'elle se noyait, que ses poumons éclataient.

Kara. Kara. Kara.

Je suis Kara.

Haletante, elle palpa son cou à la recherche du cube et l'éteignit. Elle s'échappa instantanément de la mémoire de Nero et en ressentit un soulagement physique immédiat. Comme si une bourrasque de vent venait de souffler dans son cerveau, emportant avec elle les relents de l'esprit de l'ambassadeur.

– Kara ? Tout va bien ? Tout va bien ?

Elle ne savait pas si tout allait bien. Surtout, elle ne savait pas comment interpréter ce qu'elle venait de voir.

À moins que…

Son cœur se mit à battre encore plus vite. Elle avait peut-être trouvé quelque chose…

Serait-il possible que le réécriveur ait un cœur ?

Après tout, c'était un micro-organisme vivant. Elle se rappela ce que Diac lui avait dit lorsqu'ils étaient retenus prisonniers : « Nos souvenirs, nos pensées et nos idées sont comme des fleurs qui se flétrissent, meurent et se régénèrent, mais notre cœur renferme l'étincelle de la vie. » Sur le moment, elle avait pensé qu'il parlait de Lydia, de l'amour qu'elle lui portait, mais non, il parlait du réécriveur.

Le réécriveur pouvait être détruit. L'étincelle de sa vie était profondément enfouie dans le cœur et…

Et les Fontisians s'étaient voués à sa protection.

Kara se tourna vers Dahlen.

– Dahlen, dit-elle de la voix la plus posée possible, comment as-tu eu cette cicatrice sur ton torse ?

Issa, Julian, Aly et Rhiannon la fixaient. Dahlen fronça les sourcils.

– Les Anciens m'ont dit qu'il y avait un problème avec mon *erzel*.

Kara connaissait ce mot : il signifiait à la fois « cœur » et « racine ».

– Tu peux mettre un terme à tout ça.

– Je ne te suis pas.

– Tu es la solution, assura-t-elle en posant une main sur son torse. Tu portes un morceau du réécriveur dans ton cœur.

Sa voix s'érailla ; sa tête était en ébullition.

– Si nous voulons détruire le réécriveur, il va falloir… dit-elle avant de s'interrompre.

– Il va falloir quoi ? la pressa Rhi.

Kara regarda sa sœur, puis Dahlen.

– Il va falloir que tu meures.

VINGT-HUIT

RHIANNON

RHI PLAQUA SA SŒUR contre la porte de la chambre. Elle n'arrivait plus à réfléchir.

– Qu'est-ce que tu dis ?

– Il faut que je meure, répéta Dahlen lentement, comme s'il était en pleine réflexion.

– C'est hors de question ! s'écria Rhi.

Alyosha la tira par l'épaule mais elle le repoussa. Elle avait l'impression de sombrer.

– Tu mens ! Menteuse ! Je ne te permettrai pas de le tuer.

– Laisse Kara tranquille ! lança une voix robotique derrière elle.

Rhi reçut une décharge électrique dans le bras.

– Aïe ! dit-elle en se retournant vers un droïde dont les yeux clignotaient en rouge. Qui est Kara ?

Quelqu'un donna un grand coup derrière la grosse porte

en chêne. La poignée se mit à tourner frénétiquement. Puis elle se mit à trembler sous des coups violents.

Aly se jeta sur elle pour la retenir.

– Attrapez tout ce que vous trouvez pour bloquer la porte. Ça ne les arrêtera pas, mais ça les ralentira.

Lahna, Julian et Joss tirèrent le lit et la commode à travers la pièce, puis se mirent à empiler des chaises et des paniers. Des objets trop légers pour changer quoi que ce soit, comme s'ils avaient construit un muret de sable pour faire rempart à la marée montante.

Rhi n'avait pas la force de les aider, tant son squelette lui paraissait incroyablement lourd. Elle restait clouée sur place, regardant Dahlen fixement.

– Un coup de main, s'il vous plaît ! s'écria Aly.

Derrière le tas de meubles, la porte tenait bon malgré les assauts des Tasinns. Voulant bien faire, le droïde ajouta un tabouret à l'édifice.

– Hé, le robot, si tu veux servir à quelque chose, c'est ici ! lança Issa, qui essayait de déplacer un buffet.

Le droïde se positionna derrière et le poussa sans peine.

– Pourquoi toi ? demanda Rhi.

Dahlen n'avait rien dit de plus, et ce silence lui faisait peur. Elle sentait les coups que les Tasinns envoyaient dans la porte se propager jusque dans ses os.

– J'ai toujours su que les Fontisians étaient impliqués dans la conception du réécriveur, répondit Dahlen. Ce que je ne savais pas, c'est qu'ils m'en avaient greffé une partie.

Divins ancêtres, pensa Rhi. Elle avait enfin compris ce qu'Escov l'Ancien lui avait dit à propos de Dahlen.

– « Il y a certaines choses qu'il ignore savoir », répéta-t-elle à voix haute.

– On ne tiendra pas longtemps ! cria Julian.

Dahlen hocha la tête.

– Et maintenant, je comprends pourquoi Rahmal s'est sacrifié pour me sauver.

Les yeux de Rhi se remplirent de larmes.

– Et pourquoi devrais-tu mourir ? On pourrait te retirer cette chose.

– Nous n'avons plus le temps.

Il adressa un signe de tête à Julian, puis désigna le couteau accroché à sa ceinture. Le couteau de Veyron, qu'elle lui avait rendu lorsqu'ils s'étaient battus au palais.

Julian posa les yeux sur Rhi.

– Non, lui dit-elle.

Le visage de Julian s'adoucit. Il se mordit l'intérieur de la joue. Josselyn se cacha le visage dans le bras d'Aly. Les gonds commençaient à céder. Le droïde pulvérisa une matière synthétique, qui durcit aussitôt au contact de l'air, pour les renforcer.

– Je suis désolé, Rhi, dit Julian en tendant son couteau à Dahlen.

– Non !

Rhi se jeta sur le couteau, mais Dahlen l'attrapa avant elle et le brandit au-dessus de sa tête, hors de portée.

Elle tira sur son bras et, voyant que c'était vain, lui frappa la poitrine.

– Je viens juste de te retrouver…

Malgré les larmes qui lui embuaient les yeux, elle refusait de pleurer. Pleurer, ça aurait été admettre que ce cauchemar était bien réel.

Dahlen la prit dans ses bras et la serra fort. Elle regarda sa sœur, Josselyn, qu'elle avait aussi retrouvée. Elle savait qu'on ne pouvait jamais tout avoir mais, rien que cette fois, elle aurait voulu garder ceux qu'elle aimait à ses côtés.

– Il faut l'accepter.

Dahlen n'avait pas usé d'une négation, pour une fois. Elle le repoussa et fit un pas en arrière. La porte commençait à céder. Une fissure était déjà apparue dans le bois. Rhi eut l'impression que cette fissure se prolongeait à l'intérieur d'elle-même et qu'elle ne tarderait pas à se briser sous le poids de son chagrin. Lahna avait le visage couvert de larmes. Rhi refusait de croire à ce qui se passait. Ses jambes faiblirent et elle tomba à genoux, les mains à plat sur le sol, comme pour inspecter le plancher, à la recherche d'une trappe vers une autre réalité.

– L'armée de Nero progresse désormais sans lui, dit Dahlen. Il n'est plus en vie pour la rappeler, et la guerre pourrait ne jamais s'arrêter. Ce n'est plus le moment de tergiverser.

Rhi sentit bouillir son corps tout entier.

– Il n'est plus temps d'agir avec le cœur, Dahlen ? C'est ça que tu dis ? Mais pour qui tu te prends ?

Elle chercha quelque chose à lui lancer au visage, n'importe quoi pour apaiser sa tristesse et sa colère.

– Tu vas te tuer et je suis censée…

– Je ne vais pas me tuer, l'interrompit-il.

Il s'agenouilla devant elle et fit tourner le couteau dans sa main pour lui présenter le manche.

Elle recula.

– Quoi ? Tu plaisantes ?

Elle se rappela ce que cela avait été, de tuer Veyron, du déchirement qu'elle avait ressenti.

– On ne peut pas faire autrement.

Rhi se releva.

– La paix de la galaxie dépend de toi, ajouta-t-il.

– Ne compte pas sur moi. Je ne peux pas…

Elle avait déjà perdu Veyron. Et aussi le Pêcheur. Elle ne pouvait pas perdre Dahlen.

Les Tasinns ne faiblissaient pas. Un poing muni d'un gant métallique transperça la porte. Puis un deuxième.

– Par Vodhan, fais-le ! lui lança Lahna.

– Je ne prie pas Vodhan ! cria Rhi. Qu'est-ce que j'en ai à foutre, de votre dieu ? Si tu veux mourir en martyr, ce sera sans moi.

– Il est noble de mourir avec honneur, dit calmement Dahlen. De toute façon, il n'y a pas d'autre solution.

– Ça n'en vaut pas la peine. Je ne te tuerai pas ! lança-t-elle avant de se tourner vers les autres. Personne ne te tuera. C'est un ordre !

– C'est à toi qu'il l'a demandé, dit Julian en plantant son regard dans le sien.

Elle aurait pu cracher du venin.

– Toi, ça t'amuse, hein ? répliqua-t-elle. Tu aimerais tant me voir lui ôter la vie pour prouver que tu as raison ? Que je suis une enfant pourrie gâtée, doublée d'une meurtrière sans cœur ? Je ne le ferai pas !

– Personne ne te juge, déclara Julian. Et je ne pense pas que tu sois sans cœur. Mais des gens meurent partout dans la galaxie. Nous devons mettre un terme à cette guerre.

– Un petit sacrifice pour sauver une galaxie entière. S'il te plaît, Rhiannon, demanda Dahlen en inclinant la tête.

Elle ne l'avait jamais entendu dire « s'il te plaît ».

– L'ordre m'a appris que mourir sous la lame d'un grand guerrier est une promesse d'éternité, reprit-il.

Rhi savait de quelle éternité Dahlen parlait. Les Fontisians croyaient en une vie après la mort – dans un endroit où régnait la béatitude, où la souffrance était absente. Peut-être était-ce pour cela qu'il n'avait pas peur de mourir.

Il lui prit la main pour y déposer le couteau. C'était la première fois qu'elle voyait de la douceur sur son visage. Le manche était étonnamment chaud, son cuir agréablement doux. Comment quelque chose d'aussi doux au toucher avait pu être conçu pour tuer ?

– Je ne saurai pas exister dans ce monde si tu n'en fais plus partie, murmura-t-elle.

Elle savait à quel point elle était égoïste, mais elle disait la vérité. Elle ferma les yeux. Dahlen l'avait aidée à se définir moralement. Elle s'était construite en opposition à lui. En seulement quelques semaines avec lui, elle en avait plus appris sur la guerre, la foi et sa place dans le monde que dans toute sa vie.

– J'en ferai toujours partie, dit-il.

L'unité des choses, le cercle de la vie. Pour Dahlen, rien ne disparaissait vraiment, même après la mort.

Elle rouvrit les yeux et hocha la tête.

– Tu te souviens de ce que je t'ai expliqué sur Tinoppa ? demanda-t-il.

Il lui prit la main et plaça la pointe du couteau sous sa cage thoracique. Elle sentit son abdomen se gonfler, et le souffle qui disparaîtrait quand elle lui ôterait la vie.

Rhi fouilla sa mémoire à la recherche de ce souvenir organique. Elle le retrouva. C'était un souvenir au goût amer…

– Tu m'as montré comment tuer d'un seul coup de couteau, dit-elle dans un murmure. Comme si tu me préparais pour ce moment.

– C'est Vodhan qui t'a préparée.

Les yeux de Rhi étaient noyés de larmes.

– Honneur, courage, loyauté, dit-elle. Et amour.

Elle enfonça la lame, puis la remonta vers le cœur de Dahlen. Le souffle coupé, il ne la quitta pas du regard malgré son visage qui se déformait. Rhi avait du mal à le reconnaître. Elle hésita, puis, prenant une brève inspiration, elle poussa le couteau encore plus loin d'un geste sec.

– Je suis content que ce soit toi, murmura-t-til.

Et il s'effondra.

Rhi se pencha pour l'allonger en lui calant la tête sur ses jambes. Elle aurait tout donné pour revenir en arrière, très loin en arrière. Remonter le temps avant leur naissance. Elle aurait redressé les torts de ses ancêtres, s'assurant que ce garçon, pur et insaisissable, puisse vivre jusqu'à un grand âge.

– Pardonne-moi.

Elle passa les doigts dans ses cheveux. Il lui répondit en clignant des yeux et prit sa main.

La porte vola en éclats, mais Rhi ne quitta pas Dahlen du regard. Elle avait besoin d'honorer ce moment où il partait, de saluer le présent qu'il faisait au monde. Les Tasinns tentaient d'entrer en repoussant les meubles, et ses amis s'efforçaient de les repousser.

Ils parvinrent néanmoins à se frayer un chemin. Rhi vit une intensité, un éclair de complicité passer sur le visage de Dahlen. Elle se demanda s'il voyait défiler tous ses souvenirs. Elle n'avait jamais vu la même nuance de gris dans ses yeux ; ils changeaient de couleur à chaque fois. Là, ils avaient pris une teinte argentée, celle du métal usé, rare et ancien, qui a survécu au temps, qui a vu ce que le monde a de meilleur et de pire à offrir.

Au moment où le cœur de Dahlen cessa de battre, les soldats s'écroulèrent.

Aly s'agenouilla doucement à côté de Rhi, comme pour éviter de réveiller le Fontisian.

– Princesse, dit-il à voix basse. Il existe un rituel pour s'assurer qu'il entrera bien au royaume de Vodhan.

Il avait les deux pièces dans sa main, celle de Josselyn et la sienne. Il attendait visiblement qu'elle lui réponde, mais elle le voyait à peine, à cause des larmes qui voilaient tout de chagrin, rendant la scène encore plus irréelle.

– C'est ce qu'il aurait voulu, acquiesça Rhi avant que sa voix ne se brise.

Aly posa les deux pièces sur les yeux de Dahlen, puis il se retira rapidement. Rhi se pencha sur le Fontisian, observa sa mâchoire aux traits acérés, ses pommettes hautes, ses cheveux blonds. Sans ces pièces qui lui donnaient un air à la fois inquiétant et magnifique, on aurait pu croire qu'il dormait.

Rhi enfouit son visage dans son cou encore chaud et sentit que son pouls ne battait plus. Il n'y avait plus qu'un silence aussi profond que celui des confins de la galaxie. Elle imagina Dahlen là-bas, fusant comme une étoile filante dans l'obscurité, faisant cap sur son honneur.

VINGT-NEUF

KARA

CELA FAISAIT UNE SEMAINE que Kara et Rhiannon avaient vaincu Nero. Une semaine de deuil national pendant laquelle, sans relâche, il avait fallu négocier la paix et rassurer la population.

Rhi s'était aussitôt rendue à Fontis pour y rapatrier le corps de Dahlen et l'enterrer avec les pièces des deux sœurs – un geste symbolique qui unirait leurs deux familles pour l'éternité. Son retour était imminent. Son vaisseau venait d'ailleurs d'entrer dans l'atmosphère.

Une semaine depuis que Kara s'était fait retirer le cube de Nero, purgeant définitivement son esprit de celui d'un fou.

Une semaine, une éternité. Le peuple de Kalu était perdu, en proie au doute. Il avait besoin d'une impératrice, et Rhiannon d'une sœur. Kara se rappela ce qu'Issa lui avait dit : « Cette galaxie a besoin de toi, Josselyn Ta'an. »

Kara avait tellement voulu effacer Josselyn du cœur et de la mémoire des gens qu'elle n'avait pas réalisé, jusqu'à cette semaine, que Josselyn constituait son propre cœur, sa propre mémoire. Le chagrin, les peurs, les espoirs et les migraines ne la quitteraient jamais. Elle pouvait réconcilier Josselyn et Kara – deux vies, un avant et un après – dans un nouvel avenir. Elle avait une raison d'être et une famille, désormais.

– Rhi est arrivée, dit Taï Reyanna.

Soulevant l'ourlet de sa robe, Kara fit une révérence pour la remercier. Après qu'elle avait été libérée de l'emprise du réécriveur, la Taï avait repris son rôle. Kara avait déjà l'impression qu'elle faisait partie de la famille.

Elle se précipita dans le couloir, annonça la bonne nouvelle à Aly en lui prenant la main, puis s'élança dans le palais en courant. Elle avait l'étrange sensation d'être dans un conte de fées où elle serait à la fois la damoiselle dans sa haute tour et le héros qui allait la sauver. Elle n'était plus qu'à quelques heures du couronnement. Il était temps de retrouver ce qu'elle avait perdu : son trône et sa sœur.

Elle trouva Lahna et Julian dans l'antichambre des appartements de Rhi. Ils étaient visiblement épuisés, et, comme ils avaient accompagné Rhi dans son voyage, pas totalement débarrassés du pollen collant caractéristique de Fontis.

– Impératrice, dit Lahna en se levant.

Elle exécuta une révérence maladroite, révélant qu'elle n'était pas rompue aux usages du palais.

– Ce n'est pas nécessaire, mais merci, dit Kara.

Lahna eut l'air soulagée.

Julian se contenta de la saluer d'un signe de tête et d'un léger sourire. Ils n'avaient toujours pas eu l'occasion de parler de leur face-à-face dans le dojo. Kara lui répondit d'un hochement de tête. Ils n'avaient pas besoin de se dire que leurs destins étaient liés : ils étaient de la même famille, même s'ils n'avaient pas le même sang.

Elle avança jusqu'à la chambre de sa sœur. La porte n'avait été que sommairement réparée en attendant d'être remplacée, et le bois portait les stigmates de l'assaut des Tasinns. Kara fit courir ses doigts le long d'une fissure.

– Elle a parlé ?

– Elle a pleuré, répondit Julian.

– C'est bien. Elle en avait besoin.

Elle prit une grande inspiration, ouvrit la porte et entra.

Vêtue d'une tunique blanche, Rhi était agenouillée par terre au milieu de la pièce, à l'endroit où Dahlen était mort. Elle ne leva pas la tête. Kara se demandait comment elle pourrait consoler cette sœur. Cette inconnue. Mais si elle n'était pas capable de réconforter sa propre sœur, comment pouvait-elle espérer soulager toute une galaxie ? Elle chercha quelque chose, des paroles empreintes de sagesse, de bienveillance, mais finalement elle se contenta de dire :

– Bienvenue à la maison, Rhi.

Elle pressa l'épaule de sa sœur.

Rhi mit sa main sur celle de Kara. Son autre main reposait sur sa cuisse, le poing serré.

À cet instant, Kara fut traversée d'un fragment mémoriel – pas un souvenir précis, juste une impression, électrique et entêtante. Elle n'arrivait pas à mettre le doigt dessus mais elle sentit de l'amour et de la complicité. Elle se rappela à quel point Rhi était une enfant sensible. Elle l'était encore, derrière la colère qui s'était cristallisée en elle.

Petit à petit, Kara réapprendrait à connaître sa sœur. La colère ne lui faisait pas peur.

Elle s'agenouilla et posa délicatement sa main sous le menton de Rhi pour la forcer à lever les yeux.

– Ils ont été si gentils, dit Rhi.

Elle ouvrit sa main et révéla une bague en onyx. L'anneau de Dahlen.

– Ils me l'ont laissé en souvenir, ajouta-t-elle.

Rhi se crispa, et Kara comprit qu'elle contenait ses pleurs.

– Les Fontisians sont des gens bienveillants, dit Kara.

Dahlen avait sauvé la vie de sa sœur, ainsi que celle de tous ceux qui étaient connectés au réécriveur.

Kara passa sa main dans les cheveux de Rhi. Ils étaient raides et épais. Rhi fut aussitôt secouée de sanglots.

– J'ai fait tellement d'erreurs, dit-elle en levant la tête vers Kara, enfin.

Des larmes coulaient le long de ses joues.

– Toutes ces horreurs… reprit-elle. Tout est ma faute.

– C'est faux, rectifia Kara.

Comment Rhi pouvait-elle être à la fois une sœur et une inconnue ?

– Tu n'en sais rien. Tu n'étais pas là. Tu étais loin…

Rhi laissa sa phrase en suspens. Kara se sentit blessée, même si Rhi n'avait pas pensé à mal. Dans ce silence, elle se pencha vers elle pour la prendre dans ses bras.

– Je suis désolée, chuchota-t-elle.

Rhi posa sa tête sur l'épaule de Kara et pleura. Kara la serra plus fort, absorbant les spasmes qui secouaient son corps, prenant son chagrin pour en partager le poids. Elle avait voulu fuir tout cela. Disparaître. Désormais, on avait besoin d'elle ici, et elle en avait besoin.

– On est ensemble, maintenant, dit-elle avec douceur.

C'était là que tout commençait réellement. Les gens qu'il fallait sauver, ce n'étaient pas deux princesses, mais la foule réunie au pied du palais ainsi que tous les peuples de la galaxie. La dynastie Ta'an avait toujours dirigé dans l'idée de guider le reste du monde.

Mais cela allait devoir changer, tout comme Kara devrait changer pour devenir Josselyn. Pour redevenir qui elle était et revenir chez elle.

Rhi se calma peu à peu. En même temps, la rumeur de la foule monta jusqu'à elles par la fenêtre ouverte, et elles y perçurent de la joie ; tous criaient leurs noms : « Rhiannon ! Josselyn ! Longue vie à la dynastie Ta'an ! »

– Si seulement ils pouvaient entendre ça…

Rhi se recula, s'essuya le visage du revers de la main et désigna la fenêtre ouverte.

– Nos parents, précisa-t-elle. L'empereur aurait été tellement fier.

Un souffle de vent soulevait les rideaux et transportait la clameur de la foule dans la chambre. Kara avait un bourdonnement dans la tête, une douleur qui battait lentement la mesure. Mais cela en valait la peine. Le soleil se couchait et, bientôt, le couronnement aurait lieu dans un bain de lumière dorée.

– Qu'est-ce qu'on va faire ? s'enquit Rhi.

Kara – ou plutôt Josselyn, car elle serait Josselyn, désormais – se tourna vers le soleil couchant. Elle songea à tout ce que ses parents incarnaient, à tous les choix que l'empereur avait dû faire. Dans l'idée d'établir la paix, il avait signé un ordre exécutif autorisant la violation de la vie privée de toute la population. Mais une bonne intention pouvait-elle justifier le recours à la violence ? Allait-elle révéler cette sombre vérité à sa sœur, Rhiannon, qui idolâtrait leur père ? Ce serait la première décision qu'elle aurait à prendre en tant qu'impératrice.

Josselyn se tourna vers Rhi, et dans ses yeux elle perçut un mélange de vulnérabilité et de courage. Elle pensa aux étoiles qui permettaient de se repérer, mais qui, dans le ciel, brillaient seules, loin de tout. Josselyn n'avait jamais ressenti autant de peur et, en même temps, de plénitude.

– Nous donnerons au peuple ce dont il a besoin, dit-elle.

Elle devrait aussi donner à Rhi ce dont elle avait besoin. La vérité attendrait. Le moment était venu pour elle d'écouter, de faire de son mieux, de servir sa galaxie et sa sœur, sa seule famille.

ÉPILOGUE

DEPUIS PLUS DE VINGT-QUATRE HEURES, la foule convergeait devant le palais pour assister au couronnement de Josselyn. Des œillets voletaient dans les airs, des lanternes colorées pendaient à tous les balcons de la ville, des feux d'artifice explosaient dans le ciel.

Aly la rejoignit sans savoir comment il devait l'appeler – Kara ou Josselyn ? –, car désormais elle était à la fois l'une et l'autre.

– Prête pour le direct ?

– Pas vraiment, répondit-elle en se mordillant la lèvre. Je me demande si c'est une bonne idée.

– Tu seras bien meilleure que le précédent dirigeant.

– Ce n'est pas parce qu'il a mis la barre très bas que je serai forcément à la hauteur.

Elle voulut lui donner une tape, mais il lui attrapa le poignet et ne le relâcha pas.

– Tu es intelligente, intègre, et tu as le désir de faire ce qui est juste.

Dans son regard, il essaya de lui montrer qu'il ne la méritait pas.

– Et puis tu es bienveillante. On ne pourrait pas rêver mieux pour le trône.

Elle se rapprocha de lui.

– Tu ne serais pas en train de me dire que je suis la fille de tes rêves ?

Et, sans lui laisser le temps de répondre, elle l'embrassa. Ce fut un long baiser, aucunement précipité comme le précédent, un baiser total où il put lui dire qu'effectivement, elle était la fille de ses rêves. Leurs bouches se trouvèrent avec la puissance des vagues, les submergeant dans une mer chaude. Leurs lèvres jouèrent au ressac, chacun menaçant l'autre de partir à la dérive. Aly posa ses mains sur les hanches de Kara, puis remonta… Il sentait la soie de sa robe sous ses doigts.

– J'ai quelque chose à te demander, dit-elle.

Elle se recula pour fouiller dans les plis de sa robe et en sortit un petit écrin en velours. Aly remarqua qu'elle souriait timidement et qu'elle était toute rouge.

– Tu vas me demander en mariage, c'est ça ?

– Mais non, imbécile, répliqua Kara en le regardant sévèrement. Ne gâche pas la magie de l'instant.

Elle ouvrit l'écrin. À l'intérieur, il y avait un petit badge en argent sur lequel figurait le drapeau de Wraeta.

– Je veux que tu sois mon ambassadeur wraetan, expliqua-t-elle.

Aly n'avait jamais possédé quelque chose d'aussi beau. C'était sans doute le plus beau cadeau qu'on lui eût jamais offert.

– Sauf que Wraeta n'existe plus, dit-il.

– Ce n'est pas parce que Wraeta a disparu qu'il n'y a plus de Wraetans. Tu devras les retrouver aux quatre coins de la galaxie.

Aly sentit sa gorge se serrer à l'idée de réunir son peuple.

Elle sourit encore plus ; ses yeux se plissèrent.

– Tu pleures ? demanda-t-elle.

– Mais non, j'ai une poussière dans l'œil.

– Alors c'est le moment de la retirer, ambassadeur Myraz, dit-elle en attachant le badge sur le col de sa veste kalusiane. Parce que là, vous allez passer sur tous les holos.

– Pas de problème. Les caméras, ça me connaît.

Cette fois, ce fut lui qui l'embrassa. Ce baiser fut doux. Il s'arrêtait et reprenait au rythme de chaque émotion. Leurs bouches, leurs respirations, leurs âmes se joignaient. Quand Aly eut envie que son corps tout entier entre en contact avec celui de Kara, elle glissa ses mains sous sa chemise et remonta le long de son dos…

En rejoignant le balcon inférieur, Aly crut que son sourire allait lui fendre le visage jusqu'aux oreilles. Julian, Issa et Lahna – sans oublier Pavel – s'étaient rassemblés pour assister au couronnement. Soudain, une brise souffla dans son dos, et il eut l'impression que les fantômes de Vinz, Jeth et Dahlen le poussaient là où était sa place.

– Stylé ! lança Issa en désignant le badge.

Un bras articulé muni d'un mouchoir sortit de Pavel et se mit à astiquer la décoration. Aly le repoussa.

– Je vous retourne le compliment, dit le Wraetan à tout le groupe.

Chacun avait eu droit à un uniforme de Tasinn sur mesure, et ils formaient l'unité de gardes du corps la plus impressionnante – et la plus hétéroclite – jamais constituée. Julian appuya son pouce dans la paume d'Aly – une salutation et un signe de respect wraetans qu'il tenait de son père. Issa fit danser ses épaules au son des cors qu'on jouait en bas. Des confettis se prirent dans sa chevelure.

– Regardez ! s'exclama Lahna en désignant le balcon au-dessus d'eux.

Rhiannon leur adressait un sourire. Elle salua la foule.

Puis Josselyn apparut derrière elle. Ses cheveux dansaient autour de ses épaules, pris dans le vent, et sa robe faisait ressortir la couleur de ses yeux. Elle leva la main pour demander le silence. D'un coup, la foule se tut. Josselyn ouvrit la bouche, s'apprêtant à parler. Aly ralluma son cube et fut parcouru d'un courant électrique – une décharge qui le crispa de plaisir.

Il voulait se souvenir de ce moment. À compter de ce jour, il voulait se souvenir de tout.

REMERCIEMENTS

Jess Harriton, merci de m'avoir guidée à travers le chaos avec intelligence, gentillesse et finesse. Tiffany Liao, ma complice, merci pour ta perspicacité éditoriale et ton cœur immense. Casey McIntyre, tu es une chargée de communication doublée d'une Wonder Woman. Corina Lupp, je te dois cette couverture parfaite. Ben Schrank et tout le monde à Razorbill, merci.

Alexa Wejko, mon étoile polaire, tu as façonné ce livre de mille manières – merci pour ton amitié et ton génie. Lexa Hillyer et Lauren Oliver, merci pour vos conseils et votre expertise tandis qu'on transformait cette histoire en quelque chose de plus grand que ce que j'avais en tête. Kamilla Benko, Tara Sonin et Angela Velez, merci pour les ondes positives, l'amour et le soutien. Je remercie chaleureusement tous les gens d'Inkwell et de Glasstown que je n'ai pas encore cités chez : Stephen Barbara, Emily Berge et Diana Sousa.

Adam Silvera, Dhonielle Clayton et Ashley Woodfolk, merci de m'avoir laissée parler shopping et écriture jour et nuit. À tous les auteurs dont j'ai l'honneur d'être l'éditrice, à toute ma famille chez Imprint, merci. Grâce à vous, je suis devenue une meilleure écrivaine.

Je remercie mon Ate d'avoir lu les horribles versions préliminaires de ce texte et de nous avoir poussés – moi et mes personnages – à obtenir ce que l'on voulait plus que tout. Jasy, Luis et Alana : vous êtes la constellation qui me guide chaque jour. Juan et Julian, merci de m'avoir donné un deuxième chez-moi. Je remercie également Kuya, Ellie, Mason et Logan d'être toujours là pour moi.

Et merci à toi, Kyle, pour tout l'amour que tu me donnes.

L'AUTRICE

Rhoda Belleza a passé son enfance à Los Angeles, où elle a grandi en imaginant des fanfictions inspirées de la série *X-Files*. Elle est éditrice dans une maison d'édition jeunesse et écrit dans un appartement ensoleillé de Brooklyn, rempli de vélos et de chaussures. Quand elle ne travaille pas sur ses livres, Rhoda regarde des tutoriels sur le nail art, visionne des films de kung-fu et s'amuse à coudre des vêtements.

Le Trône des étoiles est sa première série.

Pour plus de renseignements, rendez-vous sur son site (en anglais) :

www.rhodabelleza.com

MIXTE
Papier issu de sources responsables
FSC® C022030

N° d'éditeur : 10228246
Achevé d'imprimer en janvier 2019
dans les ateliers de Normandie Roto Impression s.a.s. (61250 Lonrai)
N° d'impression : 1805283
Imprimé en France